모란과 도란도란

최한선 崔漢善
성균관대학교 대학원 국어국문학과 졸업(문학박사)
동신대학교 교수 역임
전남문화재연구원 대표이사
한국고시가문화학회 회장
현 전남도립대학교 교수

김대현 金大鉉
성균관대학교 대학원 한문학과 졸업(문학박사)
한림대학교 교양교육부 교수 역임
현 전남대학교 국어국문학과 교수 및 동 대학원 한문고전번역학과 주임교수
호남한문고전연구실 책임교수

임준성 林俊成
한양대학교 국어국문학과 및 동 대학원 졸업(문학박사)
한양대, 전남대, 조선대 강사 역임
광주문화재단 연구원 역임
현 광주여자대학교 교수

모란과 도란도란

초판 1쇄 인쇄 | 2015년 2월 2일
초판 1쇄 발행 | 2015년 2월 6일

번역·해설 | 최한선·김대현·임준성
펴낸이 | 지현구
펴낸곳 | 태학사
등 록 | 제406-2006-00008호
주 소 | 경기도 파주시 광인사길 223
전 화 | 마케팅부 (031)955-7580~82 편집부 (031)955-7585~89
전 송 | (031)955-0910
전자우편 | thaehak4@chol.com
홈페이지 | www.thaehaksa.com

값은 뒤표지에 있습니다.

ISBN 978-89-5966-687-4 03810

모란과
도란 도란

최한선 | 김대현 | 임준성 번역·해설

태학사

고려청자 상감 희수파어문 호 高麗靑瓷 象嵌 戱水波魚文 壺,
이름이 좀 길긴 하지만 참 재미나는 이름이 아니던가? 물을 희
롱하면서 파도를 일으키는 고기가 그려진 병이 있다고 했다.
그 그림의 기법은 상감이고, 고려 때 만든 청자란다. 어딘지
모르게 정이 가는 명칭이요, 꼭 한번 보고 싶다는 기대감이 절
로 인다.

백련결사, 많이 들었던 이름이 아닌가? 고려시대 시들고 지친
불교를 개혁하고 대몽 항쟁을 주도하고자 일어선 결사대, 주창
자 요세 원묘국사의 불교관은 무신정변 이후 불교계에 대한 비
판이 팽배한 당시 사회적 분위기에서 출발하였던 일종의 불교
정화 운동이요, 몽고군의 침입에 대응하여 백련사가 표방한 대
몽항전운동이었다.

조선시대 육군본부였던 병영성, 사적 제397호로서 초대 병마
절도사 마천목이 전라도 53주 6진을 통치하였을 때(1417년, 태종
17) 축조하였다. 마천목의 꿈 속에 나타난 대로 눈의 자국을 따
라 축조하였다고 하여 '설성'이라고도 한다. 당시 남해에 자주
출몰하던 왜구를 막기 위한 것으로 1599년(선조 32) 도원수 권율
의 상소로 장흥으로 이설하였다가 1604년 다시 본래의 위치인
강진으로 옮겼다. 조선시대 서남부의 군사 본부로서 방어기지
와 육군 지휘부가 되었고, 제주도에 표류 중이던 네덜란드인 하

멜 일행이 이곳으로 압송되어 약 8년 동안 억류되었던 곳이기도 하다.

주작산, 남방을 관장하는 신이 거주하는 산이 아니던가? 행함과 행하지 않음이 하나임을 일깨우는 도량, 무위사, 고려 중기에 진각국사 혜심이 창건하고, 이규보, 최항 등 고려 문신의 붓 향기가 여태껏 솔솔 묻어나오는 월남사 도량 터, 그리고 호남 실학의 태동지 백운동 원림, 18년 인고의 시간으로 다산학이 완성된 만덕산의 다산 초당, 고려청자를 개성, 중국, 일본 등지로 수송하였던 미항 마량 항구, 그리고 모란이 피기까지는 나는 아직 기다린다는 서정시인 김영랑, 굽이굽이 아홉 굽이가 길러낸 구강포의 시심, 따뜻한 기후와 풍요로운 물산 그리고 푸짐한 인심 등 강진은 참으로 넉넉하고 아름다우며 자랑거리가 많은 곳이다. 한마디로 대한민국은 물론이고 세계 제일의 감성 관광 1번지로서 손색이 없는 고장이다.

그런 감성 관광 1번지 강진에서 모란 공원을 만든단다. 모란, 중국에서는 국색國色 천향天香이라고 부른다. 나라를 대표하는 꽃이요, 하늘이 내린 향기라는 뜻이다.

수천 년 동안 중국인의 시심과 감성을 키우고 살찌우는데 크게 공헌한 꽃 중의 꽃 모란, 중국 모란은 1100여 종으로 두루 아는 바와 같이 작약과芍藥科 작약속芍藥屬 식물이다. 모란은 목본木本식물이고 작약은 초본草本식물인데 꽃의 형태는 둘이 닮았다. 중국의 진秦나라(기원전 249~기원전 207) 이전의 기록에는 작약은 있지만 모란은 없었다.

모란은 동한東漢 시절(기원전 206~기원후 8)부터 약용의 가치를 인정받았는데 혈어병血瘀病(어혈) 처방으로 사용되었으며, 『신농본초경神農本草經』에 이르기를 맛이 신한辛寒하니 일명 녹구鹿韭요, 또 서고鼠姑인데 산골짜기에서 자란다고 하였다. 또 송나라 정초鄭樵의 『통지通志 곤충초목략昆蟲草木略』에 의하면 예로부터 지금에 이르기까지 목작약木芍藥을 모란이라고 부른다고 했다. 진秦나라 안기생安期生도 『복련법服煉法』에서 "작약은 두 종류가 있는데 금작약金芍藥, 목작약木芍藥 그것이다. 금작약은 색이 하얗고 지방이 많으며, 목작약은 색이 붉고 혈관 모양의 맥脈이 많아 그 뿌리가 효험이 있다. 모란은 그 꽃이 사랑스럽다. (중략) 작약과 같이 여러 해살이 뿌리를 가져서 나무처럼 보이므로 목작약이란 이름을 얻게 되었다."고 했다. 중국 측에서 말하기를 모란은 진한秦漢 시기에 모란과 목작약 둘로 불리다가 당나라 때는 목작약으로 불리었다고 정리하며, 그 약효적 가치 발견은 적어도 2000년 이상의 역사를 가졌다고 한다.

이로써 미루어 보건대 모란은 처음에 이름도 없이 작약에 힘입어 목작약으로 불리었음을 알 수 있겠다. 명나라 이시진李時珍은 『본초강목本草綱目』에서 모란의 명칭 유래에 대해 "색이 붉은 것을 상으로 치고, 비록 씨앗을 맺지만 뿌리 위에서 싹이 생기므로 모牡(영양으로 번식을 함)라 하고, 그 꽃이 붉으므로 단丹이라 한다"고 했다.

모란은 목작약이란 말 외에도 백량금百兩金이란 별명도 있는데 그만큼 귀했다는 뜻이겠다. 모란의 약용 재배는 동한(기원전 206~기원후8)과 서한(25~219) 시기에 완전히 이루어졌으며 관상품觀賞品으로서의 재배는 수나라 양제煬帝(605~618) 때부터이다. 수 양제는 수도 낙양洛陽의 어원御苑(궁궐 정원)에 적잖은 모란을 집중해서 심게 했는데 이것이 중국 시골 각지의 모란이 도시로 진입하게 된 배경이라고 한다.

수나라가 멸망한 후에 당 나라는 장안長安(지금의 섬서성 서안)에 수도를 정했는데 이때부터 장안에 모란이 점점 늘어나기 시작했다고 한다. 당나라 때 장안에 모란이 성하게 된 원인 가운데 하나는 무측천武則天(당나라 고종의 황후, 아들 둘을 폐하고 자신이 황제에 오름)과 관련이 있다고 한다. 측천의 고향은 서하西

河로 그 곳 중향정사衆香精舍에는 모란이 많았으며 꽃이 매우 특이했다고 한다. 그녀가 궁궐에 그런 꽃이 없음을 탄식하자 신하들이 꽃을 옮겨 심었는데 이것이 장안으로 모란이 유입하게 된 이유이며, 이로부터 황궁에서 모란을 감상하는 의식(축제)이 생겨났다고 한다.

당 현종 시절 모란은 역사상 최고의 번성을 이루었다. 『척이기摭異記』에 따르면 당 현종은 홍紅, 자紫, 천홍淺紅, 통백通白 등 네 본의 모란을 얻어서는 흥경지興慶池 동쪽 침향정沈香亭에 앞에 옮겨 심게 하고, 꽃이 번성하게 피면 밤을 대낮처럼 밝게 한 후에 양귀비와 함께 감상하곤 했는데, 이때 이조년이란 유명한 가객이 옛 노래를 연주하려고 하자 "귀비와 함께 명화名花를 감상하는데 어찌 옛날 악보를 연주하려고 하는가. 한림학사 이백李白에게 청평조淸平調 3 장을 지어 올리라" 했다는 기록이 있는 것 등으로 미루어볼 때 이 당시의 모란은 대단한 인기를 누렸던 것으로 판단된다.

청평조에서 이백은 모란에 대해 명화名花, 경국傾國(나라를 기울게 할 만큼 정신을 빼앗는 예쁜 꽃)이라는 말을 쏟아내어 천하의 절창이라는 평을 들었다. 이런 일이 있은 후로 모란은 황궁은 물론 황제의 친척집, 권문세도가의 집, 사찰과 도관道觀 등에서 심어지고 기려지다가 마침내 민간의 집으로까지 스며들게 되었다.

당 현종 말기에 배사엄裴士淹이라는 사람이 유기幽冀에 사신으로 다녀오면서 분주汾州 중향사衆香寺에서 백모란을 한 본 가져와 자신의 집에다 심었는데 이것이 개인 사저私邸에 모란을 심은 최초의 기록이라고 전한다.

한편, 당 나라 때는 불교가 흥했는데 사묘寺廟와 도관道觀이 장안 각 지역에 건립되면서 사관寺觀이나 사찰寺刹에 모란이 심어졌다. 자은사慈恩寺, 흥당사興唐寺 등의 모란은 시에 자주 등장한다. 중당中唐 시절로 접어들면 모란 감상 축제는 왕, 공경대부, 선비는 물론 평민들까지 참여하는 규모로 확대되었다. 이때의 정황은 백거이의 〈매화買花〉, 유우석의 〈모란〉 등 시에 잘 나타나 있다.

당나라 경종(825~827) 연간에 이정봉李正封의 시에 국색조감주國色朝酣酒(나라의 색은 아침부터 통쾌하게 마신 것처럼 붉고), 천향야염의天香夜染衣(하늘의 향기는 밤새워 옷에 물들인 듯 향기롭네)라는 모란을 읊은 시구는 조정과 시골의 아낙네까지 전파되어 모란이 마침내 국색천향國色天香이라는 자랑스러운 영예를 얻게 되었다.

어쨌든 당나라 때 모란에 대한 사람들의 관심은 열광적이었다고 해도 과언이 아닐진대 그러면 그럴수록 온갖 각양각색의 모란이 장안으로 모여들어 모란 값은 천정부지로 치솟았다고 한다.

당나라 때는 모란의 재배 기술도 많이 늘었는데 그 당시 모란꽃은 적어도 은홍殷紅, 심홍深紫, 도홍桃紅, 통백通白, 황색黃色 등이 동시에 출현되었다고 한다. 당나라 때 모란이 발전하게 된 배후에는 당시의 정치, 경제, 문화적 발전과 밀접한 관계를 가진다고 한다. 당 태종 정관 원년(627)에서 안사의 난(755)이 일어나기 전까지 약 120여 년 간은 사회의 안정과 경제의 번영에 힘입어 문화가 발전하였다.

여기에 왕과 제후, 문인, 화가 등이 모두 열렬하게 모란을 사랑하여 시를 짓고 그림을 그리곤 했다. 또한 당나라 사람들은 자紫, 홍紅 두 색의 모란을 매우 사랑했는데 이는 당 나라 官服이 색으로 등급을 나눈 데도 그 까닭이 있다고 한다. 당나라 관복官服은 3품 이상은 자紫, 4품과 5품은 비緋(赤, 朱, 紅색 포함), 6품과 7품은 록綠, 9품과 9품은 청靑이었다고 한다.

장안의 모란이 성한 이후로 모란은 점차 남쪽으로 옮겨 가서 절강성 항주 등지로 퍼져나갔는데 그렇게 된 연유는 안사의 난 때 궁궐의 원림이 파괴된 것과 백거이 등의 관리가 항주로 벼슬을 옮겨간 뒤 모란을 심었기 때문이라고 한다. 그 외에도 해동성국으로 불리었던 발해渤海는 당과의 긴밀한 관계를 맺었던 탓으로 수도 상경성上京城(지금의 흑룡강성 영안현 부근)에 금원禁苑을 설치하고 모란, 작약 등 기화이초奇花異草를 많이 심었다고 『송막기문松漠紀聞』 등은 전한다.

북송 시기에 접어들면 모란의 발전은 하나의 휘황찬란한 시기를 맞는다. 이때 동경東京으로 불린 낙양洛陽은 모란이 전국에서 가장 발전한 곳이었다. 낙양은 경제문화가 발달하고 여러 왕조의 수도로서 역사가 깊은 도시였다. 송의 진종眞宗(998~1021) 시절은 사회가 안정되어 각종 기업이 흥행했다. 이미 300여 년의 모란 역사를 지닌 낙양은 모란을 심고 감상하는 풍습이 일어났다. 낙양 모란의 발전에는 특별한 점이 있다. 우선 낙양 사람들이 특별히 모란을 중시했다는 것이다. 그들은 모란을 기르고 감상하는 것을 하나의 풍속風俗으로 만들었다. 그래서 구양수 같은 시인은 〈낙양모란기〉에서 '모란은 낙양에서 나온 것이 천하의 제일이다'는 말을 하곤 한 것이다. 낙양 사람들은 모란을 대하여 그 이름을 직접 부르지 않고, 그냥 '꽃'이라고만 했는데 그 뜻은 천하의 진짜 꽃은 모란뿐이라는 것이란다.

〈낙양화목기洛陽花木記〉, 〈낙양화보洛陽花譜〉 등에 따르면 낙양에는 당시 109종에서 119종의 모란이 있었으며 그 중에서 요황姚黃이 왕의 격이고, 그 다음은 위자魏紫가 차지한다고 했다.

북송 말년에는 전란戰亂이 일고 세금이 늘어나면서 사람들의 꽃에 대한 관심이 떨어졌는데 낙양의 꽃 시장은 모두 문을 닫았으며 농가는 모란 대신 다른 것으로 대체하기 시작했다. 그러다가 금나라 군대가 쳐들어오자 낙양의 모란은 꺾여지고 시들해지고 말았다.

이 당시 진주陳州(지금의 하남 회령淮寧)에 대량의 모란이 심어지기 시작했는데 그 면적은 낙양을 능가했다. 당송의 교체기인 오대십국(907~959) 시절에는 사천성 성도에 모란이 번성했다. 남송(1127~1279) 시절에는 사천선 성도 부근 천팽天彭에서 모란이 성했다. 육유의 〈천팽모란보〉 등에 따르면 "모란은 중원에 있을 땐 낙양이 제일이요, 촉땅에 있을 땐 천팽이 제일이다"고 한 뒤 이어 "천팽은 소서경小西京으로 부르는데 그 풍속이 꽃을 좋아한다. 이는 서울 개봉과 낙양의 유풍으로 큰 집에서는 천 그루까지 심는데 꽃이 피면 태수 이하 모든 사람들이 자주 꽃 피는 곳에 가서 장막을 치고 밤새껏 마시며 노래 부르고 악기를 연주하는 수레와 마차가 끊이지 않는데 최고의 성행은 청명淸明과 한식寒食이다"고 했다. 이로 볼 때 남송 시절 촉蜀땅(지금의 사천성) 사람들의 모란에 대한 사랑을 알겠거니와 낙양과 비교하여 두 번째라면 서러워할 것이라 한다.

남송 시절 강남에서 모란이 발전하였다고 했거니와 장안, 낙양에는 미치지 못하였다고 할지라도 그 땅에 맞는 품종을 개발하여 아주 아름다운 꽃을 생산해 내었다. 송나라 초기에는 절강성 동쪽 지역에도 모란이 유행하였는데 이는 〈월중모란화품越中牡丹花品〉, 〈오중화품吳中花品〉, 〈월중화품越中花品〉 등의 책에서 확인된다. 〈월중화품〉에 따르면 "월땅에서도 모란을 좋아하는데 그 고운 색은 32종이 된다. 부호가나 명문가, 사찰이나 도관, 연못이나 정자 할 것 없이 어디든 모란을 심는다"고 한 것이 그것이다.

또 오나라 땅(지금의 강소성 소주 일대)에서는 42종의 모란에 대한 기록이 있는데 진정홍眞正紅, 홍안자紅鞍子 등의 특별한 이름이 보인다. 남송 때에는 수도 항주가 낙양을 대신해서 모란이 발전했다. 시인 양만리 같은 사람의 시에 나오는 중대구심담자모란重臺九心淡紫牡丹이나 백화청련모란白花靑綠牡丹 등은 육유陸

游가 말한 구벽歐碧이나 낙양의 명품 요황姚黃보다 더 아름다웠
다고 한다.

소동파가 상주常州에 머물 때 태평사에 놀러갔는데 정홍모란
輕紅牡丹이란 품종도 보았다는 기록을 볼 때 송대에는 양자강 남
쪽인 강남에서도 그 지역 고유의 모란이 생산되고 있었음을 알
수 있다.

한편 원나라 때에는 중국 모란 사상 가장 침체기라고 한다.
북경에 모란이 심어지긴 하였으나 낙양이나 장안의 좋은 품종
에 비하면 손꼽을 정도로 적었다. 이 당시의 상황은 시인 이효
광의 시에 잘 나타나 있다.

명대에는 모란이 전국적으로 비교적 크게 발전한다. 재배 중
심 지역은 안휘성 박주亳州, 산동성 조주曹州, 북경, 강남의 태호
太湖 주변, 서북의 감숙성 난주蘭州, 임하臨夏 등지에서 번성했다.
명말 청초에도 모란이 발전하였는데 청나라 강희 연간(1662~1722)
에서 함풍(1851~1861) 연간의 2백여 년간은 모란의 창성기였다.

이상에서 보듯 모란은 중국 역사의 거의 전 시기에 걸쳐 사랑
을 받은 꽃 중의 꽃이었던 만큼 이를 읊고 노래한 시인도 많고
시 또한 풍부하다. 이름을 들으면 웬만한 사람은 다 알만한 이
백, 한유, 백거이, 왕유, 이상은, 구양수, 소식, 육유, 양만리, 신
기질, 원호문, 이동양, 문징명, 당인, 왕부지는 물론이고 정판교
로 불리는 정섭, 원매, 강유위, 오창석, 동기창, 곽말약, 조박초
등 내로라하는 시인들이 시대를 잊고 세월을 넘어 아름답고 감
미로운, 때로는 풍자와 기지가 넘치는 시편들을 쏟아냈다.

이들 시편 중에는 모란을 찬미하고 숭앙하는 것도 많지만 또
백거이白居易의 〈매화買花〉처럼 풍유시도 있다.

이 책은 중국 당나라에서 근·현대에 이르기까지 모란을 읊
은 명시를 선별하여 원문을 소개한 뒤 우리말로 해석하고 주석
을 붙임은 물론 해설을 더하여 오늘의 시점에서 인성과 감성을

함양하고 여유와 정서적 미감을 동시에 맛볼 수 있도록 엮어 보였다. 책은 1부와 2부로 구성되어 있으며 작자는 뒤편에 부록으로 소개했다. 1부는 세월도 못 지운 향기를 따라 당나라 때부터 근·현대에 이르는 시인들의 시를 시대를 흘러가면서 감상한 것이고, 2부는 앞에서 다 맛보지 못하여 남은 여운과 향기가 절절하게 깊은 것들을 골라 실었다. 1부는 전남도립대 최한선 교수가 번역하였고, 2부는 일부를 최한선이 하고, 많은 양을 외우 전남대 김대현 교수가 번역했으며, 광주여대 임준성 교수는 최종 교정과 교감을 도왔다. 끝에 영문학자 김일환 교수의 도움을 받아 미국시 2편을 싣고, 한국시 4편을 실었는데 이는 본격적인 작업을 하기 위한 준비 과정이다.

이 책이 나오기까지 열악한 재정 사정에도 불구하고 지원과 격려를 아끼지 않으신 강진원 강진 군수님과 이준범 문화관광과장님께 감사드리며 아무쪼록 본서가 감성 관광 1번지 강진군을 만드는데 작으나마 기여하기 바란다. 출판의 사정이 녹녹치 않음에도 기꺼이 귀한 책으로 만들어주신 태학사 지현구 사장님과 출판사 관계자께 감사드린다.

2015년 2월
최한선 삼가 적음

▌차례

제1부

세월도 못 지운 향기를 따라

백모란
白牡丹

배사엄裴士淹

장안의 젊은 사람들 지나가는 봄날을 아까워하여
뒤질세라 앞을 다투어 자은사에 가 붉은 모란을 본다네
하얀 옥 같이 어여쁜 백모란이 따로 있건만
일찍 일어나 달빛에서 보는 사람 아무도 없다네

長安年少惜春殘　　爭認慈恩紫牡丹
別有玉盤乘露冷　　無人起就月中看

◇자은慈恩 : 자은사慈恩寺 당 고종 이치李治가 태자였을 때 그의 어머니 문
　덕황후의 명복을 빌기 위해 재건했다. 현재 섬서성 서안시 화평문 외
　4km떨어진 곳에 위치하는데 그 경내에 최치원과 관련 있는 대안탑大
　雁塔이 있다.
◇옥반승로玉盤乘露 : 한 무제가 건장궁建章宮 앞에서 신명대神明臺를 축조
　하였는데 그 위에 구리로 선인仙人을 만들고 선인의 손은 승로반承露
　盤을 받쳐 들고 있게 했다. 여기서는 백모란을 가리킨다.
◇기취起就 : 일어나서 나아간다.

❖

이 시의 작가에 대해서는 노륜盧倫, 배린裴潾, 개원開元 당시의 명공名公 등 이설도 있다. 판본에 따라 내용도 다소 다르지만 큰 뜻은 대동소이하다. 당대唐代 단성식段成式의〈유양잡조酉陽雜俎〉에 배사엄이 분주 중향사에서 백모란을 한 주 얻어다 장안長安의 자기 집에다 심었는데 유명한 공인이 이를 보고 시를 지었다는 기록이 전한다. 젊은 사람들이 자색紫色의 홍모란만을 관상하려고 가까이 간다는 말과 차가운 날 하얀 달처럼 고운 백모란의 운치가 별미라는 대비로써, 당대 권력지향 추세를 비꼬고 있다. 시는 함축적으로 냉혹하게 그 당시의 권력자에 빌붙어 아부하는 사회 풍조를 풍자하였다.

홍모란
紅牡丹

왕유王維

푸른 잎 뚝뚝 홍모란은 한가롭고 얌전한 가운데
연한 색에서 진한 색으로 꽃이 점점 붉어간다
꽃의 마음이야 온갖 근심을 끊고 싶겠지만
봄볕이 어찌 그런 마음을 알 수가 있으랴

綠艶閑且靜　　紅衣淺復深
花心愁欲斷　　春色豈知心

◇ 녹염綠艶 : 모란의 무성한 푸른 잎.
◇ 홍의紅衣 : 빨간색의 모란꽃.

❖

    이 시는 홍모란을 읊는 것인데 시인이 봄날과 세월이 빨리 지나가는 것을 아쉬워한 감정을 표현하였다. 표면으로는 꽃의 마음을 말하고 있지만, 실제로는 자신의 심정을 드러내었으니, 소리는 동에서 나지만 때리는 곳은 서쪽이라는 성동격서聲東擊西의 수법을 구사한 시이다. 시의 앞 두 구절은 모란의 정태情態를 묘사하는 반면에, 뒤 두 구절은 마음의 동태動態를 묘사하였다. 이 시에서 정靜자가 주는 의미는 단순히 고요함이 아니라 불교의 선취仙趣의 묘한 의미를 함축한 것으로 읽혀지곤 한다.

청평조사
清平調詞 삼 수 중 하나

이백李白

구름 같은 의상 꽃 같은 얼굴이여
봄바람 난간에 부니 함초롬한 이슬 같네
군옥산 꼭대기에서 만나 볼 수 없다면
분명 요대의 달 아래서 만날 수 있으리라

雲想衣裳花想容　　春風拂檻露華濃
若非群玉山頭見　　會向瑤臺月下逢

◇ 청평조清平調 : 당나라 때 곡명, 후에 사패詞牌(사詞의 곡조)로 이용됨.
◇ 화花 : 목단牧丹 곧 모란꽃 지칭, 당 현종의 여인 양귀비(719~756) 비유
◇ 함檻 : 난간.
◇ 군옥산群玉山 : 서왕모西王母가 산다는 전설의 신선 산.
◇ 회會 : 반드시, 꼭, 분명.
◇ 요대瑤臺 : 신선이 산다는 곳.

❖

　이 시는 청평조사 세 수 가운데 첫 번째 시인데 양귀비의 아름다움을 묘사하는데 전력을 쏟았다는 평을 받는다. 양귀비는 본래 당 현종의 아들 수왕모의 여자였는데 나중에 현종이 총애하여 며느리를 자신의 귀비貴妃로 들였다. 시인은 상상력을 발휘하여 양귀비를 구름, 꽃, 이슬, 선녀 등으로 비유했다. 반친反襯 곧 이면 묘사를 통하여 양귀비의 아름다움을 정면으로 드러냈다.

청평조사

清平調詞 삼 수 중 둘

이백 李白

가지 가득한 붉은 꽃이여 이슬에 향기가 어린 듯
무산의 구름 되고 비 되는 여인인가 혼이 녹을 지경
묻노라 옛날 한나라 궁궐에 이를 따를 자 누구던가
귀여워라 조비연이 한껏 단장을 한 것 같은 저 모습

一枝紅艷露凝香　　雲雨巫山枉斷腸
借問漢宮誰得似　　可憐飛燕倚新妝

◇ 홍염紅艷 : 붉고 예쁜 모습, 여기서는 양귀비를 가리킴.
◇ 운우무산雲雨巫山 : 아침에는 아침 구름이 되고 저녁에는 비를 내린다는
　　무산 고당高唐의 신녀神女.
◇ 왕枉 : 갑자기, 단지.
◇ 단장斷腸 : 혼이 녹음.
◇ 비연飛燕 : 조비연趙飛燕. 한나라 성제成帝의 황후, 몸이 날씬하고 춤을
　　잘 췄음.
◇ 의신장倚新妝 : 새로 유행하는 악세사리 등으로 단장하여 더욱 예뻐 보
　　임.

❖

　이시는 초나라 회왕懷王의 꿈에 나타난 무산巫山 고당高唐 무녀巫女 고사를 끌어와 양귀비의 신비함과 아름다움 등을 한껏 묘사했다. 꽃은 양귀비요, 양귀비는 꽃이라는 비유와 한나라 성제의 애비愛妃였던 조비연까지 끌어오는 등 한껏 기교를 들어 양귀비의 미를 실컷 상상하도록 유도했다. 특히 한 여인을 두고 '한 떨기 붉은 꽃'이라는 표현은 예나 지금이나 사랑 표현의 한 방법이 아닌가 하여 빙긋 웃음이 난다.

모란
牡丹

유혼柳渾

근래의 모란은 정말 어찌할 도리가 없구나
수십 천의 돈으로 겨우 한 떨기 밖에 못 사다니
오늘 아침에도 분명하게 보았건만
접시꽃과 비교해 보아도 별 차이가 없던데

近來無奈牡丹何　　數十千錢買一顆
今朝始得分明見　　也共戎葵不校多

◇과顆 : 즉 과棵, 떨기.
◇융규戎葵 : 접시꽃, 꽃이 크고 꽃 색은 백, 황, 홍, 자색 등 여러 종류이다.

❖

　당 나라 때는 모란을 심어 가꾸는 것이 번성하였는데 수도 장안이 전국의 모란 중심이 되어 봄이면 모란 관람하는 것이 당시의 유행이었다. 한때는 전문적으로 모란을 매점매석하는 풍조가 흥행했다고도 한다. 당나라 이조李肇의 『국사보國史補』에 따르면 "서울의 유람 중에 귀한 것은 모란을 감상하는 것인데 이는 30년 전통을 지녔다. 매년 늦봄 수레와 마차는 미친 듯 몰려들었고 모란을 즐기지 못한 것을 수치로 여겼다. (중략) 모란 종자를 구하여 이익을 취하였는데 한 주에 수만 원이 되었다." 이 시는 모란 가격이 터무니없이 비싼 것에 대한 불만의 표시로써 당시의 모란 숭배 풍조를 풍자했다. 시어는 질박하지만 의미는 분명함이 눈에 든다.

모란
牡丹

이익李瀷

자색 모란꽃 피었건만 집에 가지 못하고
되레 유람객을 시켜 먼저 보게 하였네
이제야 비로소 알았네 젊었을 적 명리만 구한 것을
눈에 가득한 것 외에도 또 다른 꽃이 있음이야

紫蕊叢開未到家　　却教游客賞繁華
始知年少求名處　　滿眼空中別有花

◇ 자예紫蕊 : 자색 모란.
◇ 번화繁華 : 번성한 꽃봉오리.

❖

　작자는 벼슬길이 험난하였다. 그만한 이유가 있었다. 아부에 능하지 못하고 시류에 민첩하지 못한 탓이다. 이 시는 제 1행과 제 2행에서 그런 심정을 읊었다. 우리 집에 예쁜 꽃이 피었건만 바빠서 나는 못 보고 다른 사람들을 시켜 보게 한다는 것인데 이는 바로 좋은 벼슬길을 놔두고 남들이 하도록 지켜보고만 있다는 말이다. 첩족선등捷足先登, 선도위쾌先睹爲快란 말이 그 말인데 행동이 민첩한 사람이 먼저 구하며, 먼저 본 사람이 즐겁다란 뜻이다. 눈으로 보는 것 말고도 또 다른 좋은 것이 많이 있다는 말은 많은 울림을 준다. 시는 인생 체험의 풍부한 철리哲理를 함축하고 있어서 곱씹을수록 맛이 난다.

제소임택모란화

題所賃宅牡丹花

왕건王建

임차한 집에 모란꽃을 많이 심어 있는데
처음 피었을 땐 그 요염함을 걱정했네
빛나는 백색, 짙은 자색의 부드럽고 매끄러움
옅은 황색과 분홍색의 아리따운 모습이라니
봄날의 바람에도 끄떡 않는 저 꽃들
다만 강한 햇볕 쬔 탓에 눋게 되는 것이라네
여기 저기 떨어진 꽃잎들 너무 가여워
그것들을 수집해서 향처럼 태워본다네

賃宅得花饒　初開恐是妖
粉光深紫膩　肉色退紅嬌
且願風留著　惟愁日炙燋
可憐零落蕊　收取作香燒

◇임賃 : 임차.
◇요妖 : 아름다운 꽃, 여기서는 모란꽃.
◇육색肉色 : 선명한 백색에 윤기가 있음.
◇퇴홍退紅 : 당 나라 때의 한 색깔, 오늘날의 분홍색이다. 여기는 모란꽃.
◇저著 : 착着의 본래 자로 달려 있다, 붙었다의 뜻이다. 여기는 바람이 불어도 떨어지지 않는다는 뜻이다.
◇자초炙燋 : 불에 태워 까맣게 눋다.

❖

  오언 율시이다. 모란이 피고, 만개한 뒤 조락하기까지의 전 과정을 드러낸 작품으로 작가가 모란을 찬미하고 비호하며 동정하는 마음을 나타냈다. 모란에 대하여 요염하다, 하얀 빛이 난다, 피부가 옅은 황색을 띤 붉은 얼굴이다, 보드랍고 매끈하다 등 여러 찬사를 동원하여 한껏 드높였다. 바람이 불어도 끄덕하지 않지만 햇볕에 그을릴까 걱정이라는 말은 마치 피부에 신경을 많이 쓰는 사람을 두고 말한 것 같다.

상모란

賞牡丹

왕건王建

이 꽃은 딱히 정해진 값이 없다는데
활짝 피노라면 황제의 도성이 더욱 예쁘다네
향기는 영릉 따위 기죽게 할 정도이고
붉은 자태 진달래쯤은 시들게 할 정도라네
부드러운 빛은 가는 숨결 모아 놓은 듯하고
고운 색깔은 깨끗한 피부에 온기가 돈듯하다
꽃은 온통 황색 가루를 모아놓은 듯하고
꽃잎은 짙은 홍색의 수술을 머금은 듯하다
곱고 향기로움은 황제의 옷감으로 어울리니
궁궐의 그림에 그려 넣을 만하다네
해질녘에 본다면 그 자태 근심스러운 신부 같고
화장을 지운 채 병든 남편 바라보는 부인과 같다네
우리 사람들에게 운명을 알게 하는 이 꽃
나그네 발길 잡고 잠시라도 보고 가라하네
하룻밤에 가벼운 바람이 불어 버리면
(그 모습) 천금을 주고도 사지 못 한다네

此花名價別　開豔益皇都
香逼荼䕷死　紅燒躑躅枯
軟光籠細脈　妖色暖鮮膚
滿蕊攢黃粉　含棱縷絳蘇
好和薰御服　堪畫入宮圖

晚態愁新婦　　殘妝望病夫
教人知個數　　留客賞斯須
一夜輕風起　　千金買亦無

◇가별價別 : 모란꽃의 값이 매우 비싸다.
◇영릉荂菱 : 영은 송근에 기생하는 버섯류, 릉은 수생 식물 일종, 여름에
　　하얗게 작은 꽃이 핀다.
◇척촉躑躅 : 진달래의 별칭이다. 너무 아름다워서 중국에서는 진달래는
　　꽃의 서시西施라고 불린다.
◇강소絳蘇 : 짙은 홍색의 술, 길게 늘어뜨린 것.
◇만태晚態 : 저녁 무렵의 자태.
◇개수個數 : 명운, 운명.
◇사수斯須 : 잠시.

❖

　　모란이 만개하여 향기가 짙고, 모습이 예쁘며, 광택이 나고
고귀함을 말함은 물론 모란이 피어서 한 세월 누리다가 떨어
지는 운명을 인생과 비견하여 읊었다. 모란의 색, 향, 광택과
형태를 관찰하고 감상함이 대단히 섬세하고 정치하다. 특히
"하룻밤에 가벼운 바람이 불어 버리면 (그 모습)천금을 주고도
사지 못 한다네"의 구절은 정말 세월의 흐름을 아쉬워하면서
기회가 왔을 때 붙잡아야 함을 깨우쳐주는 말이다.

모란종곡
牡丹種曲

이하 李賀

연꽃 가지 아직 자라지 않았는데 진형은 시들 무렵
말에 금전을 가득 싣고 모란을 사와서 심는다
진흙에 물을 뿌리고 반달 모양 화분에 심었더니
밤사이 꽃 떡잎이 여명을 맞아서 활짝 피네
모란에 취한 미인들 정원에 연기처럼 모이고
늦게 꽃피자 떠난 나비들 다시 소리 요란하다
옛 귀족들은 죽었으나 비단옷은 여전하고
바람 불어 소매 흔드니 음악 소리 절로난다
꽃 판이 시들자 촉지로 보호대를 만들었으나
고운 빨간 꽃 향기 없으니 사람들 오지 않네
꽃을 찾았던 사람들 지금은 어디에 잠들었나
달 밝은 누대에는 제비만 지저귀네

蓮枝未長秦蘅老	走馬馱金鬪春草
水灌香泥卻月盤	一夜綠房迎白曉
美人醉語園中煙	晚華已散蝶又闌
梁王老去羅衣在	拂袖風吹蜀國弦
歸霞帔拖蜀帳昏	嫣紅落粉罷承恩
檀郎謝女眠何處	樓臺月明燕夜語

◇진형秦衡 : 향초의 이름.
◇촉斸(착) : 춘초春草인데 여기서는 모란을 지칭함.
◇월반月盤 : 반달 모양의 화분.
◇녹방綠房 : 꽃 떡잎.
◇양왕梁王 : 한 나라 문제의 아들 유무劉武, 여기서는 당대 귀족 지칭.
◇촉국현蜀國絃 : 악부 곡명인데 여기서는 음악 범칭.
◇귀하피타歸霞帔拖 : 꽃잎이 시듦을 비유함.
◇파승은罷承恩 : 모란꽃이 다시는 사람들의 감상을 받지 못함.
◇단랑사녀檀郎謝女 : 반안潘安이란 사람의 어릴 적 이름은 단노檀奴였기에
　　단랑이라 했고, 사녀는 기녀妓女란 뜻으로 반안이 기녀를 많이 두었다
　　고 한다. 여기서는 꽃을 감상하는 사람을 가리킴.

　　모란을 심으며 부른 노래쯤으로 해석되는 제목이다. 진형
이 연꽃보다 먼저 시든다는 말로 시상을 열었는데 함축하는
바가 의미심장하다. 이어 비싼 값으로 모란을 사서 정성스럽
게 심었더니 하룻밤 사이에 꽃이 피고 사람들과 나비들의 찬
사를 받았다는 말로 서정을 고조시켰다. 하지만 꽃은 시들기
마련 아닌가? 꽃이 시들어 향기 없어지자 사람들 찾지 않는다
는 말로써 다시 한번 꽃의 영화와 인생을 빗대어 말했다. 이
시를 권력을 먹고 사는 사람들이 읽는다면 무언가 찡한 느낌
이 들 것 같다.

희제모란
戲題牡丹

한유韓愈

다행히 모두 같이 피었기에 드러나지 않으니
서로 몸매를 뽐내려고 다툴 필요도 없다네
이른 아침에 새로이 단장하듯 꽃피었는데
손님한테는 굳이 말하지 않고 참는 표정이다
짝을 지은 제비들은 수차례 왔다 갔다 반복하고
윙윙 꿀벌들 무슨 생각인가 왔다 갔다 자주하네
젊은 시절 모든 걸 다 포기하고라도
오늘 난간 주변에 잠시라도 두 눈길 주리라

幸自同開俱隱約　　何須相倚鬪輕盈
陵晨竝作新妝面　　對客偏含不語情
雙燕無機還拂掠　　游蜂多思正經營
長年是事皆抛盡　　今日欄邊暫眼明

◇ 구구俱 : 모두.
◇ 은약隱約 : 눈에 드러나지 않음.
◇ 경영輕盈 : 몸매가 날씬함.
◇ 경영經營 : 왕래.
◇ 시사是事 : 모든 일.

❖

이 시는 칠언 율시인데 처음 두 구에서 새벽녘의 모란을 묘사한 것으로써 시상을 일으켰다. 모란은 다행히도 홀로 있지 않고 하나의 난간에 한데 모여 서로 의지하며 동시에 피기에, 눈에 띄려고, 떠벌리려고, 더 날씬하게 보이려고 경쟁하지 않는다는 말이 그것이다. 모란은 감상객에게 굳이 말하지 않지만 숨결 하나하나 정을 머금었다는 말에 이르면 감탄이 절로 난다. 경련에서는 제비와 벌들이 모란에 힘입어 요란을 떨며 왔다 갔다 한다는 말로 시상을 고조시켰고, 이어 미련에서는 직접적으로 가슴 속을 털어놓았는데 만사를 다 포기하고라도 모란만은 꼭 감상하고 말겠다는 말이 그것이다. 곡절곡절 음미해보면 모란을 말한 것으로써, 실은 관직 투쟁의 염증을 우의적으로 나타낸 시이다.

혼시중택모란

渾侍中宅牡丹

유우석劉禹錫

천여 송이 꽃들 직경이 크기도 한데
세상에 이런 꽃이 있다니 놀랍도다
오늘 이와 같이 아름다운 꽃을 봤으니
달리 다른 집에 가볼 필요가 없겠네

徑尺千餘朶　　人間有此花
今朝見顔色　　更不向諸家

◇혼시중渾侍中 : 일찍이 시중을 하였던 혼감渾瑊을 가리키는데 그의 집에
　　있는 모란은 장안에서 소문이 날 정도로 아름다웠다고 한다.
◇경척徑尺 : 단성식의『유양잡조酉陽雜俎』등을 보면 모란꽃이 큰 것을 말
　　함.
◇제가諸家 : 남의 집, 별처.

❖

　당나라 시절 시중 벼슬을 지낸 혼감이란 사람의 집에는 아름답기로 이름난 모란이 있었나 보다. 꽃의 면이 7.8촌이나 된다 했으니 꽃이 적어도 20센티미터가 넘었다는 것이다. 중국 모란의 도시 하남성 정주시에는 해마다 모란축제가 열리는데 수많은 모란이 각양각색의 자태를 뽐내며 상춘객을 유혹한다. 사실상 모란은 키우기 까다로운 꽃으로 알려져 있거니와 그래서 그런지 중국인들은 모란을 부귀의 상징화로 매우 좋아하는 경향이다. 아마 이런 배경에서 위의 시도 지어진 것이라 생각된다.

상모란

賞牡丹

유우석劉禹錫

정원 앞의 작약 꽃 요염하나 격조가 없고
연못의 연꽃은 깨끗하지만 정이 부족하지
오직 모란야말로 진정한 국색이니
꽃이 피노라면 경성이 들썩이네

庭前芍藥妖無格　　池上芙蕖淨少情
唯有牡丹眞國色　　花開時節動京城

◇ 요妖 : 염려하다.
◇ 부거芙蕖 : 연꽃.
◇ 국색國色 : 원래 한 나라의 가장 아름다운 여자를 가리키는 말인데 여기
　는 모란꽃의 화색이 뛰어나며 고귀하다는 뜻이다. 『송창잡록』에 이르
　기를 태화(827~835)와 개성(836~840) 연간에 정수기程修己라는 사람이
　좋은 그림을 얻어와 왕에게 드리자, 왕이 시를 읊다 그만두고 지금 장
　안에 전해지는 모란시 중에 누구의 시가 절창인가 하니, 정수기 말하
　되 중서사인中書舍人 이정봉李正封의 시라고 합니다. 그 시에 이르기를
　천향야염의天香夜染衣(하늘의 향기는 밤새워 옷에 물들인 것 같고), 국
　색조감주國色朝酣酒(나라의 색은 아침부터 통쾌하게 마신 것 같네)가
　그것이다.
◇ 경성京城 : 서쪽 수도 장안과 동쪽 수도 낙양洛陽을 가리킴, 본래 장안에
　모란이 번성하였는데 측천무후가 낙양으로 도읍을 옮긴 뒤 낙양에도
　모란이 번성하였다.

❖

    칠언 절구의 이 시는 둘을 대비시키는 대비적 기교와 저것을 누르고 이것을 띄우는 예술 수법을 잘 이용한 것으로 알려졌다. 모란이야말로 진정한 국색으로 화계의 지위를 지녔다고 한 뒤, 당년에 모란이 성대하게 피어 경성의 사람들을 들뜨게 했다는 이른바 '들뜸 효과'를 거두고 있다. 앞 두 구는 대의법이 정교하다. '작약은 요염하나 격이 없고, 연꽃은 깨끗하나 정이 부족하다'가 그것이다. 이 시는 모란시의 절창으로 알려져 있거니와 특히 '오로지 모란은 진정한 국색이라, 꽃이 피노라면 경성이 들썩이네'가 그것이다.

사암남서상모란

思黯南墅賞牡丹

유우석劉禹錫

우연히 인간 세상에서 만나게 되었만
아마 곤륜산에 있는 서왕모의 집인지도
이렇게 서울을 기울게 할 어여쁜 모습이라니
하늘이 늦게 피게 하여 백화를 누르게 했도다

偶然相遇人間世　　合在增城阿姥家
有此傾城好顔色　　天教晚發賽諸花

◇ 인간세人間世 : 인간 세상.
◇ 합合 : 아마, 응당.
◇ 증성增城 : 전설에 의하면 곤륜산에 아홉 겹 쌓은 성이 있는데 서왕모가
　　산다고 함. 여기서는 모란 꽃 판이 여러 겹겹, 여러 층층이어서 아홉
　　겹을 쌓은 성으로 비유한 것임.
◇ 아모阿姥 : 서왕모.
◇ 만발晚發 : 늦게 피다.
◇ 새賽 : 다른 것보다 낫다, 이기다.

❖

모란을 신선의 경계에서 온 꽃이라는 암시로써 시상을 일으켰다. 우연히 인간 세계에서 만난 모란꽃, 그 꽃의 꽃판이 곤륜산에 있다는 서왕모의 아홉성 같다는 말을 했는데 참 재밌는 표현이다. 서울을 기울일 꽃이란 당 현종이 나라를 돌보지 않고 양귀비에 정신을 놓았던 것을 빗대어 말한 것이다. 모란의 개화시기를 하늘이 조절함으로써 꽃 중의 왕이 되게 했다는 말로써 마무리 했다.

화영호상공별모란
和令狐相公別牡丹

유우석劉禹錫

평장의 댁에 난간 가득 모란이 있거늘
꽃이 필 무렵 집에 있질 못했다네
장안과 낙양이 멀지 않다고 말하지 말게
춘명문 나서면 그 곳이 곧 하늘 끝인 걸

平章宅裏一欄花　　臨到開時不在家
莫道兩京非遠別　　春明門外即天涯

◇ 평장택平章宅 : 영호초의 집장안 개화방에 있었는데 모란이 최고로 성한
　　곳이라 함.
◇ 양경兩京 : 서경인 장안과 동경인 낙양.
◇ 춘명문春明門 : 당나라 때는 장안성 동쪽에 문이 세 개 있는데 가운데에
　　있는 문이 춘명문이라 한다. 영호초가 동도인 낙양으로 부임해 갈 때
　　춘명문을 통과했다고 함.

❖

　평장을 지낸 영호초의 집은 장안 개화방開化坊에 있었다. 개
화방은 장안에서도 모란이 가장 성한 곳으로 세인의 이목을
끌었던 장소다. 그 곳에 사는 영호초 역시 자신의 집안에 모란
을 가득 심었나 보다. 모란이 성개하여 사람들이 자신의 집을
찾을 무렵, 주인인 그는 낙양으로 떠난 뒤였다. 실제로 장안과
낙양은 멀지 않지만 춘명문만 나서면 그 곳은 하늘 끝이라는
대목에서 작자의 안타까운 심정이 절절하게 묻어난다.

모란

牡丹

당언겸 唐彦謙

정이 많은 조물주는 생각조차 교묘하고 새롭거늘
자신의 능력으로 기어코 늦봄에도 꽃을 피우네
구름이 되어 비를 내린다는 그 말도 공연한 말
나라와 성을 기울게 한다는 그 사람도 가고 없네
모란이 피어나면 비단도 응당 얼굴을 못 내미니
떨어질 땐 봄 귀신도 분명 마음이 아플 게다
항아와 무녀도 떠난 지 오래되고 말았거늘
우리 곁엔 아직 향기로운 노란 분이 남아 있구나

眞宰多情巧思新　　固將能事送殘春
爲雲爲雨徒虛語　　傾國傾城不在人
開日綺霞應失色　　落時靑帝合傷神
嫦娥婺女曾相送　　留下鴉黃作蕊塵

◇진재眞宰 : 조물주, 대자연.
◇고固 : 견지하다.
◇송잔춘送殘春 : 늦봄이 피는 모란 지칭.
◇위운위우爲雲爲雨 : 초 회왕이 꿈에서 무산의 신녀와 함께 즐겼다는 고사를
　　이름. 신녀가 자기는 아침엔 구름이 되고 저녁엔 비를 내린다고 했음.
◇경국경성傾國傾城 : 『한서』〈외척전, 효무 이부인조〉에 이르기를 "북쪽에
　　예쁜 여인이 있는데 세상에서 뛰어나게 아름다워 비길 데가 없다. 한

번 쳐다보면 성을 기울게 하고 다시 한 번 쳐다보면 나라를 기울게
할 정도라네"라는 말이 있다.

◇ 항아嫦娥 : 달에 산다는 신화 속의 여자.

◇ 청제靑帝 : 봄의 신.

◇ 아황鴉黃 : 당나라 때의 여성들이 화장할 때 미간 이마에 바르던 노란색
  향분이다.

◇ 예진蕊塵 : 황색의 향기 나는 분.

❖

칠언 율시의 시인데 말이 화려하고 대구가 절묘하다. 특히
'잔춘' 두 글자는 시들어 가는 모란을 두고 한 말인데, 창망悵惘
하고 허무한 정조를 물씬 풍기고 있다. 하지만 애처로움에 마
음이 상하게까지는 않는 어딘가 절제된 이별의 아픔이랄까?
경국지색, 항아, 무녀 모두 가고 없는 자리, 그 빈자리를 채우
던 모란마저 떨어져 버리다니……

모란
牡丹

왕예王睿

요염하고 예쁜 모란꽃이 사람들 마음 흔드니
온 나라 사람들 꽃에 홀려 금보다 높이 치네
동쪽 정원에 있는 복숭아 자두 따위와 어찌 비하랴
끝내 한마디 안 해도 스스로 시들고 말 것인데

牡丹妖豔亂人心　　一國如狂不惜金
曷若東園桃與李　　果成無語自成陰

◇ 갈약曷若 : 어찌 ~와 같겠는가.

❖

　당나라 시절 모란의 위력이 어느 정도였는지 짐작하게 하는
시다. 모란 한 과를 사기 위해 수천 냥의 돈을 아끼지 않았다
는 말이 허언이 아님을 이 시 또한 여실하게 보여준다. 복숭아
와 자두 따위는 비길 바가 못 된다는 대목에 이르면 입이 다물
어지거니와 마지막 구, 모란이 아무 말 하지 않아도 저절로 시
들고 만다는 표현은 함축하는 의미가 다대하다.

편상화모란

扇上畫牡丹

나은羅隱

섬돌 가득 붉게 핀 꽃 사랑스러워
사람 시켜 부채에다 그려오라 했네
잎을 따른 색색의 붓 길은 길쭉 날쭉
산들바람 따라 꽃들이 차례차례 피었네
벌 나비들 수도 없이 와서 쉬었을 텐데
흔들려 이끼 밭에 떨어질 것을 두려워 않고서
뿌리를 땅에 두지 않음은 계수나무 닮았군
아마도 항아가 달 속에 심었던 게 아닌지

爲愛紅芳滿砌階　　教人扇上畫將來
葉隨彩筆參差長　　花逐輕風次第開
閒掛幾層停蛺蝶　　頻搖不怕落莓苔
根生無地如仙桂　　疑是姮娥月里裁

◇ 체계砌階 : 계단.
◇ 참차參差 : 참치라고도 읽음, 장단이 일정하지 않음.
◇ 선계仙桂 : 전설에 달에 있는 계수나무다. 즉 월계수이다.
◇ 항아姮娥 : 항아. 달에 산다는 신화 속의 선녀.

❖

    아름답게 핀 모란을 보고 감탄한 나머지 화가를 시켜 부채에 그림으로 그려오라고 했다는 말로 시상을 열었는데 칠언율시이다. 그럴듯한 가짜이기에 진짜 같고, 실상이 아니지만 실상 같은, 그래서 진짜도 진짜, 가짜도 진짜이고, 사실도 역시 사실이 아닌듯한 그림에 대한 설명인데 신령한 아취가 종횡으로 묻어나는 시라는 평을 듣는다.

항주개원사모란
杭州開元寺牡丹

장호張祜

작은 약밭에 막 피어난 예쁜 모란
사람들 너도 나도 잰걸음 장안을 향한다지
풍류라면 두말할 것 없이 전당의 개원사인데
홍진을 떠난 곳에 모란이 있을 줄이야

濃艶初開小藥欄　　人人惆悵出長安
風流却是錢塘寺　　不踏紅塵見牡丹

◇ 농염濃艶 : 짙고 예쁨, 여기서는 모란꽃.
◇ 전당사錢塘寺 : 절강성 성도 항주의 개원사. 옛날에 항주는 전당군이라고
　　하였다.
◇ 홍진紅塵 : 불교에서 인간 세상은 '홍진'이라고 불린다.

❖

이 시는 이른바 욕양선억欲揚先抑이라는 작법으로 기교를 부린 절창이다. 항주 개원사의 모란을 띄우기(양揚) 위해 먼저 장안의 약밭에 모란이 피어 사람들이 혹여 그걸 보지 못할까 봐 안달이 나서 모두들 장안으로 몰려간다고 한(억抑) 뒤, 이어 항주 개원사에 피어 있는 모란이야말로 세속(홍진)에서는 보지 못할 풍류가 있다고 하였다(양揚). 진짜는 이것이라는 말을 하기 위해 앞을 요란스럽게 시작했다. 중국인들은 이 시를 신영별치新穎別致 곧 참신하고 별다른 운치가 있다고 추켜세운다.

경성우회
京城寓懷

장호張祜

30년 동안 낚싯대 하나로 살아온 인생
우연히 추천을 받아 장안으로 들어왔네
원래 공명을 추구하는 사람이 아니라서
단지 춘풍만 기다려 모란을 관상한다네

三十年持一釣竿　　偶隨書薦入長安
由來不是求名者　　唯待春風看牡丹

◇ 우偶 : 우연히.
◇ 유唯 : ~만.
◇ 대待 : 기다리다.

❖

시인은 남북으로 분주하게 30년을 쏘다니다가 과거에 응했으나 급제하지 못하고, 시로써 벼슬을 구했으나 역시 천거 받지 못해 끝내 벼슬은 하지 못했다. 당 나라 문종 시절에 천평군 절도사 추천으로 장안에 들어왔으나 압제를 당했다. 나중에 지주자사 두목杜牧에게 의지하여 후한 대우를 받았으나, 나이가 너무 많아 제대로 풀어먹지 못했다. 시에 세상을 아파하는 내용이 있다고 하는데 이 시가 그런 유에 속한다.

부동도별모란
赴東都別牡丹

영호초 令狐楚

10년 동안 소정의 모란꽃을 못 봤는데도
모란꽃이 곧 필 때는 또 집을 떠나야 한다
집 문을 나가 말을 타자 뒤돌아보는데
또 언제 장안을 돌아갈 수 있을지 모른다네

十年不見小庭花　　紫萼臨開又別家
上馬出門回首望　　何時更得到京華

◇동도東都 : 낙양.
◇자악紫萼 : 자색 모란.
◇경화京華 : 장안.

❖

영호초의 집은 장안 개화방에 있는데 정원 안에는 모란이 심어져 있다. 해마다 모란이 성대하게 피지만 그는 십여 년 동안 벼슬살이 하느라 집에 있는 모란을 감상하지 못하는 처지이다. 금년에도 모란이 필 무렵 그는 또 임지로 떠나야 한다. 시는 작자의 모란을 보고픈 마음과 그를 실천하지 못하는 아쉬움을 담았다. 모란을 좋아하는 본성과 관직에 충실해야 한다는 각별한 정이 시에서 느껴진다.

여양십이이삼조입영수사간모란

與楊十二李三早入永壽寺看牡丹

원진元稹

새벽에 백련궁에 갔는데
칠보로 단장한 듯 깨끗했네
활짝 핀 꽃은 설법을 알리는 듯
어지러운 깊은 길에 묻혀있네
계단을 누르듯 비단이 깔리는 듯
석양을 맞아 둥근 해 비춰주네
나비 춤추니 향기 잠시 날리고
벌이 끌어당기니 꽃이 비틀거리네
울타리에는 채색 구름이 모인 듯
이슬 머금으니 붉은 옥구슬 같네
잎들이 엉기니 그림자는 서로 사귄 듯
바람이 흔드니 빛깔도 옅고 짙네
번화하게 핀 것은 때가 있기 마련
어찌하면 전성기를 지킬 수 있을까
꽃을 보시게나 헛된 영화 덧없나니
그대에게 바라노니 본성을 밝히시게

曉入白蓮宮　　琉璃花界淨
開敷多喩草　　淩亂被幽徑
壓砌錦地鋪　　當霞日輪映
蝶舞香暫飄　　蜂牽蕊難正
籠處彩雲合　　露湛紅珠瑩

結葉影自交　搖風光不定
繁華有時節　安得保全盛
色見盡浮榮　希君了眞性

◇ 양십이楊十二 : 양거원楊巨源.
◇ 이삼李三 : 이고언李顧言.
◇ 영수사永壽寺 : 장안성에 있는 영락방永樂坊이다.
◇ 백련궁白蓮宮 : 영수사.
◇ 유리琉璃 : 칠보의 하나.
◇ 개부開敷 : 펼쳐진 모양.
◇ 롱籠 : 화초를 보호하는 울타리.
◇ 진성眞性 : 사람이 갖고 있는 불변, 불망의 마음 상태.

　양거원, 이고언과 함께 이른 아침에 영수사에 가서 모란을 보았다는 제목이다. 영수사를 백련궁이라 하였듯 불교와 연꽃의 상관으로 시상을 열었는데 수미 상관으로 끝에 이르러 진성眞性 곧 불변불망한 마음의 상태를 똑바로 지니라는 말로 마무리 했다. 다분히 불교적 색채가 강한 시인데 오언의 부賦답게 하고픈 말을 차분히 드러냈다. 5구에서 8구와 9구에서 12구는 표현이 매우 힘차면서도 섬세하고 아름답다. "꽃을 보시게나 헛된 영화 덧없나니/그대에게 바라노니 본성을 밝히시게"는 함축의 울림이 크게 다가온다.

모란이수

牡丹二首 두 번째

원진元稹

진녹색의 잎들이 만든 그늘 때문에
시든 꽃들 자태 보이기 어렵네
어쩌다 바람이 잎을 일으켜 세워주면
꽃의 아름다움 잠깐 볼 수 있을 뿐

繁綠陰全合　　衰紅展漸難
風光一擡擧　　猶得暫時看

◇ 번녹繁綠 : 진한 녹색.
◇ 대거擡擧 : 바람이 모란의 잎을 일으킴.

진녹색의 잎들이 일제히 자라나 시들어 가는 붉은 꽃은 그 자태 보이기 매우 어렵다는 평범한 말로써 시상을 열었다. 하지만 숨통은 열리는 법일까? 바람이 불어 잎들을 들어 올려주노라면 때는 바로 지금이라는 듯 시든 꽃이라도 그 자태 뽐낸다는 말이다. 잎과 꽃을 무언가에 비유하고 보면 참, 희망이란 버릴 수 없는 것이란 생각과, 모든 것은 다 시들기 마련이라는 생각으로 한참 골똘해진다.

서명사모란
西明寺牡丹

원진元稹

꽃이 사찰을 향하여 자라고 있었는데
따스한 바람에 자색의 구름처럼 빛나네
선녀의 옥반에서나 볼 수 있을진대
오늘 아침 한 조각 섬광처럼 눈앞에 드네

花向琉璃地上生　　光風炫轉紫雲英
自從天女盤中見　　直至今朝眼更明

◇ 서명사西明寺 : 장안의 연강방延康坊에 있었던 사찰.
◇ 유리琉璃 : 불교의 7개 보물 중의 하나이다. 불교에서는 유리를 천년 수
  행의 경계에 이른 화신으로 간주함. 불가 수양의 최고 경지로 보는데
  여기서는 사찰을 말함.
◇ 자운영紫雲英 : 자색 구름과 같은 꽃. 자색 구름은 길상의 의미.
◇ 천녀天女 : 선녀.

❖

　서명사에서 자라고 있는 모란을 보고 시상을 일으켰다. 등
장하는 사물들을 보건대 유리, 자운영, 선녀 등 불교적 분위기
가 다분하여 언뜻 연꽃을 그리는 것이 아닌가 할 정도이다.

백모란

白牡丹

백거이 白居易

성 안에 꽃구경하는 사람들
하루 종일 분주하기 짝이 없네
소박한 백모란 쳐다보는 이 없건만
여전히 모란에 이름을 올려 놓았네
깊은 사찰 속에 갇혀 있으니
수레 마차 타고 와 보는 이 없네
오직 전학사라는 한 사람만
백모란에 둘러싸여 왔다 갔다 하네
백모란의 깨끗한 자질을 좋아하노니
보는 이 없어도 스스로 향기 뿐네
남들은 싫어해도 나 홀로 좋아하여
옮겨다 집 뜰 안에 심었었지
백모란의 광택은 밤에도 여전하고
새벽 빛 받으면 더욱 선명하다네
마주하면 마음 또한 고요하고
빈 곳에서 흰색이 나오듯 상생을 하네
당창 공주가 심은 옥예화는
더위잡고 올라가 감상하려 다투도다
꺾어 와 백모란과 얼굴색 비교하니
아름다운 구슬이기는 마찬가지였다네
옥예화는 드물어서 귀하게 여기고
백모란은 많아서 가벼이 한단 말인가

비로소 고정된 색이 없음을 알았나니
사랑하고 미워함은 인정에 따른 것
어찌 꽃에만 이런 말이 적용되리요
이치는 사람 일도 마찬가지 아닌가
그대 보시게나 유행을 앞장서는 것은
자줏빛 꽃과 분홍색 꽃이 아니던가

城中看花客　　旦暮走營營
素華人不顧　　亦占牡丹名
閉在深寺中　　車馬無來聲
唯有錢學士　　盡日繞叢行
憐此皓然質　　無人自芳馨
衆嫌我獨賞　　移植在中庭
留景夜不暝　　迎光曙先明
對之心亦靜　　虛白相向生
唐昌玉蕊花　　攀玩衆所爭
折來比顏色　　一種如瑤瓊
彼因稀見貴　　此以多爲輕
始知無正色　　愛惡隨人情
豈惟花獨爾　　理與人事竝
君看入時者　　紫豔與紅英

◇작자 자주: 백거이가 스스로 이 시에 주를 달아 말하기를 "이 시는 전학
　사의 시에 화답한 것이다"라고 했다. 전학사는 전휘錢徽로서 한림학사
　가 되었는데 세 번 옮기어 중서사인中書舍人이 되었다.
◇단모旦暮: 종일.
◇영영營營: 분망한 모양.

◇소화素華 : 소박한 백모란은 사랑스럽게 봐주는 사람이 없는 데도 모란
　　이라는 향기로운 꽃의 반열에 이름을 올려두고 있음.

◇개재開在 : 백모란이 깊은 사찰 가운데 피어 있으나 아무도 와서 봐주는
　　사람이 없다는 것은, 작자 자신이 궁중의 한직에 있기 때문에 사람들
　　로부터 푸대접을 받는다고 분명하게 밝히고 있다.

◇요총행繞叢行 : 백모란 떨기가 움직이다.

◇연련 : 사랑하다.

◇호연질皓然質 : 백모란의 깨끗한 자질.

◇유경留景 : 백모란의 광택.

◇허백虛白 : 『장자』, 〈인간세〉에 나오는 말로 '허실생백虛室生白'이 있다.
　　이 구절은 결백한 사람과 깨끗한 꽃을 상호 감응시켜 암유하고 있다

◇당창唐昌 : 당창관, 옥예원을 말하는데 장안 안업방의 남쪽에 있다. 현종
　　의 딸 당창공주가 손으로 옥예화玉蕊花를 심은 데서 이름이 생겼다.

◇옥예화玉蕊花 : 달리 서번련西番蓮 또는 전심련轉心蓮 등으로 불리는데 여
　　름과 가을에 꽃이 피며 꽃은 흰데 자주빛을 띤다.

◇반완攀玩 : 더위잡고 올라서 완상을 함.

◇절래切來 : 백모란을 꺾어와 옥예화와 비교해 보니 안색이 꼭 같이 아름
　　다운 옥 같다는 뜻.

◇피彼 : 옥예화.

◇차此 : 백모란.

◇시始 : 겨우.

◇정색正色 : 변함없음.

◇이爾 : 이와 같이.

◇병幷 : 서로 같음.

◇입시入時 : 현대적, 유행하는.

◇자염紫艶 : 자주 꽃과 붉은 꽃, 고대에는 자주색이나 분홍색은 하등 색
　　또는 잡색으로 간주함, 시 가운데 백모란은 품덕이 고상한 사람을 비
　　유하고, 자주색과 붉은 색은 인품이 낮은 사람을 비유함.

❖

    당나라 때는 보편적으로 색이 짙은 모란을 좋아하였다. 하지만 백거이는 백모란에 마음이 팔려 모란시를 13수나 지었다. 그가 지은 백모란 시는 두 수가 있는데 여기 소개한 것은 칠언의 고체시이다. 물건에 의탁하여 자신의 뜻을 말한 시인데 꽃을 빌려 스스로를 비웃고 있다. 시인은 일찍이 태자좌찬선대부라는 직책을 맡았는데 비록 조정의 벼슬이기는 하지만 실권이 없는 한직으로, 백모란이 모란이기는 하나 사람들의 이목을 받지 못하는 것과 같은 처지였다. 그래서 시인은 백모란을 빌려 자신의 발발한 불평과 흉중의 번거로운 기분을 토로한 것이다.

매화

買花

백거이白居易

장안성의 봄이 무르익을 때면
수레와 마차의 왕래 시끌벅적하네
모두들 모란꽃 피는 시절이라며
서로 뒤질세라 모란꽃을 사러 가네
귀하고 천함은 고정된 가격이 없거늘
매매의 가격은 기준과 품종이 정해져 있네
예쁘고 고운 백송이 붉은 모란은
다섯 다발 하얀 명주에 값하는 가격이지
위에다 장막을 쳐서 바람을 가려주고
옆에 울타리를 설치하여 보호해 주네
물을 주며 자꾸자꾸 흙을 돋아주어야
옮겨 가도 꽃 색깔 변함없다네
집집마다 그런 습관은 풍속이 되어
사람마다 미망에서 깨어나지 못하네
밭을 일구는 한 농부가
마침 꽃을 사러 갔었네
고개 떨구며 길이 탄식을 하는데
그의 한숨 소리 아무도 아는 이 없네
붉은 색 모란꽃 한 묶음이
보통 사람 열 집의 세금과 같다네

帝城春欲暮　喧喧車馬度　共道牡丹時　相隨買花去

貴賤無常價	酬直看花數	灼灼百朵紅	戔戔五束素
上張幄幕庇	旁織芭籬護	水灑復泥封	移來色如故
家家習爲俗	人人迷不悟	有一田舍翁	偶來買花處
低頭獨長嘆	此嘆無人諭	一叢深色花	十戶中人賦

◇제성帝城: 도성, 장안.
◇훤훤喧喧: 떠들썩하다.
◇공도共道: 함께 말하기를 모란을 감상할 때가 되었다고 한다.
◇귀천貴賤: 귀천에는 정해진 값이 없는데, 사고 팔 때의 가격에는 꽃을
　　보는 기준과 품종이 정해져 있음.
◇수직酬直: 값을 매김.
◇작작灼灼: 밝고 예쁨.
◇전전戔戔: 많은 모양.
◇오속소五束素: 다섯 다발의 하얀 명주.
◇파리芭籬: 대바자.

❖

　풍유시의 대가 백거이 자신이 말하기를 이 시는 풍유시諷諭
詩라고 했다. 곧 정치나 사회상을 고발하거나 비꼬아 시정토
록 한 것이다. 여기서는 장안의 모란 열풍을 통하여 달관 귀인
들이 단지 유락遊樂에만 정신을 쏟음을 말했다. 모란을 사는데
천금을 투척하면서도, 농상農桑에는 관심두지 않고, 민생의 폐
해에도 관심이 없음 등 병태적病態的 세태를 비난하고 규탄하
는 등 당시 사회의 첨예한 모순을 제시하고 있다. 미친 듯 날
뛰는 모란 열풍 이른바 풍광모란瘋狂牡丹이다.

석모란화
惜牡丹花 두 수 중 첫 번째

백거이 白居易

안쓰럽다 계단 앞의 붉은 모란
늦게 왔더니 두어 가지 시든 꽃일세
내일 아침 바람에 저마저 질 터이니
밤새 안타까워 등불 들고 바라보네

惆悵階前紅牡丹　　晚來唯有兩枝殘
明朝風起應吹盡　　夜惜衰紅把火看

◇이 시의 제목 아래 주를 달았는데 두 수 중 먼저 것은 한림원 북청의
꽃을 보고 지었으며, 다른 하나는 신창에 있는 두寶급사댁 남쪽 정자의
꽃을 보고 지었다고 했다.
◇추창惆悵 : 실망, 낙담하는 모양.
◇잔殘 : 시들어 떨어지다.
◇명조明朝 : 내일 아침.
◇쇠衰 : 시들다.
◇파화把火 : 등불을 들다.

❖

이 시의 시안 곧 시의 눈은 석惜자이다. 시인은 조락하는 모란을 보기 위하여 밤에 등불을 밝힌다고 했다. 시인의 모란에 대한 연민의 정과 헤어지기 아쉬워하는 안쓰러운 모습을 여실하게 읽을 수 있다. 이 시의 영향력은 대단했는데 모방하는 시인들이 줄을 이었다. 만당 시인 이상은의 〈화하취花下醉〉, 북송 시인 소동파의 〈해당海棠〉 등이 그 대표이다.

백모란

白牡丹

백거이 白居易

백모란은 화려치 않아 사랑을 못 받는데도
여전히 모란이라는 반열을 차지하고 있다네
마치 동궁을 가르치는 백찬선과 비슷하니
실권은 없으나 벼슬아치라고 불린다네

白花冷淡無人愛　　亦占芳名道牡丹
應似東宮白贊善　　被人還喚作朝官

◇ 냉담冷淡 : 화려하지 않음, 쌀쌀함.
◇ 동궁백찬선東宮白贊善 : 백거이의 자칭이다. 원화 연간에 백거이는 장안
　　에서 좌찬선대부의 직위를 맡아 동궁태자를 교도하였다.

❖

　백거이가 백모란을 읊은 두 수 가운데 하나이다. 화려하지 못하여 사람들의 관심을 끌지 못하는 백모란의 신세를 통해, 이름은 그럴듯하게 좌찬선대부左贊善大夫라는 벼슬이지만 실권은 전혀 없는 자신의 초라한 신세를 빗대어 드러내었다.

서명사모란화시억원구

西明寺牡丹花時憶元九

백거이 白居易

작년에 성벽에다 성명을 썼던 곳
오늘은 꽃 보려 다시 왔다네
한 번 운향리로 부임을 하면
그 임기 삼 년이라네
어찌 다만 꽃이 시듦을 슬퍼하랴
시나브로 늙음도 찾아오는 걸
더군다나 내 친구 원진은
낙양으로 간 뒤엔 소식이 없네
상상이나 했으랴 붉은 꽃이 시들 줄
봄이 지나가니 생각만 아련하네

前年題名處　　今日看花來
一作薲香吏　　三見牡丹開
豈獨花堪惜　　方知老暗催
何況尋花伴　　東都去未回
詎知紅芳側　　春盡思悠哉

◇제명題名 : 장벽에 성명을 씀.
◇운향리薲香吏 : 비서성 교서랑의 별칭.
◇심화반尋花伴 : 시인 원진元稹을 가리킴.

◇ 감鈽 : ~을 할 만한 가치가 있다.
◇ 거詎 : 어찌 ~하겠는가.

❖

　앞의 네 줄은 진술이다. 있는 그대로를 말한 것이 그것이다. 다음 네 줄은 꽃의 짧은 생애를 통하여 인생의 무상함을 암시했다. 그리고 끝의 두 줄에서는 꽃이란 시들기 마련이고 나중엔 아련한 추억만 남았다며 인생도 그와 다르지 않을 것이라는 교훈을 담았다. 봄은 꽃의 봄인지, 인생의 봄인지 글쎄, 어딘지 모르게 짠한 마음이 든다.

이모란재

移牡丹栽

백거이 白居易

돈으로 모란을 사서 정원에 심었는데
어디서 주인과 작별하고 온 꽃일까
붉은 모습 안타까이 사람을 원망한 듯
어느 곳에 갖다 심어도 무성하게 꽃 피우네

金錢買得牡丹栽　　何處辭叢別主來
紅芳堪惜還堪恨　　百處移將百處開

◇사총辭叢 : 꽃의 무리에서 떨어져 나옴.
◇감堪 : 값에 상응하다.
◇홍방紅芳 : 모란.

＊

　홍모란을 사 와서 자신의 정원에 심었다는 말로 시상을 일
으켰다. 이어 모란을 의인화 하여 떨기 곧 가족을 떠나 홀로
떨어져 나온 모란을 말하여 미안한 마음을 담았다. 옮겨온 홍
모란이 붉게 핀 것은, 백 군데 옮겨도 어디서나 붉게 핀 것은,
마치 사람을 원망이라도 한다는 여운을 남겼다. 역시 모란시
의 대가다운 풍모가 읽혀진다.

제개원사모란

題開元寺牡丹

서응徐凝

남쪽 지방에서는 재배하기 어려운 꽃을
어렵사리 얻어와 승려가 재미 삼아 심었다네
바닷 제비 좋아하는 눈치 눈길 자꾸 주고
벌 나비는 생소하다며 꽃 위를 서성인다
하얀 자태 작약은 한갓 질투를 하고
장미 따윈 부끄러워 꽃을 감추네
오직 몇 떨기 붉은 꽃 가지고
향기 풍기며 귀족 자제 기다리다니

此花南地知難種　　慚愧僧閑用意栽
海燕解憐頻睥睨　　胡蜂未識更徘徊
虛生芍藥徒勞妒　　羞殺玫瑰不敢開
惟有數苞紅萼在　　含芳只待舍人來

◇남지南地: 소주와 항주 지역.
◇차화此花: 당나라 범터范攄의 『운계방지』〈전당논〉에 따르면 백거이가
　　항주자사로 있을 때 사람을 시켜 모란을 찾아보라고 했는데, 오직 개
　　원사의 승려 혜징만이 장안으로부터 가져와 심어 놓은 게 있다는 보
　　고였다. 이것이 항주에 모란이 이식된 내력인데 마침 이 무렵 공교롭
　　게도 서응이 고향 부춘(동려 옆 도시)으로부터 와서 그 꽃을 보고 감
　　동하여 이 시를 지었는데 백거이가 시를 본 뒤 칭찬하고는 서로 대취

하도록 술을 마셨다고 한다.

◇해련解憐 : 사랑을 알다.

◇비예睥睨 : 업신여기다, 바라보다.

◇홍악紅萼 : 꽃봉오리.

◇사인舍人 : 고대 귀족 자제의 총칭.

❖

　모란이 남쪽 지방 항주에 오게 된 내력을 알려주는 것으로 시상을 일으켰다. 필자가 2007년 항주 절강대학에 파견되었을 때에 서호 주변에서 모란을 보았는데 그땐 이런 정보를 알지 못해 감동이 덜했다. 다만 항주 옆 부양(옛 이름은 부춘)과 동려는 우리 조선 시인들에게 잘 알려진 곳이다. 전당강으로 흘러드는 부춘강을 따라 올라가면 신안강이 나오고, 신안강 위에는 천도호수가 있으며, 그 상류엔 황산이 있다. 매우 경치가 아름다운 곳으로 하늘엔 천당이 있고 땅에는 소주와 항주 곧 소항이 있다는 말을 실증케 한다. 작약과 장미를 위축시켰다는 꽃 모란, 단 몇 송이로 귀족 자제의 사랑을 부른다는 꽃 모란, 찬사인지 비꼼인지 분명치 않으나 백거이의 찬사를 받았다면 후자일 게다.

모란
牡丹

서응徐凝

그 누가 모란꽃을 좋아하지 않으랴마는
낙양성의 좋은 경치를 독점할 줄이야
아마도 낙천의 여신이 나타난 듯
온갖 교태로 아침노을 압도하네

何人不愛牡丹花　　占斷城中好物華
疑是洛川神女作　　千嬌萬態破朝霞

◇ 점단占斷 : 독점하다.
◇ 물화物華 : 아름답고 좋은 경치.
◇ 낙천신녀洛川神女 : 낙천의 여신. 전설에 복희씨伏羲氏의 딸인 복宓이 낙
　천에서 익사한 다음에 낙천의 여신이 되었다고 한다.

낙천의 여신 고사를 끌어와 낙양의 모란을 노래했다. 앞 두 구는 낙양 사람들이 모두가 모란 사랑에 대단함을 보였는데 이른바 "사람들 마음에 있는 꽃, 사람들 붓 끝에 없는 꽃"이라는 말이 그것이다. 뒤의 두 구는 구체적으로 모란의 아름다움을 묘사한 것인데 제 3구의 의疑자는 시상의 전환적 역할을 한다. 의인화를 통한 비유가 돋보이며 참신하여 자연스럽게 인구에 회자되었다.

기백사마
寄白司馬

서응徐凝

장안의 주요 거리에 모란이 필 때면
사람들 그 모란 보려고 장사진 이루네
어찌하면 강주의 백사마를 위로할 수 있을까
오년 동안 장안의 풍경만 멀리서 그리는 정을

三條九陌花時節　　萬戶千車看牡丹
爭遣江州白司馬　　五年風景憶長安

◇ 백사마白司馬 : 백거이를 지칭함, 815년에 백거이가 강주(지금 강서성 구
　　강)사마가 됨.
◇ 삼조구맥三條九陌 : 장안에 있는 주요 도로.
◇ 쟁爭 : 어떻게.
◇ 견遣 : 풀다. 해소하다.

❖

앞의 두 구에서 모란에 대한 장안 사람들의 극성을 집중해서 보였다. 뒤의 두 구에서는 강렬한 대비가 눈에 띤다. 곧 5년 동안이나 장안을 떠난 백사마로 하여금 어떻게 하여 모란을 보지 못한 아픔을 풀게 할 것인지가 그것이다. 백거이를 잘 아는 친구로서의 진심 담긴 긴절한 우정이 엿보인다. '만호천거'의 많다는 표현을 통해 고독한 백사마 한 사람의 왜소함을 두드러지게 연출하는 효과를 드러낸다. 많음과 고독의 대비, 이로써 백거이의 고독함과 적막함이 매우 도드라지는 예술적 장치가 일품이다.

모란

牡丹

장우신張又新

모란꽃 한 송이에 천금이나 되는데
여전히 진한 색의 꽃만 좋아들 한다네
오늘 난간에 백설 같이 하얗게 핀 꽃보니
평생 꽃을 바라보았던 내 마음이 부끄러웠네

牡丹一朶値千金　　將謂從來色最深
今日滿闌開似雪　　一生辜負看花心

◇ 장위將謂 : ~으로 알다.
◇ 심심深 : 진한 색.
◇ 난란闌 : 난간.
◇ 고부辜負 : 미안하게 여기다.

❖

당나라 때는 색이 짙은 모란 가령 홍모란, 자모란 등을 좋아했다. 시의 처음 두 구는 그러한 사정을 말했다. 이어 다음 3구에서는 시상의 전환을 가져와 난간 가득 백모란이 성대하게 핀 것을 백설 같다고 하여 그 모습이 진실로 사람을 놀랍고도 기쁘게 한다고 했다. 결구에서 작자의 감회를 드러냈는데 모란의 모습이란 이처럼 여러 종이 있는데 그것을 모르고 지내온 자신이 꽃에게 부끄럽다며 마무리 했다.

화왕랑중소간모란

和王郎中召看牡丹

요합姚合

꽃이 겹쳐지고 꽃받침도 포개져
난간을 불사르는 듯 빈 곳을 비추네
예쁜 모습 아침 햇살에 빛나고
취한 듯 붉은 모습 저녁놀 같아라
언뜻 노을이 계단에 온 듯 괴이했고
다시 등불이 등롱에서 나온가 했네
땅이 온통 붉으니 빙 돌아서 가는데
옮기는 자리마다 옷이 온통 붉어지네
은근하고 예쁜 꽃송이 활짝 피어나니
여러 떨기에서 짙은 향기 풍겨나네
모양은 생 명주를 마름질한 것 같고
색깔의 곱기는 붉은 물감을 물들인 듯
어린 싹은 사람들이 보고 훼손할까 두렵고
산뜻한 모습은 태양에 그을릴까 근심이네
고운 모습은 밤 새워 이슬을 머금은 듯
산뜻하고 고움은 봄바람과 필적하네
감상을 하면서도 정회를 억누르고
한가하게 읊조리며 생각을 모아보네
객은 와서 나른하면 돌아가지만
앵무새 노래 소리는 끝이 없다네
만물 중 이 보배를 어디 비하랴
천금을 주고도 살 수가 없다네

오늘 저 모습 다시 있기 어렵나니
설령 있다면 신선의 궁전이 아닐지

葩疊萼相重	嬈欄復照空	姸姿朝景裏	醉豔晚煙中
乍怪霞臨砌	還疑燭出籠	繞行驚地赤	移坐覺衣紅
殷麗開繁朶	香濃發幾叢	裁絹樣豈似	染茜色寧同
嫩畏人看損	鮮愁日炙融	嬋娟涵宿露	爛熳抵春風
縱賞襟情合	閑吟景思通	客來歸盡懶	鸎戀語無窮
萬物珍那比	千金買不充	如今難更有	縱有在仙宮

◇ 파葩 : 꽃.
◇ 난欄 : 꽃을 보호하는 울타리.
◇ 체砌 : 계단.
◇ 난만爛熳 : 색체가 예쁘고 고움.
◇ 초絹 : 생 명주, 꽃 무늬 실크.
◇ 천茜 : 아주 붉은 색.
◇ 선연嬋娟 : 고움, 여기서는 고운 달.
◇ 금襟 : 마음에 품다, 말을 아낌.

열두 줄의 오언 시이다. 낭중 벼슬을 지낸 왕소王김의 모란 시에 화답한 것이다. 모란을 묘사하는데 있어 저녁놀, 등불, 은근하고 고움, 마름질한 생 명주, 물들인 꼭두서니, 밤새워 이슬을 머금은 듯한 자태, 봄바람을 방불케 하는 색채의 산뜻하고 고움 등 여러 미사여구를 동원했다. 천금을 주고도 살 수 없다고 모란을 추켜세우더니, 결말에 거서 '선궁'에나 있을법한 광경이라며 극찬하며 마무리 했다.

백모란
白牡丹

배린裴潾

장안의 귀족들 가는 봄이 아까워
앞을 다투어 먼저 핀 자색 모란 관상하네
특별히 옥잔에 차가운 이슬을 받아놓은 듯해도
하얀 달빛 속을 가서 보는 사람이 없다네

長安豪貴惜春殘　　爭賞先開紫牡丹
別有玉杯承露冷　　無人起就月中看

◇옥배승로玉杯乘露 : 한 무제가 건장궁建章宮 앞에서 신명대神明臺를 축조
　　하였는데 그 위에 동으로 선인을 만들고 선인의 손이 승로반承露盤을
　　받쳐 들고 있게 했다. 여기는 백모란을 가리킨다.
◇기취起就 : 일어나서 다가감.

❖

백모란을 홀대하는 당대의 유행을 잘 보여준 시다. 사실 이 시를 읽으면서 '책을 줄여야 책이 귀해진다'는 말을 떠올려 보았다. 자모란, 홍모란, 백모란, 적모란 등 모란은 실로 1000여 종이 넘는다. 만약 백모란만 있었다면, 아니면 붉은 색 계통의 모란이 많지 않았다면 등 여러 가지 생각을 하니 요즘 취직이 안 되는 대학 졸업을 한, 청년 실업자 생각이 난다. 대졸자가 너무 많은 탓인가, 아니면 일자리가 너무 적은 탓인가, 그도 아니면 무슨 까닭인가? 부귀의 상징인 모란시를 읽으면서 외롭고 쓸쓸함을 느끼다니 묘한 기분이 든다.

승원모란
僧院牡丹

진표陳標

사찰 마당에 붉은 꽃이 예쁘게 피었는데
이른 아침 하늘에서 내려온 아름다운 놀 같네
아마도 서방 세계엔 빈 터가 없었나 보다
그렇지 않다면 사찰에서 연꽃을 중시할 이유 없지

琉璃地上開紅艷　　碧落天頭散曉霞
應是向西無地種　　不然爭肯重蓮花

◇ 벽락碧落 : 하늘.
◇ 향서向西 : 서쪽.
◇ 쟁긍爭肯 : 어찌 좋아 하리.

❖

　사찰에 핀 붉은 모란을 보고 시상을 열고, 마치 이른 아침 하늘에서 내려온 새벽 놀 같다며 시상을 고조시켰다. 이어 서방 정토에는 빈 땅이 없어서 모란을 심지 못하고 물속에 심은 연꽃을 중시하게 되었다는 말로써 모란이 연꽃보다 더 아름다움을 은근히 과시했다. 사찰을 방문하여 이런 시를 쓰다니 참 묘한 느낌이 든다.

모란

牡丹

이상은 李商隱

비단을 처음 걸어 올린 위부인 자태인가
비단으로 감싸 안은 악군의 여인인가
옥을 새긴 패를 차고 수수 춤을 추는 듯
울금 향기 치마 입고 절요 춤을 추는 듯
석숭의 집에서 불똥을 몇 번이나 잘랐을까
순욱의 향로에서 어찌 향기를 기다리리
내가 만약 꿈속에서 채색 붓을 얻는다면
내 마음 꽃잎에 써서 무산선녀 드릴테다

錦幃初卷衛夫人　　繡被猶堆越鄂君
垂手亂翻雕玉佩　　折腰爭舞鬱金裙
石家蠟燭何曾剪　　荀令香爐可待熏
我是夢中傳彩筆　　欲書花葉寄朝雲

◇금위錦幃 : 비단 장막, 모란꽃의 아름다움을 형용함.
◇위부인衛夫人 : 춘추시대 위령공의 부인 남자南子, 공자가 위나라에 갔을
　　때 공자를 만나자고 함.
◇수피유퇴월악군繡被猶堆越鄂君 : 악군향피鄂君香被의 고사, 춘추전국시대
　　초왕의 어머니 동생인 악군鄂君은 이름이 자석子晳인데 미남자였다.
　　악군이 배를 타고 가는데 배를 몰던 월나라 처녀가 노래로써 애모의
　　정을 나타냈다. 악군이 비단으로 그녀를 감싸 와서 서로 사랑하였다

는 고사가 있다.

◇수수垂手 : 아름다운 춤사위를 통하여 모란의 자태를 형용함, 춤 이름.

◇절요折腰 : 춤 이름.

◇울금군鬱金裙 : 아름답고 꽃향기 나는 춤 치마, 울금향 나는 춤 치마.

◇석가石家 : 모란의 광채를 형용함, 서진西晉의 석숭石崇은 부자였는데 사
　치가 극에 달하여 촛불로써 땔감을 삼았기에 자연 불똥을 자를 필요
　가 없었다고 한다.

◇순령筍令 : 모란의 향기를 형용함, 동한의 순욱筍彧이 일찍이 이상한 향
　기를 얻어 그것으로 옷을 만들어 입고 다른 사람 집에 갔다. 그가 앉
　은 자리에 삼일 동안 여향이 있었다고 한다.

◇가대可待 : 어찌 기다릴 필요가 있겠는가.

◇아시我是 : 내가 꿈에 채색 붓을 얻는다면 그것으로 모란 잎에 마음에서
　하고픈 말을 써서 무산선녀에게 주고 싶다.

◇조운朝雲 : 무산선녀의 이름.

　이 시는 고사와 전거를 많이 사용하여 모란의 아름다움, 자
태, 광채 등을 묘사했다. 모란의 아름다움을 말하기 위해 위부
인의 자태와 악군의 월나라 처녀를, 모란의 자태를 형용하기
위해서는 수수 춤과 절요 춤을, 모란의 광채는 석숭 집안의 촛
불 고사를 각각 들어 보였다. 온갖 수작을 다 부린 뒤 끝에 가
서는 강엄江淹의 고사를 들어 꿈에 만약 채색 붓을 얻을 수 있
다면 마음속에 담아둔, 사랑한다는 말을 모란꽃잎에 써서 그
대에게 주고 싶다는 말로써 마무리했다.

모란
牡丹

이상은李商隱

길을 덮고 또 도랑을 메우며
창을 두드리고 누각을 비춘다
마침내는 나라를 기울게 하니
오직 만 금을 줘야 살 수가 있네
난새와 봉황이 삼도에서 노는 듯
신선들이 십주에서 살고 있는 듯
훤초가 냉대를 당하다니 불쌍하구나
문득 근심을 덜어준다는 이름 얻었네

壓徑復緣溝	當窓又映樓
終銷一國破	不啻萬金求
鸞鳳戱三島	神仙居十洲
應憐萱草淡	却得號忘憂

◇경徑 : 작은 길.
◇당창當窓 : 창을 마주하다.
◇불시不啻 : 뿐만 아니라.
◇난봉鸞鳳 : 모란 동산은 신선이 사는 명산의 승경과 같음.
◇삼도三島 : 삼선도(봉래, 방장, 영주).
◇십주十洲 : 신선이 산다는 팔방 대해의 열 개 섬.

❖

　모란이 길을 가리고 도랑을 메꾼다는 말로 시상을 열었는데, 그만큼 모란이 많다는 뜻이다. 다음은 집집마다 누각마다 모란이 지천에 가득하다는 말로 시흥을 돋은 뒤, 나라를 기울게 할 정도로 예쁜 모란은 천금을 주고도 살 수 없다고 했다. 모란이 가득한 곳은 다름 아닌 난새와 봉황새가 사는 명산의 명승이며, 신선이 사는 십주와 같다고 한껏 부풀린 뒤, 근심을 잊게 해주는 훤초보다는 모란의 향기가 숙취를 깨는데 일품이라는 당 나라 현종의 말을 인용하여, 모란꽃 향을 망우忘憂, 곧 근심을 잊게 해주는 꽃이라며 끝을 맺었다.

회중모란위우소패

回中牡丹爲雨所敗 첫 번째

이상은李商隱

하원에서 놀던 호시절 다시는 없겠다 했는데
오늘 서주에서 갑자기 모란을 만났다네
물가 정자의 저녁 비는 찬 기운 여전한데
견직물로 만든 방석은 따뜻한 줄 모르겠네
나비는 너울너울 은근히 꽃가루를 모으는데
모란은 슬퍼하며 멀리 장막 속에 누워있네
장대 거리에서 버드나무와 짝을 이루었으니
잠시 묻노니 궁요 때문에 몇 가지나 상했을까

下苑他年未可追　　西州今日忽相期
水亭暮雨寒猶在　　羅薦春香暖不知
舞蝶殷勤收落蕊　　佳人惆悵臥遙帷
章台街裏芳菲伴　　且問宮腰損幾枝

◇회중回中 : 감숙성 경천涇川 부근 경주涇州.
◇하원下苑 : 곡강지, 당나라 시절 장안의 유명한 유람지, 여기서는 장안.
◇서주西州 : 경주涇州.
◇나천羅薦 : 비단 방석, 깔개.
◇장대가章台街 : 한나라 때 장안, 여기서는 당나라 때 장안, 한굉과 유씨가
　　지은 〈장대류章臺柳〉가 있다.
◇궁요宮腰 : 초왕이 허리가 가는 것을 좋아하였는데 그 때문에 궁궐에 굶

어 죽은 사람이 많았다 함.

◇유인有人 : 모란, 시인 자신 비유.

◇방비芳菲 : 버들가지.

❖

작자 자신이 회중, 곧 감숙성의 경주 부근에 있을 때 지은 시이다. 이전 장안에 있을 때 모란을 감상하던 호시절을 다시는 만나지 못할 것으로 알았는데 오늘 경주에서 홀연히 모란을 만나게 되었다는 기쁜 마음을 먼저 말했다. 이어 물가 정자에서 저녁 비를 맞으니 찬기가 인다면서 장안에서는 모란으로 추위를 막아주는 방석을 만들었는데 경주에서는 견직물로 방석을 만드니 따뜻한 느낌이 없다고 했다. 5·6구에서는 나비와 시인 자신을 대비하여 시상을 고조시켰으며, 마지막 두 구에서는 '장대류' 고사와 '초왕'의 고사를 가져와 마무리 했다.

회중모란위우소패

回中牡丹爲雨所敗 두 번째

이상은 李商隱

석류꽃은 봄도 모른다며 공연히 비웃더니
봄이 채 가기도 전에 떨어져 사람 근심 더 하네
옥쟁반에 눈물 떨어지니 마음 자꾸 상하고
비단 비파의 놀란 소리에 자꾸 꿈을 깨네
만 리 음산한 구름 옛날 놀던 꽃밭과 다르고
비 맞아 시든 모란의 생기 진흙에 묻히네
보았는가 전계촌 무녀들 춤춘 뒤 지친 모습을
비 맞은 모란 모습 오늘 아침엔 더욱 신선하여라

浪笑榴花不及春　　先期零落更愁人
玉盤迸淚傷心數　　錦瑟驚弦破夢頻
萬里重陰非舊圃　　一年生意屬流塵
前溪舞罷君回顧　　竝覺今朝粉態新

◇ 낭소浪笑 : 공연히 비웃다.
◇ 선기령락先期零落 : 모란꽃이 늦봄 무렵부터 시들어 떨어지다.
◇ 옥반玉盤 : 모란 화관.
◇ 중음重陰 : 어두운 구름이 짙게 끼다.
◇ 생의生意 : 활력.
◇ 분태粉態 : 예쁜 꽃, 모란 지칭.

❖

  비를 맞아 시든 모란은 자기 자신을 상징한다. 찬비를 맞아 꺾어진 모란을 빌어 곧 사물을 끌어와 자신의 숨은 뜻을 은근히 드러내었다. 옥쟁반에 눈물 떨어진다는 말은 모란꽃 받침에 비가 내렸다는 뜻이고, 비단 비파의 놀란 소리 또한 세찬비가 모란의 꽃잎을 때리는 것을 형용한 말이다. 만 리의 음산한 구름은 장안을 떠나 있는 자신이 현재 위치한 곳에, 짙은 구름이 끼어 장안의 하원에서 모란을 감상하던 당대 분위기와는 사뭇 다르다는 뉘앙스를 그렇게 말했다. 끝에 가서는 분위기 반전을 가져왔는데 전계촌의 무녀들이 춤을 추고 나면 지친 모습이지만, 오늘 아침에 바라본 모란은 지난 밤 비를 맞았지만, 더욱 신선하게 보이더라는 말로써 자신의 변신이나 전환의 의지를 담았다.

승원모란
僧院牡丹

이상은李商隱

잎이 얇으니 바람결로 흔들리고
가지 가벼우니 안개조차 버겁다
먼저 핌은 사람들을 피한 것 같고
색이 연하니 스님 옷 짓기 딱 좋네
하얀 가루 칠한 벽에 물결이 이는 듯
바람이 장막에 불어 등불이 흔들리는 듯
성이 기울기를 웃으며 기다리나니
얼마나 많은 비단을 찢어야 할른지

葉薄風才倚　　枝輕霧不勝
開無如避客　　色淺爲依僧
粉壁正蕩水　　緗帷初卷燈
傾城惟待笑　　要裂幾多繒

◇ 불승不勝 : 감당할 수 없다.
◇ 분벽粉壁 : 흰색 가루로 칠한 벽.
◇ 상緗 : 연한 노란색, 담황색.
◇ 경성傾城 : 성을 기울게 하다, 미녀, 여기서는 모란.
◇ 증繒 : 견사 면직물의 총칭.
◇ 요열要裂 : 모름지기 찢어야만 한다.

❖

　사찰에 핀 모란을 보고 읊었다. 처음 두 구는 모란의 부드러운 잎과 여린 가지를 말하기 위하여 바람결로 움직이고, 가벼운 안개조차 지탱하지 못한다고 했다. 모란이 이른 봄에 피는 이유는 사람들을 피하기 위함이며, 색이 화려하지 않아서 승려들의 옷감 색으로 적합하다는 말은 뒤의 두 구에서 말했다. "성이 기울기를 웃으며 기다리나니"는 모란의 꽃봉오리가 터져 나오고 싶은 충동을 말한 것이며, "얼마나 많은 비단을 찢어야 할지"는 하夏나라 말기 폭군 걸桀 임금의 총애를 입은 말희妹喜가 비단 찢어지는 소리를 좋아해서 걸 임금이 자주 비단을 주고 찢도록 했다는 고사를 가져와 꽃이 피는 모습을 비단을 찢는다고 표현했다.

영모란미개자
咏牡丹未開者

한종韓琮

지고 남은 꽃은 어디에 숨었을까
모두가 다 모란 방에 있지 않을까
어린 꽃잎은 금가루를 머금은 듯
여러 겹 꽃들은 꽃봉오리를 맺을 듯
구름이 엉긴 무산 신녀의 꿈속인가
주렴이 내려진 경양루의 상황인가
아마도 세월이 빨리 감을 한탄하겠지
기다린 세월만큼 더디더디 길게 가기를

殘花何處藏　　盡在牡丹房
嫩蕊包金粉　　重葩結繡囊
雲凝巫峽夢　　簾閉景陽妝
應恨年華促　　遲遲待日長

◇ 파葩：꽃.
◇ 수낭繡囊：모란 꽃봉오리.
◇ 무협몽巫峽夢：무산의 꿈. 전설에 초楚나라 회왕懷王이 고당高唐을 유람
　　할 때 꿈에서 무산의 신녀神女를 만났다는 고사.
◇ 경양장景陽妝：남조南朝시대 제齊나라 무제武帝 소색蕭賾이 궁궐 안이 깊
　　어서 정문 누각에서 치는 북소리를 잘 들을 수 없는 애로가 있자, 경
　　양루景陽樓에 종을 걸어두어 궁녀들이 그 소리에 따라 아침 일찍 일어

나 단장을 하게 했다는 고사.
◇연화年華 : 시기.
◇지지遲遲 : 느리다.

❖

시의 구성이 새롭고 참신하다는 평을 듣는다. 상상력이 풍
부하고 시풍이 화려하면서도 아름답고 대구 또한 짜임새가 있
다. 뿐만 아니라 전고의 사용도 적절하여 시의 표현력과 감염
력을 증강시킨다. 특히 결구에 의인화 수법을 동원하여 모란
이 꽃봉오리를 터뜨리고 싶은 긴박감과 조바심을 잘 묘사했
다. 단지 모란만을 묘사한 것이 아니라, 언외지의言外之意, 곧
말 밖의 뜻을 통하여 의미를 깊고 멀게 하여 독자들의 상상력
을 끌어내는데 성공했다.

모란
牡丹

한종韓琮

복숭아 살구꽃 따위와는 자태를 겨룰 수 없어
푸른 장막 속에서 살며시 붉은 꽃 터뜨린다네
새벽의 자태는 금박 이슬을 멀리 나누어주는 듯
저녁의 향기는 옥당까지 바람을 깊이 끌고 가는 듯
모란의 천향天香이란 명예 천년 뒤에나 옮겨질까
모란의 귀한 명성은 귀족 잔치 중에도 으뜸이라네
꿈속인가 선녀인가 홀연히 떨어지고 말다니
저녁 노을 어디에서 그 떨기라도 찾고 싶은데

桃時杏日不爭濃　　翠幄陰成始放紅
曉豔遠分金掌露　　暮香深惹玉堂風
名移蘭杜千年後　　貴擅笙歌百醉中
如夢如仙忽零落　　暮霞何處綠屛空

◇ 농농濃濃 : 꽃이 매우 고움.
◇ 방홍放紅 : 홍모란이 피어남.
◇ 옥당玉堂 : 신선들이 사는 곳, 여기서는 권문귀족들의 주택.
◇ 녹병綠屛 : 꽃이 떨어진 뒤 모란 떨기.

❖

　농濃, 홍紅, 염艶, 금金, 옥玉, 하霞, 녹綠 등의 색채어는 시 전체에 찬란한 색깔의 향연을 선사한다. 이들은 모란의 아름다움을 잘 표현해 줄 뿐만 아니라 독자로 하여금 시 예술의 아름다움을 느끼게 한다. "모란의 천향天香이란 명예 천년 뒤에나 옮겨질까"는 난이나 두견화 따위는 천년이 지나도 하늘이 내린 향기를 지닌 모란의 경쟁 상대가 아니라는 말이며, "모란의 귀한 명성은 귀족 잔치 중에도 으뜸이라네"는 귀족들이 잔치에서 온갖 술로 취하고 온갖 악기로 흥을 돋우어도, 모란의 아름다움을 대신할 수 없다는 말이고 보면 모란에 대한 찬사는 극에 달했다 할 것이다.

모란

牡丹

소식蘇軾

작은 난간을 배회하던 해는 벌써 서쪽으로 기울고
근심 많던 봄이 가니 모란도 진흙 위에 떨어지네
붓을 들고 저 아름다운 모란을 그리고 싶은데
안타깝게도 세상에는 양자화 같은 고수가 없네 그려

小檻徘徊日自斜　　只愁春盡委泥沙
丹靑欲寫傾城色　　世上今無楊子花

◇위委 : 떨어지다, 시들다.
◇단청丹靑 : 꽃을 그리는 붓.
◇양자화楊子花 : 북제의 화가, 화성畵聖으로 불림.

❖

　칠언 절구이다. 봄날이란 원래 근심이 유난히 많은 법인데 하필 해가 지고 나니 모란까지 떨어져 근심을 더한다는 말로 시상을 열었다. 떨어진 꽃이 안타까워 붓으로 그려놓고 오래 보고 싶은데 아뿔싸, 세상에는 양자화 같이 모란을 잘 그리는 화가가 없으니 근심이 더할 수밖에……

술고문지명일즉래좌상부용전운
逃古聞之明日卽來坐上復用前韻

소식蘇軾

봄볕은 천천히 어디로 가는가
우리는 다시 꽃 앞에서 술잔을 들었네
종일 꽃에게 물었으나 꽃은 대답 없고
도대체 누굴 위하여 졌다가 다시 피는지

春光冉冉歸何處　　更向花前把一杯
盡日問花花不語　　爲誰零落爲誰開

◇술고逃古：소식의 친한 친구 진양陳襄, 이 시에 앞서 소식은 〈길상사화
　장락이진술고기부지吉祥寺花將落而陣逃古期不至 : 길상사의 꽃이 지려
　고 할 무렵 진술고와 약속을 했으나 그가 오지 않았기에〉라는 시를
　지었는데, 진술고가 이 소식을 듣고 다음날 찾아와서 다시 두 수를 지
　었는데 그 중 두 번째가 위의 시이다.
◇염염冉冉 : 점점, 움직이는 모양.

❖

 역시 칠언 절구이다. 봄볕은 어디서 왔다가 도대체 어디로 가는 것인가? 시인다운 질문으로 시상을 일으켰다. 우리는 다시 꽃 앞에 모여 술잔을 기울인다. 하루 종일 꽃에게 물어보지만 꽃은 말이 없다. 도대체 꽃은 누구를 위하여 떨어지고, 누구를 위하여 피어나는지 대답을 듣고 싶은데……

모란

牡丹

조길趙佶

다른 빛 꽃인데 가지는 둘 다 푸른 모란꽃
옅은 홍색이 바람에 움직이니 술 취한 연꽃인 듯
봄날 비단이 여러 겹 어전 계단에 펼쳐있으니
구름 같은 실타래가 얽혀 궁궐을 씻기는 듯
달빛은 난새의 울음에 따라 춤을 추는 듯하고
보배 같은 가지들은 서로 엉겨 보금자리 만드네
봄바람의 조화가 작년보다 더 기묘해서
맑은 향기에 감기어 시구를 탁마해 본다네

異品珠葩共翠柯　　嫩紅拂拂醉金荷
春羅幾疊敷丹陛　　雲縷重縈浴絳河
玉鑑和鳴鸞對舞　　寶枝連理錦成窠
東君造化勝前歲　　吟繞淸香故琢磨

◇불불拂拂 : 바람이 불어 움직이는 모양.
◇부敷 : 펴다, 바르다.
◇단폐丹陛 : 궁궐의 계단, 붉은 색으로 칠한 데서 유래.
◇강하絳河 : 은하, 북극의 남쪽이어서 단丹, 강絳이라 함, 남쪽 색.
◇옥감玉鑑 : 밝은 달.
◇연리連理 : 길상의 징조로 뿌리는 다르나 가지는 엉겨 자라는 나무.
◇탁마琢磨 : 본뜻이 옥석을 조각하는데, 여기는 시문을 꾸미다의 뜻.

❖

"모란이 한 그루 있는데 줄기는 같으나 두 가지 꽃이 피었
다. 그 붉기가 짙고 연함이 같지 않으니 사실은 품종이 두 가
지였다. 하나는 첩라홍疊羅紅이고, 다른 하나는 승운홍勝雲紅
이라 한다. 아름답고 예쁘기 그지없다. 둘 다 한 때의 묘를 다
하여 조물주의 세밀함이 이와 같았다. 포상을 하고 난, 나머지
입으로 시를 불러 구를 이루었다." 시 앞에 있는 말인데 시 창
작 배경이 잘 나타나 있다.

모란

牡丹

정강중鄭剛中

모습은 으뜸 향기는 상대가 없으니
어디에 다시 요황과 위자를 심으랴
사람들 시인들 모두 모란이 최고라며
지금까지 백화의 왕이라고 불러준다네

既全國色與天香　　底用家人紫共黃
却喜騷人稱第一　　至今喚作百花王

◇ 저용底用 : 어디에 쓸 것인가.
◇ 요황姚黃 : 모란의 최고 품종의 하나.
◇ 위자魏紫 : 모란의 최고 품종의 하나.
◇ 소인騷人 : 시인, 문인.

❖

    사천성 선무부사라는 직책으로 있으면서 촉 지방을 다스릴 방략을 여럿 내어 그 위세를 떨쳤던 인물이지만, 나중에 진회에게 촉나라에서 함부로 했다는 이유로 분노를 사서 유배를 당했던 시인, 나중에 진회가 죽고 나서 서원은 되었지만 그 일생이 파란만장했다. 시는 담박하게 세간에서 말하는 바를 읊었다.

이량총시모란장구
李良寵示牡丹長句

부찰傅察

만물을 키우는 봄비가 먼지를 씻어내니
굽은 난간의 꽃이 새로운 모습 보이네
봄바람이 다른 미인과 눈 맞음 괴이치 않으니
홀로 선종을 데리고 봄 축제를 벌이나 보네
서왕모 주변에 사는 손님이 아니라면 부끄럽나니
개양대서 만났던 그 사람인 듯 기쁘게 맞이하네
여전히 한스럽네 이승에서 표범나비에게 진 것
향기를 훔치려 꽃을 안고 드나드는 저 모습이라니

如酥小雨壓芳塵　　曲檻重來花更新
莫怪東風鐘異美　　獨將仙種殿餘春
愧非阿母池邊客　　喜見陽臺夢里人
猶恨此一輪蛺蝶　　偷香抱蕊往來頻

◇여소소우如酥小雨 : 봄비가 만물을 적셔주는 것을 비유함.
◇종鐘 : 마음에 들다.
◇선종仙種 : 신선 땅에서 온 종자, 여기서는 모란.
◇아모阿母 : 서왕모, 서왕모가 주나라 목왕을 초대하여 잔치를 벌인 곳
◇양대몽리인陽臺夢里人 : 무산신녀巫山神女, 초왕楚王과 만난 신녀는 자신
　　은 아침엔 구름, 밤엔 비가 되는데 항상 개양대開陽臺를 떠나지 않는
　　다고 말했다. 여기서는 모란과 비유하여 자기의 연애 상대를 말함.
◇수륜此一輪 : 패배하다, 지다.

❖

    비유와 상상력이 뛰어난 작품이다. 함련에서 봄바람이 다른 미인에게 눈 맞았다는 표현, 신선들이 사는 땅에서 가져온 품종이라는 말, 경련에서 서왕모 연못에서 사는 손님이라는 말, 개양대에서 꿈속에 만났던 여인이라는 표현 등이 감탄을 자아낸다. 미련에서 자신이 표범나비에게 졌다는 표현은 압권이다. 표범나비야말로 모란꽃 속을 수시로 드나들면서 껴안고 빨기를 수도 없이 해대지 않는가?

모란
牡丹

진여의陳與義

금나라의 군대가 한 번 변경을 침입한 후
십년이 지났건만 낙양 가는 길은 멀기만 하네
청돈 시냇가에서 실의한 병든 나그네
홀로 서서 봄바람 맞으며 모란을 바라보네

一自胡塵入漢關　　十年伊洛路漫漫
青墩溪畔龍鍾客　　獨立東風看牡丹

◇ 작시일作詩日 : 1136년 봄, 시인은 병으로 물러나 절강성 동향에서 가료
　　중이었다.
◇ 호진胡塵 : 금나라의 군대.
◇ 이락伊洛 : 낙양을 통과하며 흐르는 이수伊水와 낙수洛水, 여기에서는 작
　　자의 고향인 낙양을 가리킨다.
◇ 십년十年 : 금나라 군대가 북송의 서울 변경汴京을 점령한 지 10년째인
　　1136년.
◇ 청돈青墩 : 절강성 동향桐鄉 북쪽.
◇ 용종객龍鍾客 : 늙고 병든 모양, 여기에서는 작자 자신의 모습을 나타낸
　　다.
◇ 동풍東風 : 봄바람.

❖

　1126년 북송은 금나라에게 수도 변경汴京을 빼앗겼다. 남쪽으로 물러나 남송이라 칭하면서 절강성 항주에 수도를 정하고 수복을 노렸다. 하지만 진회 등 간신과 매국노가 설치는 바람에 악비 같은 충신 장군이 모함으로 죽임을 당하는 등 남송은 결국 금나라에게 넘어가고 말았다. 이 시는 그러한 역사적 배경을 바탕으로 담담하게 술회하는 듯, 회고하는 듯 씌어졌다.

원중개모란일지
園中開牡丹一枝

주익朱翌

천하의 화왕은 모두 낙양에 있나니
청명과 한식이면 귀부인들 모여든다네
봄날 조물주는 따뜻한 마음을 표시하려고
송이마다 예쁜 꽃을 멋지게 피웠다네

天下花王都洛京　　淸明寒食走香軿
東君欲表南來意　　一朶嫣然尙典型

◇향병香軿 : 고대 귀족 여자들이 타는 막이 있는 수레.
◇동군東君 : 봄의 신이다.
◇언연嫣然 : 아름답고 교태 있는 모양.

❖

　칠언 절구인데 낙양에는 예쁜 모란이 많다는 말로 시상을 열었다. 이어 청명과 한식이면 그 모란의 향연이 절정에 이르러 귀부인들의 행차가 길어진다며 시상을 고조시켰다. 다음으로 꽃을 피우는 데는 봄날 조물주의 배려라면서 자연의 베풂에 감사한 마음을 표시하였고, 송이송이 예쁜 모습이 미의 전형이라는 말로 마무리했다.

산사견모란
山寺見牡丹

유자휘劉子翬

일찍이 벼슬이 싫어서 낙양에 가서
여러번 모란의 모습을 보며 눈을 즐겼네
술을 들고 신을 끌며 고관의 꽃밭에서
꽃에 기대어 고관들과 한 시절을 즐겼네
십년의 객지 생활 하얀 꽃을 보니 놀랍고
고개 들어 중원을 보니 전쟁의 참화일세
오늘은 꽃을 찾았으나 쓸쓸한 마음 일어
사찰에서 몇 송이로 꽃으로 늦봄을 희롱하네

倦遊曾向洛陽城　　幾見芳菲照眼新
載酒屢穿卿相圍　　傍花時値綺羅人
十年客路驚華發　　回首中原隔戰塵
今日尋芳意蕭索　　山房數朶弄殘春

◇ 권유倦遊 : 관리 생활에 싫증나다.
◇ 방비芳菲 : 화초가 아름답고 향기가 짙다, 여기서는 모란
◇ 기라인綺羅人 : 부자, 돈이 많이 있는 사람을 가리킨다.
◇ 소색蕭索 : 쓸쓸하다, 생기가 모자라다. 여기서는 따분하고 재미없는 뜻
　　이다.

❖

　시인은 산사에서 모란을 보았나 보다. 어떤 경물을 보고 시정을 일으킨 시이다. 낙양에 있었을 때 모란의 정경情景을 찾았을 때를 추억하는 내용, 낙양과 중원 일대(지금의 하남성)가 십여 년 동안 전쟁의 먼지 속에 묻힌 사연 등 고개를 돌려보니 그 마음 둘 바가 없어 아픈 마음이 절로 인다. 사물에 의탁하여 자신의 뜻을 말했는데 우국정회를 유발하여 말의 기운이 침통하다.

모란

牡丹 二首

왕십붕王十朋

예나 지금이나 여러 관청 연못에
사람들 앞 다투어 모란을 심네
주인장 덕도 좀 같이 심으시게나
그대 자손들이 더불어 볼 수 있도록

古今幾池館　　人人栽牡丹
主翁兼種德　　要與子孫看

◇기幾 : 다소.
◇주옹主翁 : 주인공, 주인.

❖

철리哲理가 담긴 시로 알려져 있다. 땅이 부족할 정도로 모란을 심고서, 이제 땅이 없어 관청 연못에까지 모란을 심었다는 말을 하여 당대 사회를 비꼬았다. 시를 통한 도덕 교화의 좋은 예인데 모란만 심지 말고 덕까지 같이 심어야 그 덕화를 자손이 입을 것이라는 대목에서 그만 손뼉이 절로 쳐진다.

모란
牡丹

왕십붕王十朋

사람들이 다들 이 꽃은 귀하다고 하는데
어찌 가난하고 천한 곳에 심겠는가
봄바람의 정이야 공평하고 무사하니
빨간 꽃과 보란 꽃을 다 같이 피게 하네

人道此花貴　　豈宜顔巷栽
春風情不世　　紅紫一般開

◇안항顔巷 : 공자의 제자인 안회顔回가 살았던 누추한 뒷골목이다. 여기서
　는 가난하고 천한 곳을 가리킨다.
◇불세不世 : 만만찮다, 드물다.

❖

    대자연의 공평하고 무사한 정을 노래했다. 시인은 사물에 기대어 자신 뜻을 펼쳤다. 위의 시에서는 복선을 깔더니 여기서는 구체적으로 강조를 했다. 봄바람은 부귀와 빈천을 가리지 않고, 붉은 꽃, 자주 꽃도 가리지 않고 모두 피게 한다는 말로써 함축적 의미를 담았다.

화담덕칭송모란

和譚德稱送牡丹 두 수 중 첫 번째

육유陸游

낙양의 봄은 중원에서 독보적이고
단운과 정홍은 모란 중의 으뜸이지
검남 지역이 초췌하건 말건 상관없이
그대 모란이여 나와 정이 같지 않는가

洛陽春色擅中州　　檀暈羥紅總勝流
憔悴劍南人不管　　問渠情味似儂不

◇ 담덕칭譚德稱 : 서촉의 명사로 알려진 인물.
◇ 천천擅 : 독보적이다.
◇ 단훈정홍檀暈羥紅 : 두 종의 유명한 모란의 이름.
◇ 승류勝流 : 명품 류.
◇ 검남劍南 : 당나라 때 검각劍閣 이남의 촉중蜀中 지역을 일컬음, 여기서는
　촉蜀 지역을 가리킨다.

❖

　육유는 모란 시를 12수나 지었는데 80세가 넘어서도 시를 지었으며 열정의 시인답게 물상을 보면 정을 붙이곤 했다는데 여기서도 그랬다. 낙양의 봄과 검남의 봄이 어찌 다르랴마는 시인은 다르게 느꼈고, 모란이면 다 모란이 아니라 단훈과 정홍이 으뜸이라며 차별을 했다. 모란을 향하여, 모란이 느끼는 봄이 시인이 느끼는 봄과 다르지 않음을 애써 강조했다.

상산원모단유감
賞山園牡丹有感

육유陸游

낙양의 모란은 직경이 한 척이고
부치의 모란은 높이가 한 길 넘네
세상에서 뛰어나기를 이와 같거늘
어렸을 적 동오에 살았던 것 한스럽네
속인들은 시간이 짧은 것을 괴로워하고
눈으로 못 본 것은 없는 것 취급하네
주나라 한나라 서울이 어찌 멀다하리
어떻게 채찍을 얻어 오랑캐를 몰아낼까

洛陽牡丹面徑尺　　鄜畤牡丹高丈餘
世間尤物有如此　　恨我總角東吳居
俗人用意若促　　目所未見輒謂無
周漢故都亦豈遠　　安得尺箠驅群胡

◇ 산원山園 : 월주 산음山陰, 장안으로부터 3,740리, 낙양으로부터는 2,890
리라고 시인이 주를 해두었다.
◇ 부치鄜畤 : 섬서성 부평현.
◇ 총각總角 : 고대 미성년자들의 머리 스타일이다. 후에 어려을 때를 가리
킨다.
◇ 동오東吳 : 고대 오吳국의 땅으로 지금 강소성, 절강성 일대.
◇ 국촉局促 : 구속하다, 어색하다.

◇척추尺箠 : 한 척의 말채찍.
◇군호群胡 : 금나라의 군대.

　고향의 모란을 보고서 낙양과 부치의 모란을 떠올렸다. 이 두 지방은 모란의 양대 주요 생산지이나 이미 적군(금나라)의 손에 들어간 지 오래다. 그래서 시인은 "어떻게 채찍을 얻어 오랑캐를 몰아낼까"하고 한순간도 빠짐없이 잃어버린 고토의 회복을 고민하고 있다. 말의 표면에 애국의 정이 넘쳐난다.

재모란
栽牡丹

육유陸遊

호미로 정원의 이끼를 베어내고
묵자, 정홍의 모란을 손수 심었네
팔십이 넘으니 늙어 동작이 더디니
죽기 전에 몇 번이나 꽃을 보련지

携鋤庭下斸蒼苔　　墨紫輕紅手自栽
老子龍鍾逾八十　　死前猶見幾回開

◇촉斸 : 깎다, 파다.
◇묵자정홍墨紫輕紅 : 모란의 꽃 이름.
◇노자老子 : 작자 자칭.
◇용종龍鍾 : 늙어서 동작이 부자연스럽다, 늙어서 뼈가 앙상한 모양.
◇유逾 : 초과하다, 넘다.

❖

　80세가 넘은 늙은 시인의 좋아하는 사물에 대한 추구심과
생활의 열정적인 모습을 드러낸 시다. 80 넘은 노인의 노욕이
라고 해야 할지 아니면 노익장을 과시한 것이라고 봐야할지
모르겠지만 언외의 의미가 읽혀진다. 끝에 가서는 시인의 진
솔한 마음을 드러냈는데 어딘지 모르게 한편 쓸쓸한 감정이
일어난다.

희제모란
戲題牡丹

범성대範成大

꿈꿈한 주인이 아름다운 봄이 아까워서
예쁜 덮개와 대바구니로 자모란을 보호했네
바람과 태양도 등한하여 이르지 못하고
벌과 나비도 밖에서만 윙윙거리네

主人細意惜芳春　　寶帳籠階護紫雲
風日等閑猶不到　　外邊蜂蝶莫紛紛

◇ 세의細意: 자세하다, 주도면밀하다.
◇ 보장寶帳: 꽃을 보호하는 덮개의 미칭.
◇ 롱籠: 대바구니.
◇ 자운紫雲: 보라색 모란.
◇ 풍風: 암수가 서로 유인하는 뜻, 바람과 태양이 서로 사귀지 못함, 곧 꽃
　　을 가려 놓아서 바람과 햇빛이 꽃에 이르지 못한다는 말.

❖

　제목의 희戱자가 여러 의미를 함축하고 있는 시이다. 주인
이 모란을 보호한다는 뜻에서 장막과 대바구니로 모란을 감싸
놓았다는 것으로 시상을 열었다. 그랬더니 바람도 통하지 않
고 햇빛도 들어오지 않을 뿐만 아니라, 벌과 나비도 꽃 주변만
서성거릴 뿐이라고 하여, 묘한 해학을 느끼게 한다.

청명목시신화작모란회

清明目試新火作牡丹會

범성대范成大

등불 켜고 다시 생각하니 아직도 나그네
나라 떠난 지 오래인데 여태 나그네 길
어찌하면 푸른 연기가 버드나무를 뚫듯
잠시라도 은촉을 붙들고 서울을 비춰볼까
향기로운 쪽 머리 반쯤 취한 듯 무겁고
병든 눈 깜깜하니 검은 구름이 가린 듯
아름다운 곳이라 봄볕도 따사로우니
처맛비로 하여금 시시한 것 쓸게 하네

再鑽巴火尙浮家　　去國年多客路賒
那得青煙穿禦柳　　且將銀燭照京花
香鬢半醉斜枝重　　病眼全昏瘴霧遮
錦地繡天春不散　　任教簷雨卷泥沙

◇파화巴火 : 시문에서 자주 나타나는 불의 통칭이다.
◇사賒 : 요원하다, 아득히 멀다, 까마득하다.

✦

　칠언 율시인데 앞의 넉 줄은 오랜 나그네 신세를 면하고 서
울에 가서 살고 싶은 마음을 담았다. 다음 두 줄은 모란의 모
습을 표현한 것인데 "향기로운 쪽 머리 반쯤 취한 듯 무겁고"
는 모란꽃의 탐스러움과 풍만함을, "병든 눈 깜깜하니 검은 구
름이 가린 듯"은 모란의 자태에 눈이 절로 감긴다는 뜻을 담았
다. 이어 마지막에서는 금지수천錦地秀天 곧 아름다운 곳, 서울
은 봄볕도 따사로우니 처마의 비로 하여금 시시한 것은 모두
쓸어내게 한다며 끝을 맺었다.

제서희풍모란

題徐熙風牡丹 두 수 중 첫 번째

범성대范成大

예주궁의 신선이 새벽녘 난새를 타고
이슬이 마르기 전 신선을 배알했네
하늘 가 높은 바람은 성난 화살 같고
녹색 모란 나부끼니 자색 모란 차가워라

藥珠仙馭曉驂鸞　　道服朝元露未乾
天半罡風如激箭　　綠綃飄蕩紫綃寒

◇서희徐熙 : 오대五代 남당南唐의 화가.
◇예주선藥珠仙 : 신선이 사는 예주궁의 신선.
◇도복조원道服朝元 : 도사가 신선에게 예를 드림.
◇강풍罡風 : 높은 곳의 바람.
◇초綃 : 생사生絲, 여기서는 모란 지칭.

❖

　서희의 '바람 맞은 모란 그림'에 쓴 제화시 이다. 이 시는 풍
風자에서 충분한 상상력이 발휘되고 있다. 여러 수사와 수단
을 통하여 바람 맞은 모란의 자태를 매우 핍진하게 묘사하였
다. 끝의 "녹색 모란 나부끼니 자색 모란 차가워라"는 모란 잎
이 바람에 비틀거리면, 꽃이 바람을 직접 맞아서 힘들다는 말
인데, 순망치한脣亡齒寒 곧 입술이 없으면 이가 시린 격이라고
나 할까? 여러 의미가 담긴 시구이다.

제서희풍모란

題徐熙風牡丹 두 수 중 두 번째

범성대范成大

신선의 치마에 찬바람 드니 옥 같은 피부가 떨리고
한참을 흔들린 뒤인지라 바람에 버틸 재간이 없네
설령 항거해 보려 해도 봄으로선 별 도리 없나니
가는 저 허리로써는 하늘하늘 흔들릴 수밖에

寒入仙裙粟玉肌　　舞餘全不耐風吹
從教旅拒春無力　　細看腰肢裊裊時

◇여거旅拒 : 항거하다. 저항하다.
◇뇨뇨裊裊 : 가늘고 부드러운 것이 흔들리는 모양.

신선의 치마는 모란 잎을, 옥 같은 피부는 모란꽃을 각각 말한다. 춤을 추고 난 뒤는, 바람에 한참 동안 흔들린 뒤를 그렇게 표현했다. 3구와 4구는 의인화를 통하여 실감나게 말했는데, 봄바람에 항거해보라고 했지만 봄이 무력하다는 말이 참 재밌거니와, 가는 허리로써는 바람을 이겨낼 수 없다는 표현 또한 상징하는 바가 단순하지 않다.

자모란
紫牡丹 두 수 중 첫 번째

양만리 楊萬里

온갖 꽃들 봄을 차지하려고 번민하지 않는데
결국 봄을 독차지 한 것은 모란이라네
자주색 비단 향주머니는 꽃가루처럼 따뜻하고
푸른 장막 속 춤추는 소매는 무늬처럼 차가워라
국색천향의 시구가 없어 한스러우나
바람 자락 햇빛 조각 빌려서 모란을 바라보네
집안에는 모란꽃 천 송이가 있으니
삼 년 만에 돌아가는 꿈이 난간에 맴도네

萬花不分不春妍　　究竟專春是牡丹
紫錦香囊金屑暖　　翠羅舞袖掌文寒
恨無國色天香句　　借與風縩日葶看
家有洛陽一千朶　　三年歸夢繞欄幹

◇ 불분不分 : 승복하지 않다, 지려 하지 않다.
◇ 금설金屑 : 꽃가루.
◇ 나羅 : 재질이 성긴 견직물을 가리킨다.
◇ 낙양洛陽 : 송나라 때 모란을 낙양화라 부름.

❖

    칠언 율시인데 비유가 돋보이는 시이다. 모란이 모든 봄을
독차지했다는 말로 시상을 열었다. "자주색 비단 향주머니"는
모란꽃을 말하고, "푸른 장막 속 춤추는 소매"는 모란의 길고
푸른 잎을 가리킨다. "국색천향國色天香의 시구가 없어 한스러
우나"는 당나라 때 중서사인을 지낸 이정봉李正封이 모란을 읊
은 시에 나오는 말인데, 여기서는 본인이 그런 훌륭한 시를 짓
지 못해 안타깝다는 표현을 그렇게 했다.

상모란
賞牡丹

양만리 楊萬里

술을 갖고 꽃 그림 난간에서 꽃을 보는데
아픈 몸이라 가벼운 추위도 간신히 견디네
반쯤 취한 주인은 꽃이 아직 좋기만 한지
진주 주렴 걷어 올리고 모란을 감상하네

把酒看花繞畫欄　　病身只得忍輕寒
主人半醉花微倦　　下却珠簾放牡丹

◇ 화란畫欄 : 그림으로 장식한 난간.
◇ 주렴珠簾 : 진주로 만든 장막.

❖

　칠언 절구의 평범한 시인데 순전히 물상을 보고 서정을 일
으킨 전형적인 예이다. 읊은 대상에 대한 관찰이 정밀하기에
몸에 느껴지는 맛이 제법 진하게 다가온다. 우리는 이런 시를
형상이 핍진하다고 말을 하며, 어떤 전거도 쓰지 않을 뿐만 아
니라, 전인을 모방하지도 않고, 전적으로 자신의 목소리를 깨
끗하고 기민하게 드러내어 청신하고도 자연스럽다. 또 평이하
고 알기 쉬우며 정취를 때때로 드러내고 있음이 이른바 성재
체誠齋體의 전형적인 모습이라 하겠다. 육유의 시와 매우 비교
되는 점이 여기에 있다.

입춘검교모란
立春檢校牡丹

양만리 楊萬里

모란이 또 봄 단장을 하려고 하니
한가한 사람 바빠져서 번거롭다
새해와 묵은해가 바뀌려는 길목
갈 것인가 머물 것인가 고민하는 꽃
나를 따르는 봄바람 소매에서 나오자
작은 꽃봉오리 벌써 천향을 머금었네
꽃이 피면 사람들 창자 끊길까 두렵고
꽃 피지 않으면 사람들 창자가 먼저 끊기리

牡丹又欲試春妝　　惱得閑人也作忙
新舊年頭將替換　　去留花眼費商量
東風從我袖中出　　小蕾已含天上香
只道開時恐腸斷　　未開先自斷人腸

◇입춘立春: 이십사절기 중 하나.
◇검檢: 살펴보다, 이본에는 검교檢校라 된 곳도 있다.

칠언 율시의 시인데 생각을 엮어 뜻을 세운 것과 낱말을 고르고 문장을 만드는 능력이 전적으로 자신의 의도에서 나온 독창적인 면모가 돋보이는 시이다. 위의 시와 마찬가지로 성재체의 전형적인 예이다. 꽃이 피면 꽃에 반하여 사람들은 애를 태우고, 또 꽃이 피지 않으면 안달이 나서 창자가 끊어질 정도로 걱정을 한다는 말에서 그만 할 말을 잃고 만다.

춘반우한모란수무소식

春半雨寒 牡丹殊無消息

양만리楊萬里

금년엔 꽃들이 아직 필 준비를 못했는데
작년에는 이월에 모란 향기 풍기었었지
춥고 따뜻함이 고르지 않자 봄날이 늦듯
떨어질 날 더디면 꽃의 목숨 길어지겠지
단지 하루 이틀 볕 나는 가 싶더니
다시 삼사일 연이어 비가 내리네
정홍과 위자가 고사리처럼 엉기었으니
요씨 집안의 요황이야 말하여 무엇하리

今歲芳菲盡未忙　　去年二月牡丹香
寒暄不定春光晚　　榮落俱遲花命長
纔一雨朝晴炫野　　又三四陣雨鳴廊
輕紅魏紫拳如蕨　　而況姚家進御黃

◇ 수殊 : 특별하다.
◇ 방비芳菲 : 꽃피는 시절.
◇ 현炫 : 눈부시게 비치다.
◇ 한훤寒暄 : 날씨가 춥거나 따뜻함.
◇ 정홍輕紅 : 귀한 모란의 이름.
◇ 요황위자姚黃魏紫 : 낙양의 요씨 집안에 피어난 요황姚黃과 위씨 집안에
　　피어난 위자魏紫 곧 명귀한 모란의 품종, 요황은 진상품이었다고 함.

❖

차가운 봄비가 내리자 금년에는 모란이 유난히도 꽃필 소식
이 없다는 제목의 시이다. 작년에는 볕이 좋아 이월에 이미 모
란꽃을 보았는데 금년에는 그러하질 못하다는 말로 시상을 열
었다. 날씨가 추워서 유명한 정홍, 위자 등 모든 모란 꽃순이
고사리처럼 말리기만 하고 피어날 줄 모른다며 애타는 마음과
임금께 진상할 요황마저 그러하다는 근심을 드러내보였다.

모란
牡丹

주숙진朱淑眞

요염하기 짝도 없이 고유한 향기 뿜내어
꽃 가운데 그 이름이 왕의 지위 얻었다지
미녀와 모란꽃을 비교하지 말게나
예로부터 나라와 집안 망신은 여자였으니

妖嬈萬態逞殊芳　　花品名中占得王
莫把傾城比顔色　　從來家國爲伊亡

◇ 요요妖嬈 : 요염하다.
◇ 영逞 : 전시하다, 과시하다.
◇ 경성傾城 : 성을 기울게 하다, 곧 나라를 망하게 함.
◇ 안색顔色 : 얼굴 색, 여기서는 모란.

❖

재미나는 시이다. 모란의 모습은 요염하고 모양도 천태만상
인데다 향기도 독특하다는 말로 시상을 열었다. 그런 까닭으
로 꽃 중에서 왕의 지위를 차지했다며 모란을 한껏 추켜세웠
다. 그리고 난 뒤 그런 모란을 경국지색傾國之色의 여자와 비
교하는 것은 잘못이라며 불만을 말했다.

우득모란수본 이식창외

偶得牡丹數本 移植窓外

장유저화의將有著花意 두 수 중 첫 번째

주숙진朱淑眞

황제의 원림에 심었던 모란을 가져와서는
혹 잘못 될까봐 흙 돋아주고 보호해주었네
하늘이 햇볕과 빗물을 적절하게 내려주어
담장 그늘 아래서도 봄날 꽃을 피었다네

王種元從上苑分　　擁培圍護怕因循
快晴快雨隨人意　　正爲牆陰作好春

◇ 왕종王種 : 답습적으로 모란의 별칭.
◇ 저화著花 : 착화著花와 같음, 꽃이 피다.
◇ 상원上苑 : 황가원림皇家園林.
◇ 옹배擁培 : 흙을 덮어 보호한다.
◇ 인순因循 : 옛 것을 지키다. 여기서는 긴장이 풀림, 해이함.
◇ 쾌청쾌우快晴快雨 : 날씨도 좋고 강수량도 적당하다.

❖

　우연히 모란 몇 본을 얻어와 창밖에 옮겨 심고 장차 꽃이 피기를 바라며 두 수를 지었다는 제목의 칠언 절구이다. 모란은 본래 황제의 원림에서나 자라는 귀하신 몸이라며 추켜세운 뒤, 이어 조금의 긴장도 풀지 않고 열심히 보살펴주었다고 했다. 그래서 하늘도 무심치 않아 적당한 햇볕과 적당한 강우를 내려 담장 아래서도 아름다운 꽃을 피웠다며 기뻐하는 마음이 느껴지는 작품이다.

모란
牡丹

서영수徐榮曳

요황과 위자는 본래 낙양에서 으뜸이니
사람들 천금을 아끼지 않고 그 꽃을 산다
금년에는 무엇 때문에 꽃값이 저렴할까
황궁에서 모란 감상을 좋아하지 않음이라네

姚魏從來洛下誇　　千金不惜買繁華
今年底事花能賤　　緣是宮中不賞花

◇요위姚魏 : 요황姚黃과 위자魏紫, 유명한 모란의 품종.
◇과誇 : 가장 좋다.
◇번화繁華 : 활짝 핀 꽃.
◇저사底事 : 무슨 일.

❖

    요황과 위자는 낙양에서도 매우 유명한 모란이라는 말로 시상을 일으켰다. 이어 두 모란이 꽃을 피우면 사람은 돈을 아끼지 않고 그 꽃을 산다는 말로 시상을 키웠다. 그러나 3행에서는 전환을 일으켜 금년에는 무슨 까닭인지 꽃값이 헐값이라며 의문을 제기한 뒤 황궁에서 모란 감상을 좋아하지 않은 까닭이라며 그 연유를 밝혔다.

사령위모란집차좌객운
司令爲牡丹集次坐客韻

유극장劉克莊

옛 사람이 일찍이 네 가지를 다 갖기 어렵다 했거늘
많은 술과 아름다운 국화를 보니 마음이 확 넓어지네
누가 채양과 구양수를 불러 옛 악보를 손질할 것인가
잠시 요황과 위자를 위하여 봄날 추위를 물리쳐보네
술에 취하니 비녀 풀어져 춤추듯 헝클어진 머리
밤이 깊었으니 촛불을 들고 본들 무슨 상관이랴
예쁜 모란과 늙은 내가 서로 어울리지 않으니
세상 어디에서 젊어질 수 있는 약을 구할 수 있나

古人曾道四竝難　　酒量黃花頓覺寬
誰與蔡歐修舊譜　　且爲姚魏暖春寒
飮狂尙欲簪巾舞　　漏盡何妨秉燭看
國色老顏不相稱　　世間何處有還丹

◇ 사병난四竝難 : 남조南朝 송나라 사령운謝靈運의 『의업중집시서擬鄴中集詩
序』에서 '양신良辰, 미경美景, 상심賞心, 락사樂事 이 네 가지는 함께
다 하기 어렵다'고 했다. 좋은 시절, 아름다운 경치, 즐거운 마음, 즐거
운 일 네 가지를 다 가지기 어렵다는 말이다.
◇ 채구蔡歐 : 채양蔡襄과 구양수歐陽脩.
◇ 요위姚魏 : 요황과 위자, 곧 모란의 최고 품종.
◇ 누漏 : 고대의 시계.
◇ 환단還丹 : 도가 수련하는 법, 여기서는 먹으면 젊어지는 약.

❖

　사령이라는 사람이 모란집을 만들 때 모인 사람 중의 운을
본떠서 지은 시인데 칠언 율시이다. 전거와 인물 등을 적절히
인용하여 시인의 마음을 잘 드러냈다. 송나라의 유명한 인물
인 채양과 구양수를 데려와 모란집을 만들어야 하는데 그럴
수도 없고, 요황과 위자를 위해 봄날의 따스함을 오래 붙들고
싶은데 그 역시 쉽지 않다고 하며, 즐길 수 있을 때 실컷 술이
나 마시고 밤을 세워 모란을 바라봄이 어떠냐고 했다. 끝에 이
르러 모란과 자신의 처지를 견주어보니 스스로 너무 초라하여
젊어지는 약을 구하고 싶다며 모란에 대한 경탄을 그렇게 표
현했다.

모란
牡丹

정공허程公許

봄은 교묘한 수법으로 온갖 꽃을 피우게 하니
밤이면 소의가 단장을 하고 궁실을 농락함과 같네
안타깝구나 하늘은 어찌하여 꽃을 오래 보려 않고
삼경에는 비 내리고 오경엔 바람까지 보내는가

春工殫巧萬花叢　　晚見昭儀擅漢宮
可惜芳時天不惜　　三更雨歇五更風

◇탄교殫巧 : 생각을 다하다, 교묘한 구상을 함.
◇소의昭儀 : 한나라 한원제漢元帝 때부터 설치한 후궁의 제일급이다.
◇천천擅 : 독점하다.

❖

봄은 인내심이 대단할 뿐만 아니라 조화는 참으로 신비하
다. 동장군 속에서도 반드시 올 봄을 기다리며 온갖 꽃 피울
준비를 착착 차질 없이 진행한다. 추위 다 가면 봄이 올 줄 알
고 천자만홍千紫萬紅 꽃 피울 준비를 한다는 청나라 장유병의
〈신뢰新雷〉라는 시구가 생각난다. 궁실에서 소의가 갖은 자태
로 황제의 사랑을 독차지하듯 모란도 여러 꽃 중에서 유독 사
람들의 사랑을 받는다는 표현이 재밌다. 끝에 이르러 두 구는
많은 함축을 담았는데 앞서 소개한 사령운의 '사병난득四竝難
得'이 실감난다. 어찌 꽃만 그러하겠는가 인간사, 세상사 다 그
러하리라.

제륙대삼수부광릉모란시권후

題陸大參秀夫廣陵牡丹詩卷後

임경희林景熙

남해의 영웅은 불러도 다시 살아오지 못하나
이전에 썼던 시구 다시 보니 묵향이 어려 있네
당시의 서울 낙양에는 모란꽃 주인이 없어
다만 봄바람만 광릉으로 끊임없이 불었다네

南海英魂叫不醒　　舊題重展墨香凝
當時京洛花無主　　猶有春風寄廣陵

◇광릉廣陵 : 강소성 양주의 별칭.
◇육대참陸大參 : 대참 벼슬을 한 육수부陸秀夫를 가리킴.
◇유유猶有 : 다만, 오직.

❖

    1276년 봄 남송의 수도 함안臨安이 함락되자 익왕益王과 광
왕廣王은 임안을 떠나야했다. 진수부陳秀夫 등은 온주의 강심
사江心寺에서 익왕을 천하병마도원수, 광왕을 부장으로 삼아
싸움을 했으나 애산厓山 전투에서 패하자 육수부는 소황제를
업고 바다에 투신하고 말았다. 이 소식을 전해들은 임경희 등
은 비밀리에 제사를 올렸다. 후에 임경희는 육수부陸秀夫의 광
릉모란시권廣陵牡丹詩卷을 보고 감개무량하여 이 시를 지었다
고 한다.

미개모란
未開牡丹

방주龐籌

반쯤 핀 모란 모습 취한 얼굴처럼 붉나니
눈부시게 뽐낼 봄날의 위력은 많기도 하다
사랑스러운 나머지 북을 쳐 봄 재촉 않고
이른 아침 술잔을 기울이며 바라본다네

國香半吐醉顔酡　　炫耀春光已自多
愛惜不敎催羯鼓　　更澆卯酒看如何

◇타酡 : 술에 쉬하여 얼굴이 빨개짐.
◇춘공春工 : 봄날 대자연의 공력功力.
◇갈고羯鼓 : 양 가죽으로 만든 갈족羯族의 한 악기.
◇묘주卯酒 : 아침에 마시는 술.

❖

모란이 반쯤 핀 모습은 술을 마신 뒤 붉게 된 얼굴 같다는 말로 시상을 열었다. 이어 봄날 대자연의 조화신공이 대단하다며 서정을 고조시켰다. 선명한 꽃을 좋아하고 아끼느라 굳이 북을 쳐서 봄을 재촉할 필요가 없다고 했다. 이어 이른 아침 술 한 잔 기울이며 바라보는 모습이 어떠냐며 호기를 부렸다.

응제분홍쌍두모란

應制粉紅雙頭牡丹 두 수 중 첫 번째

당회영黨懷英

채운이 서색을 분출한 듯 두 송이 예쁜 모란은
흡사 곡우를 맞아 거울 앞에 단장한 여인 같네
새벽에 뜬 해가 난간 위의 모란을 질투하는 듯
봄바람이 푸른 잎을 흔드니 두 송이 꽃과 겨루는 듯
이런 예쁜 꽃 수남 수북 어디에서 본단 말인가
도엽과 도근은 본래 둘 다 신선이 아니었던가
꿈에 다다른 곳은 침향정 북쪽 난간 언저리
마땅히 화보를 고쳐서 이 두 모란 기재하기를

卿雲分瑞兩嫣然　　鏡裏妝成穀雨天
曉日倚闌閑妬豔　　春風拾翠偶骈肩
水南水北何曾見　　桃葉桃根本自仙
夢想沈香亭北檻　　略修花譜記芳妍

◇ 응제應制 : 황제의 명을 받아 작성하는 글이나 시문.
◇ 경운卿雲 : 상운, 길조吉兆.
◇ 병견骈肩 : 병견幷肩, 어깨를 나란히 하다.
◇ 도엽도근桃葉桃根 : 도엽은 진晉나라 서예가 왕헌지의 애첩, 도근은 도엽
　의 동생, 여기서는 쌍두 모란을 가리킴.
◇ 침향정沈香亭 : 당나라 흥경궁 내에 있었던 정자, 이백이 청평조淸平調 3
　수를 읊은 곳.

❖

　분홍색 쌍 두 모란을 두고 황제의 명에 따라 지은 두 수의
시 가운데 첫 번째이다. 쌍 두 모란이라 했으니 하나의 꽃대에
서 두 갈래로 꽃이 피어난 것인데 여기서는 상서로운 채운이
피어오르는 모습으로 표현했다. 모란의 예쁜 모습을 거울 앞
에 단장을 하고 앉은 여인, 본래 신선이었는데 왕헌지의 애첩
이 된 도엽과 그의 동생 도근으로 표현했다. 혼자만 보기에는
아까운 쌍 두 모란을 화보에 실어 길이 보존해야 하다는 말로
마무리 했다.

응제분홍쌍두모란

應制粉紅雙頭牡丹 두 수 중 두 번째

당회영薰懷英

봄날은 작약이 더디 핀 것을 싫어해서
모란 한 가지에 두 송이 꽃 피우게 했네
푸른 잎 때문에 모란 모습은 더욱 붉으니
모란과 거울 속 미녀는 누가 더 예쁜가
상림원의 비바람 안개는 모두 모란을 위한 것
저 하늘의 비와 이슬은 본래 편견이 없건만
다시 보니 변했구려 사람 위한 길상으로
만 리 황금 보리밭의 가지 하나에 두 이삭

春意應嫌芍藥暹　　一枝分秀伴雙葵
竝肩翠袖初酣酒　　對鏡紅妝欲鬪奇
上苑風煙工獻巧　　中天雨露本無私
更看散作人間瑞　　萬里黃雲麥兩岐

◇유규葵 : 초목이 무성함, 여기서는 꽃이 활짝 핌.
◇취수翠袖 : 푸른 잎.
◇감주酣酒 : 술을 마신 두의 뺨이 붉어진 모습, 홍색 모란.
◇황운黃雲 : 잘 익은 보리밭.
◇중천中天 : 하늘.
◇양기兩岐 : 한 가지에 두 이삭, 곧 길상.

❖

두 번째 응제시이다. 작약이 더디 핀 것이 미워서 모란에게 한 꽃대에 두 송이 꽃을 피게 했다는 말로 시상을 열었다. 모란의 붉은 모습을 도드라지게 해주는 것은 푸른 잎이라며, 그 잎의 푸른 모습 때문에 모란은 술을 마신 뒤 붉은 얼굴처럼 예쁘다고 했다. 모란의 예쁜 모습을 탄생시키기 위하여 상림원의 비와 바람 그리고 안개 등이 모두 수고했다는 말, 하늘의 비와 이슬이 사사로움이 없는 줄 알았는데, 오로지 모란을 위해 헌신한다는 말 등은 감탄사를 절로 부른다.

서계모란
西溪牡丹

유중윤劉仲尹

구름이 되고 비가 되었다는 것도 다 허사
빨간 예쁜 모습도 하얀 가루 발라놓은 것
온 나라 봄바람이 요황과 위자를 피했건만
황전과 서희도 아름다운 그 모습 못 그렸네
백년 행락지 금곡원 난간에서 보았던 모란
삼월에 양주 땅을 술을 갖고 찾아갔던 홍취
나는 이제 여생을 마음 다스리며 살고 싶네
강호에서 돌을 베개 삼아 물고기와 놀려하네

爲雲爲雨定成虛　　醉臉籠嬌試粉初
擧國春風避姚魏　　換胎天質到黃徐
百年金穀憑欄袖　　三月揚州載酒車
我欲禪居淨餘習　　湖灘枕石看遊魚

◇ 위운위우爲雲爲雨 : 초 회왕이 꿈에서 우산 신녀와 만나 즐겼다는 고사.
◇ 롱조籠罩 : 가리개, 덮개.
◇ 요위姚魏 : 요황과 위자, 모란의 귀한 품종.
◇ 황서黃徐 : 오대 후촉後蜀의 화가 황전黃筌과 오대 남당南唐의 화가 서희
　　徐熙로 둘 다 화조 그림으로 명성을 날렸던 인물, 여기서는 화가들이
　　그린 모란을 가리킨다.
◇ 금곡金谷 : 금곡원, 낙양 서북에 위치, 서진의 부자 석숭石崇이 즐겼던 유

락 장소.
◇수袖 : 옷소매, 여기서 미녀를 가리킨다.

　지금까지 모란을 찬미한 시들과는 사뭇 다른 분위기의 시이
다. 초나라 회왕이 무산에서 신녀와 놀았다는 이야기도 다 허
무한 것이듯, 빨갛게 핀 모란의 모습도 다 잠깐이라는 말로 시
상을 움직였다. 이어 요황이나 위자 같은 아름다운 모란이지
만 황전과 서희에게 그리라한들 그 모습이 온전히 전해지지
못한다고 하여 의미를 심장하게 전환했다. 이어 백년 갈 줄 알
았던 금곡원의 놀이도 술을 가지고 찾아갔던 양주의 즐거움도
모두 한 때뿐이었다며 인생무상을 말했다. 끝에 이르러 마음
을 수양하며 자연과 더불어 지내겠다는 말로 마무리했는데 부
귀영화라는 것이 궁극에 이르러 허무한 것이므로 청정한 마음
을 닦는 것보다 못하다는 설법적 주장이다.

자모란삼수

紫牡丹三首 첫 번째

원호문元好問

금빛 화분에 나비의 날개가 가지런히 붙어 있는 듯
붉은 단지에 새로 난 학의 깃털이 짙은 화장을 한 듯
십분 요황과 위자가 일찍이 이름난 줄 잘 알지만
서희와 황전의 붓끝에서는 으뜸 자리 양보하지 않으리라
해가 비치면 마치 눈물이 구슬처럼 빛이 나는 듯
미인이 걸을 때 비단 버선에서 먼지 일어남 걱정하듯
만약 꽃의 여신이 아름다운 손을 빌려 준다면
사람들에게 이 아름다운 꽃향기를 나누어주련만

金粉輕粘蝶翅勻　　丹砂濃抹鶴翎新
盡饒姚魏知名早　　未放黃徐下筆親
映日定應珠有淚　　淩波長恐襪生塵
如何借得司花手　　遍與人間作好春

◇ 요뇨饒 : 허락함, 양보하다.
◇ 주유루珠有淚 : 전설에 따르면 남해에 물고기 모양의 사람이 사는데 언제
　나 배를 짜고 있고 울면 눈물이 구슬로 변한다고 함.
◇ 서황徐黃 : 서희와 황전, 둘 다 화조를 잘 그린 화가.
◇ 말생진襪生塵 : 조식曹植의 〈낙양부洛陽賦〉에 낙신洛神을 묘사하는 내용
　으로 여기서는 여자의 예쁜 걸음걸이.

❖

원호문은 일찍이 하남에서 오랜 기간 근무를 했기에 하남의 풍물에 대해 잘 알 뿐 아니라 특히 낙양의 모란에 대해서는 익숙하였고 매우 좋아했다. 의인법을 동원한 이 시의 백미는 요황과 위자가 이름 난 모란이지만, 이 자모란의 자태만큼은 서희와 황전이 그린다 해도 결코 그 둘에 뒤지지 않는다는 대목이다. 비단 버선 신은 미인의 걸음걸이에서 먼지가 일어날 까닭이 없잖은가? 자모란이 어떤 자태이기에 그렇게 표현했을까? 한 번만이라도 보고 싶다. 그 자태를……

오월모란응제
五月牡丹應制

조병문趙秉文

일 만들기 좋아하는 조물이 이슬 싹을 키워서
따뜻한 봄날 육룡이 끄는 수레에 실었나 보다
태양이 키어낸 뛰어난 향기는 황제의 발길을 부르고
봄을 붙잡는 어여쁜 자태는 황제의 감상을 기다리네
곡우 지나자 봄날 조물의 은혜가 점점 더해져서
따스한 바람이 머물자 적성에 노을이 서린듯하네
금빛 쟁반에 담겨진 길상화에 감탄이 절로 나니
분명 이 꽃이야말로 인간 세상에서 으뜸 아닌가

好事天工養露芽	陽和趁及六龍車
天香護日迎朱輦	國色留春待翠華
谷雨曾沾靑帝澤	薰風又卷赤城霞
金盤薦瑞休嗟晚	猶是人間第一花

◇ 양화陽和 : 봄의 따뜻함.
◇ 육룡거六龍車 : 태양신.
◇ 취화翠華 : 황제의 의장 중에 푸른 새 깃털로 장식한 깃발.
◇ 적성赤城 : 도교 전설 중의 신이 사는 산.
◇ 금반金盤 : 모란꽃.

❖

    황제의 요구에 따라 지은 응제시인데 구상이 절묘하고 격이
잘 맞는다. 시인의 시에 대한 재능과 작문 기본이 엿보이며 시
에서 색을 중시하여 '주연朱輦', '취화翠華', '청제靑帝', '적성赤
城', '금반金盤' 등의 시어가 모란을 상상하게 하면서 화려한 색
채미를 더해준다. 이런 색채감은 매우 경사스러운 분위기를
조성해준다. 특히 강한 색채인 '주朱', '적赤', '금金' 등은 응제
시에 잘 어울린다고 한다. 시인은 일부로 이런 글자를 사용했
는데 시의 기예가 뛰어나므로 문장을 억지로 조탁한 느낌이
전혀 보이지 않는다.

신개모란
新開牡丹

유병충劉秉忠

사월이 오노라면 삼월은 가는 법
봄날의 모습을 거울 속에서 보는 듯
동풍도 모란꽃 피는 곳에 머물기 마련
복숭아꽃 떨어진 자리 모란이 차지했네

四月新來三月還　　一春光景鏡中看
東風也逐情濃處　　吹落桃花放牡丹

◇환還 : 가다, 지나가다.
◇정농처情濃處 : 봄기운이 짙은 곳, 모란이 핀 곳.
◇축逐 : 오다. 도착하다.

❖

  첫 두 구는 그저 평범한 말로 시상을 일으켰다. 시안詩眼 곧
시의 눈은 뒤 두 구에 있는데 본래 복숭아꽃이 먼저 피고 그
꽃이 지고나면 모란이 바로 뒤를 따르는 것이 사물의 이치이
다. 하지만 시인은 동풍을 의인화하여 그로 하여금 보다 더 예
쁜 꽃을 선택하게 하였는바, 그가 복숭아꽃을 떨어뜨리고 모
란을 피게 했다는 식으로 표현을 했다. 참신한 구성으로 서정
을 한껏 펼쳐보였다.

제전순거 모란절지도
題錢舜舉 〈牡丹折枝圖〉

왕운王惲

푸른 이파리 들추니 예쁜 모습 드러난 모란
쪽머리에 예쁘게 단장한 모습처럼 눈에 드네
흡사 낙양 사람들이 좋아하는 뛰어난 모습인데
두 가지가 서로 의지하며 자태를 뽐내는구나

翠帷高卷出傾城　　竝髻凝妝別有情
似爲洛人矜絶艶　　兩枝相倚鬪輕盈

◇ 전순거錢舜舉 : 원나라 화가 전선錢選을 말함.
◇ 경성傾城 : 미인, 여기서는 모란.
◇ 응장凝妝 : 성장, 화려하게 차려 입음.
◇ 긍矜 : 자랑하다, 뽐내다.
◇ 경영輕盈 : 자태가 깜찍하고 예쁨.

❖

　전순거의 〈모란절지도〉를 보고 쓴 이 시는 구체적으로 모
란의 형태를 묘사한 것이 아니라, 모란의 풍모를 취한 것이다.
상상력과 의인법을 통해 눈부시게 빛나는 모란과 미녀를 서로
대비시켰다. 이런 시를 유모취신遺貌取神 곧 불필요한 것을 버
리고 필요한 것만 고르는 수법이라고 부르는데 그림 속의 모
란이 마치 살아 있는 듯하다.

화모란자제

畫牡丹自題

전선錢選

휜 머리 가득인데 또 봄이 와서 시듦을 보는데
모란의 가지 하나가 잠시라도 기쁨을 더 한다
봄의 신령은 어찌 저리 빨리 가라 명령하는고
아직도 저 모란에 남은 정이 많이 남아 있거늘

頭白相看春又殘   折枝聊助一時歡
東君命駕車何迷   猶有餘情在牡丹

◇요료聊 : 약간, 겨우.
◇동군東君 : 봄의 신.
◇유猶 : 다만, 오로지.

❖

　전선의 이 굽은 가지 모란은 활짝 핀 분홍색 모란 두 송이를 그린 것인데 담아청수淡雅淸秀하다고 한다. 시인이 직접 그리고 거기에 쓴 시로써 자신의 뜻을 기탁했다. 이 시는 작가가 화선지에 진짜 모란을 그린 후에, 모란에 대한 진정한 마음을 담아서 시로 표현한 것이어서 사람을 감동케 한다. 모란 그림에는 작가 자신 노년 생활의 정신이 기탁되어 있는데, 이는 작가의 실제 생활과 유기적으로 관련 있다는 평을 듣는다.

춘일잡흥
春日雜興

마진马臻

꽃밭에서 술잔을 건네며 술을 마시는 것은
맞이하는가 했는데 봄이 곧 시들기 때문이지
해가 지니 손님들 돌아가고 화로도 꺼지니
스스로 꽃병을 씻은 후 모란을 꽂아보네

花底飛觴酒浪翻　　纔迎春至又春殘
日斜客散爐煙盡　　自洗窯瓶插牡丹

◇화저花底 : 꽃떨기, 꽃숲.
◇노연爐煙 : 밥 짓는 연기.
◇요병窯瓶 : 자기병.

❖

　이 시는 동작성이 돋보이는데 술잔이 오감, 봄이 왔다 감, 해가 짐, 손님이 돌아감, 화롯불이 꺼짐, 꽃병을 씻음, 꽃을 꽂음 등이 그것이다. 시는 여러 함축적 의미를 담고 있어서 참신하고 색다른 운치가 있다.

차운양사업모란

次韻楊司業牡丹 두 수 중 하나

오징吳澄

어느 것이 요위 집안의 옛적 꽃인가
관사로부터 예쁜 꽃을 얻어 기쁘다네
달 아래 산들바람 부니 그 자태 요염하니
천상천하 어디서나 부귀로운 꽃이로다
영혼은 이후에 쇄자골로 변할 것이니
입술 바르는 주사는 어느 곳 산물인가
옥수 후정화 노래를 듣노라니
진궁에서 살해된 장려화에게 부끄럽구려

誰是舊時姚魏家　　喜從官舍得奇葩
風前月下妖嬈態　　天上人間富貴花
化魄他年鎖子骨　　點唇何處箭頭砂
後庭玉樹聞歌曲　　羞殺陳宮說麗華

◇ 요위姚魏 : 요황姚黃과 위자魏紫 곧 모란의 최상품.
◇ 쇄자골鎖子骨 : 전설에 따르면 당나라 때 연주에서 한 부인이 죽었는데 서역에서 온 승려가 그 묘에 향을 사르고 예를 갖추며 말하기를 "저 사람은 쇄골보살입니다" 하였다. 사람들이 그 묘를 열어보니 온 몸의 뼈가 쇠사슬 모양처럼 되어 있었다. 사람들이 기이하게 여겨 크게 제사를 모신 뒤, 탑을 세워주었다고 한다.
◇ 전두사箭頭砂 : 주사朱砂의 한 종류인데 화살촉처럼 생김.

◇여화麗華: 남조 진후주陳後主인 진숙보陳叔寶의 귀비인 장려화張麗華이
다. 진숙보는 장려화를 위해 손수〈옥수후정화玉樹後庭花〉라는 곡을
지어주고 그녀로 하여금 연창하게 했다. 머잖아 남경이 침략당하여
그녀가 죽었다고 전한다.

양사업이라는 사람의 모란시 두 수 가운데 한 수에 차운한
것이다. 전고를 적절하게 이용하여 모란의 자태를 잘 드러냈
다. 경련에 이르러 모란의 영혼이 보살이 될 것이라는 표현과,
주사가 되어 여성들의 입술에서 영원히 살 것이라는 표현은
과히 모란에 대한 극찬이 아닐 수 없다. 다만 미련에서 비약이
너무 심하여 주제 전달에서 전체적 균형을 잃었다는 느낌이
든다.

부모란
賦牡丹

공규貢奎

굽은 난간의 봄볕은 비단과 같고
구름 걷히니 새벽 빛 곱기도 하네
바람이 흔드니 나무 그림자 어지럽고
이슬이 가지에 지니 그 모습 동그랗네
차고 있는 옥은 상강의 여인을 멈추게 하고
금 쟁반은 한나라 신선에게 바치는 듯하네
푸른 잎은 궁녀의 살쩍을 메꾸는 듯 예쁘고
노란색은 황제의 옷을 물들인 듯 선명하네
예쁜 저 모습 청년이 힘을 써서 만들었을까
기묘한 사연과 함께 명성이 전해오네
가는 깃털은 겹겹이 학을 껴안은 듯하고
약한 날개는 홀로 매미를 맞이할 만하네
대나무에 기대어 두 송이가 피었는데
꽃에서는 무수한 광채가 발산하네
오래 보노라니 마음에서 싫증이 생겨
그만두려다가 다시 어여삐 여긴다네
낙양의 화보에 몇이나 남았는고
오나라 정원에는 길이 많다는데
술을 들고 자주 찾아감이 마땅하니
꽃 피는 좋은 시절 함께 취해보세나

曲檻春如錦　晴開曉日妍　樹搖風影亂　枝滴露光圓

玉佩停湘女　金盤拱漢仙　翠填宮髻巧　黃染禦袍鮮
力費靑工造　名隨綺語傳　細翎層擁鶴　弱翅獨迎蟬
倚竹成雙立　留花任衆光　久看心已倦　欲折意還憐
洛譜今存幾　吳園路憶千　可應頻戴酒　相與醉華年

◇함檻: 난간.
◇상녀湘女: 아황과 여영, 곧 순 임금의 비, 반죽斑竹 고사의 주인공.
◇한선漢仙: 강서성 감주贛州에 있는 신선 바위, 곧 미녀와 관련된 바위.
◇기어綺語: 교묘巧妙하게 꾸며대는 말.
◇영령翎: 새의 긴 날개와 꼬리.

❖

　모란을 노래한 부賦인데 앞의 넉 줄은 봄날의 정경을 평범하게 말했다. "차고 있는 옥은 상강의 여인을 멈추게 하고, 금쟁반은 한나라 신선에게 바치는 듯하네"에서 보듯 피어난 모란꽃을 차고 있는 옥, 모란 잎을 금 쟁반이라고 표현했다. 6구에서 10구까지는 모란의 모습에 대해서 에둘러 말했는데 "대나무에 기대어 두 송이가 피었는데, 꽃에서는 무수한 광채가 발산하네"에서는 구체적인 묘사를 아끼지 않았다. "오래 보노라니 마음에서 싫증이 생겨, 그만두려다가 다시 어여삐 여긴다네"의 표현은 지금까지 모란을 읊은 시에서는 좀체 보기 드문 표현이다. 끝에서는 꽃피는 봄날을 모란과 함께 취해보자며 낭만적으로 마무리했다.

오종사송모란
吳宗師送牡丹

마조상馬祖常

십오 년 전 꽃피던 아름다운 시절에
오종사와 함께 요지에서 술을 마셨지
지금은 늙어 그런 정취도 없어지고
다만 요지에 꽃이 가득한 것 바라볼 뿐

十五年前花發時　　仙翁邀賞醉瑤池
如今頭白無情思　　只見瑤池花滿枝

◇신옹仙翁 : 오종사吳宗師를 가리킨다.
◇정사情思 : 정취.
◇요지瑤池 : 고대 신화에서 신선이 사는 곳.

❖

　화무십일홍花無十日紅이라는 말이 있는데 이 시는 인생무십
일홍이라는 생각을 불러낸다. 15년 전 오종사와 함께 술을 마
시며 모란을 감상했다는 말로 시상을 일으켰다. 하지만 지금
은 하얗게 센 머리를 한 늙은이가 되어 기력도 없고 친구도 없
어 단지 만발한 모란꽃을 혼자 바라볼 뿐이라는 쓸쓸하고 무
상한 마음을 노래했다.

제절지모란도
題折枝牡丹圖

마조상馬組常

낙양 땅 봄비가 모란을 적시니
흡사 연지로 무의복을 물들인 듯
꽃 아래 푸른 잎은 꿀 이슬 받침대인 듯
이웃집 나비들이 딱 달라붙어 있네

洛陽春雨濕芳菲　　萬斛臙脂染舞衣
帳底金盤承蜜露　　東家蝴蝶不須飛

◇절지折枝 : 꽃 그림의 한 표현 방식인데 꽃의 전체를 그린 것이 아니라
　　부분만 그린 것.
◇만곡萬斛 : 한 곡은 열 말, 만 곡은 매우 많다는 뜻.
◇동가東家 : 이웃 집.

❖

이 시는 모란의 부분도를 보고 거기에 쓴 시, 곧 제화시題畵詩이다. 모란이 활짝 핀 모습을 연지로 무의복을 물들인 것 같다고 했다. 이어 모란 아래 푸른 잎을 금쟁반으로, 모란꽃은 꿀 이슬로 각각 표현하여 나비들이 다른 곳에 갈 생각조차 하지 않고 딱 달라붙어 있다는 말에 웃음이 절로 난다.

모란
牡丹

이효광李孝光

부귀와 풍류는 대적할 상대가 없으니
온갖 꽃들 머리 숙여 신하라며 우러르네
아름다운 난간을 빙 두룬 붉은 모란
비단 구름 노을 치마에 푸른 깔개까지
하늘이 내린 향기가 세상을 뒤덮으니
이런 꽃과 상대할 그 무엇이 따로 있나
이름 난 꽃이니 허투루 피어날 수 있겠나
마땅히 조물이 엄청난 봄 향기 쏟았겠지

富貴風流拔等倫　　百花低首拜芳塵
畫欄繡幄圍紅玉　　雲錦霞裳蹋翠茵
天上有香能蓋世　　國中無色可爲鄰
名花也自難培植　　合廢天公萬斛春

◇ 발등륜拔等倫 : 평범한 부류 가운데에서 두드러지게 뛰어남.
◇ 운금하상雲錦霞裳 : 비단 구름과 노을 치마 곧 모란을 가리킴.
◇ 합슴 : 해야 한다, 당연하다.

❖

　모란의 부귀와 풍류가 월등히 뛰어나 온갖 꽃들이 모두 머리 숙여 신하를 자청한다는 말로 시상을 열었다. 이어서 꽃이 새겨진 난간과 수가 놓아진 휘장을 동원하여 홍옥 곧 모란을 찬미한 뒤, 그것도 부족하여 비단 구름과 노을 치마, 녹색 깔개 등을 끌어와 실컷 형용하였다. 그 결과 천상의 세계에서나 있을 법한 향기와 나라에서 비교할 수 없는 자태의 모란꽃이 탄생했다고 너스레를 한참 부린 다음, 이처럼 아름다운 명화는 그냥 피어난 것이 아니라, 조물주가 봄 향기를 만 섬 정도 쏟아야 된다는 말을 하여, 무언가 제3의 함축적인 의미를 전하고자 했다.

산중견모란
山中見牡丹

이정李禎

거센 비 세찬 바람도 싫어하지 않고
산꽃을 피우면서 또 붉게 피게 했네
권문세가들의 연못에서 피어났더라면
분명 봄이 다 가도록 그 명성 자자했겠지

不嫌惡雨竝乖風　　且共山花作伴紅
縱在五侯池館裏　　可能春去不成空

◇ 괴풍乖風 : 폭풍, 찬바람.
◇ 차且 : 이제 막, 바야흐로, ～하면서 ～하다.
◇ 종縱 : 가령 ～하더라도.
◇ 오후五侯 : 권문세가.

❖

　산속의 열악한 환경에서 피어난 모란화와 권문세가의 연못에서 핀 모란을 비교하면서 산중에서 피어난 모란을 찬미한 내용인데, 산중 모란의 완강한 정신력, 그러면서도 부드러운 품성을 지님은 그 상징하는 바가 크다. 다시 말해서 시인은 산중 모란을 빌어 자신 또는 다른 사람으로 비유하였는데 이는 작자 자아의 인격이나 이상적인 인격의 형상이다.

화모란
畫牡丹

심주沈周

늙었구나 봄바람이 백발노인에게 불어와도
백분과 연지를 잡고 그림 그리기 두려워라
낙양은 삼월이라 봄소식으로 떠들썩한데
나는 짙은 담배연기와 수묵 속에 갇혀있다니

老矣東風白髮翁　　怕拈粉白與脂紅
洛陽三月春消息　　在我濃煙淡墨中

◇염拈 : 손가락으로 물건을 집음, 여기서는 화필을 쥠.
◇분백粉白, 지홍脂紅 : 모두 그림을 그릴 때 사용하는 안료이다.
◇낙양洛陽 : 송나라 시대 낙양에서 모란이 많이 성했으므로 여기서는 모
　란꽃이 피어남을 비유.

❖

　여기서 '그린 모란'이란 제목은 수묵 모란을 가리킨다. 작자
는 수묵 모란 그림을 빌려와 '늙었구나'의 상황과 의미를 말하
려 했다. 시는 백묘체白描體 곧 간단한 스케치 같은 수법으로
성령을 펼쳐내고 마음을 드러내는데 성공하고 있다.

제화모란

題畫牡丹

당인唐寅

곡우 되니 귀한 집 자제들 모란을 감상하느라
수레와 마차로 길은 막히고 먼지도 자욱하다
귀한 집 자제가 많고 많은지 알고 있으나
어쩜 저리 많은 사람들이 꽃에 취해 있을까

穀雨豪家賞麗春 　塞街車馬漲天塵
金釵錦袖知多少 　多是看花爛醉人

◇ 곡우穀雨 : 24 절기 중 하나.
◇ 여춘麗春 : 모란 비유.
◇ 금채금수金釵錦袖 : 부잣집의 자녀.

❖

모란 그림에 쓴 글이다. 간단하게 스케치하듯 쓴 글인데 청
신하고 자연스러우며 직접 말로 하는 것처럼 분명하게 다가선
다. 마치 직접 손으로 써서, 붓으로 일궈낸 아취를 느끼게 한
다. 당인의 작품이 그러하듯 뜻 전달이 분명하여 알기 쉽다.

수묵모란
水墨牡丹

문징명 文徵明

먹의 흔적이 다른가 보다 낙양의 모란 자태
흡사 봄바람은 위씨 집에만 부는 것 같다
아마도 주인은 부하고 귀함을 다 잊고서
짐짓 한가한 마음으로 연분을 씻고 있네

墨痕別種洛陽花　　彷彿春風似魏家
應是主人忘富貴　　故將閑淡洗鉛華

◇위가魏家 : 위나라 부잣집, 여기서는 낙양의 으뜸 모란 품목인 위자魏紫.
◇연화鉛華 : 여자가 화장할 때 사용하는 연분鉛粉.

❖

　　호찬종胡纘宗은 〈증문대조징중贈文待詔徵仲〉에서 문징명의
시와 그림에 대해 "시 가운데 그림이 뛰어나고, 그림 가운데
시가 청신하다"고 칭찬했는데 이 시를 읽으면 생각을 엮고 뜻
을 세움에 있어 전혀 억지가 없고 마치 입에서 줄줄 나오는
것 같다. 뿐만 아니라 앞 사람들의 시구를 아무런 어색함 없
이 잘 융해하였기에, 서로 혼연일체가 이뤄 자연스러운 시가
되었고, 시속에서 아름답고 소탈한 기운이 풍겨나게 했다는
평을 듣는다.

모란
牡丹

진도복陳道復

낙양 땅에 모란꽃 피는 봄날이면
한껏 차린 부귀한 봄이 된다
홀로 쉽게 꽃지는 것 가엾이 여겨
모란의 풍채와 기품을 저축해두네

洛下花開日　　妝成富貴春
獨憐凋落易　　爲爾貯豐神

◇ 낙하洛下 : 낙양이라는 뜻.
◇ 연련 : 연석憐惜, 가엾게 여기다.
◇ 이爾 : 너의 뜻인데, 여기서는 모란을 말한다.
◇ 풍신豐神 : 풍채風采와 신운神韻(기품, 운치).

❖

제화시인데 주된 의미는 뒤의 두 구에 있다. 나는 모란이 쉽게 시듦을 안타깝게 여겨 모란을 그림으로 그리라고 했으니, 다름 아닌 "모란의 풍채와 기품을 저축해두네"가 바로 그것이다. 그림으로 그려 놓는다면 아마도 영원히 시들지 않는다고 생각해도 될까?

홍백모란
紅白牡丹

육치陸治

온갖 꽃 활짝 피어 나라 가득 향기이니
희고 붉은 모란들 각기 제철을 만났네
예쁜 잎 유연한 가지마다 조화가 미치고
따뜻한 바람 감미로운 비가 윤기를 더하네
늙은 몸 꽃을 보니 넉넉하기 그지없어
작은 붓으로 봄을 나누어 살짝 손에 넣었네
매일매일 몰래 펼쳐 보면 좋으려니 했는데
사람과 벌 나비 시끄러울 줄 어찌 알았으랴

芳國爛漫百花枝　　白白紅紅各有時
冶葉柔條均造化　　和風甘雨入華滋
老夫觀物消遙地　　小筆分春竊弄私
日日不妨偸展卷　　擾人蜂蝶竟何知

◇야冶 : 예쁘고 고움.
◇조화造化 : 대자연의 창조, 화육.
◇화자華滋 : 꽃의 윤기.
◇소요消遙 : 소요逍遙와 같은 뜻, 유유자적.
◇절竊 : 남몰래 ~ 하다.

❖

    칠언 율시인데 전반부는 화원의 모란을, 후반부는 그림 속의 모란을 말했다. 모란을 그리는 것과 그림 속의 모란을 펼쳐 들고 감상하는 것 모두 작자는 살며시 작자의 득의양양한 정신 상태의 즐거움을 드러냈다. 끝에 이르러 '작은 붓으로 봄을 나누어 살짝 손에 넣었네'의 표현과, 그린 그림을 혼자만 몰래 보려고 했는데 어떻게 알았는지 사람들과 벌, 나비 등이 알고서 시끄럽게 한다는 표현에 이르면 감탄사가 절로난다. 결국 모란 그림이 실물처럼 생동하고 향기롭다는 말을 그렇게 한 것이다.

영모란

咏牡丹

유대유俞大猷

눈에 든 예쁜 꽃 많기도 많은데
사람들은 최고라며 모란을 손꼽네
국색이요 천향이라며 누구나 다 아는데
홀로 품은 충성심은 다시 누가 알겠는가

閑花眼底千千種　　此種人間擅最奇
國色天香人詠盡　　丹心獨抱更誰知

◇천단 : 오로지, 독차지함.
◇국색國色 : 모란이라는 뜻.
◇단심丹心 : 충성심.

❖

칠언 절구인데 모란을 읊어 자신의 뜻을 말했다. "홀로 품은 충성심은 다시 누가 알겠는가"는 가슴 가득한 자기의 충성심을 알아주는 사람이 없어 괴로운 심정을 은유적으로 말했다. 작자의 경력과 연계해볼 때 이는 사물을 노래한 것으로써 자신의 뜻을 밝힌 것이라 하겠다.

수묵모란
水墨牡丹

서위徐渭

58년을 빈천하게 살아온 인생
어찌 일찍이 부귀를 생각지 않았으랴
그렇지 않다면 어떻게 연지로 그릴 생각을
모란은 먹만으로 그 정신을 그리리라

五十八年貧賤身　　何曾忘念洛陽春
不然豈少胭脂在　　富貴花將墨寫神

◇망념忘念 : 쓸데없는 생각.
◇낙양춘洛陽春 : 모란.
◇부귀화富貴花 : 주돈이가 〈애련설〉에서 모란은 부귀한 꽃이라 함.

❖

　서위는 무엇 때문에 수묵 모란을 그렸는가? 그는 일찍이 "모란은 부귀의 꽃이다. 그 그림은 광채가 사람의 이목을 빼앗을 정도로 있어야 한다. 그래서 옛 사람들은 붉은 색에 의지하여 모란을 그렸다. 나는 먹 뿌림을 위주로 모란을 그리는데 비록 살아 있는 뜻은 있어도 모란의 진면목과는 거리가 있다. 대체로 나는 가난한 사람으로서 성품상으로는 매화나 대나무를 그리는 것이 마땅하나니 영화부귀 등속은 소나 말 앞을 스치는 바람과 같은 것으로 나하고는 맞지가 않다."고 했다. 위의 시 역시 부귀를 상징하는 연지(홍색)로 모란을 그리는 것은 자신이 원하는 바가 아니어서, 먹 뿌림을 통하여 그 정신을 그린다고 한 것이 그런 연유를 갖고 있다.

수묵모란

水墨牡丹

서위徐渭

먹으로 연하게 예쁜 꽃을 그렸으나
꽃을 보니 여실히 봄날이 느껴지네
장안의 취한 손님 신발이 농간을 부려
침향정으로 날아가 그 곳을 더렵히다니

墨染嬌姿淺淡勻　　畫中亦足賞靑春
長安醉客靴爲崇　　去踏沉香亭上塵

◇ 청춘靑春 : 봄.
◇ 취객醉客 : 당나라 시인 이백이 술에 취해 신발을 침향정 위로 차버려 그
　　곳의 티끌이 되었다는 것, 그 당시 당 현종이 그 곳에 양귀비와 함께
　　있었다는 상상을 일으키게 한다.
◇ 침향정沈香亭 : 중국 섬서성 서안에 있는 누정으로 당 현종과 양귀비의
　　로맨스 장소.

이 시는 위의 것과 더불어 수묵 모란 그림을 두고 읊었다. 시의 후반에 이르러 갑자기 필자의 뜻이 일대 전환을 가져와 이백을 풍자했다. 다만 그 풍자는 직접적이지 않고 책임을 신발에게 돌렸는데 신발 저 스스로 침향정으로 올라가 그 곳을 더럽혔다고 했다. 시는 해학적 정취가 충만하여 읽는 사람으로 하여금 웃지 않을 수 없게 한다. 위의 시 두 수는 서위의 가난과 답답함을 풀어내는 기풍이 넘쳐난다.

차엽모란
遮葉牡丹

서위徐渭

그대를 위하여 조그맣게 모란꽃을 그렸더니
이파리가 꽃을 가린다며 미간을 찌푸리네
원래부터 성을 기울게 할 뛰어난 미모라서
얼굴 반만 보여줘도 사람 혼 빼앗을 텐데

爲君小寫洛陽春　　葉葉遮眉巧弄顰
終是傾城嬌絶世　　只須半面越撩人

◇사寫 : 그리다.
◇낙양춘洛陽春 : 모란.
◇빈顰 : 눈살을 찌푸리다.
◇요인撩人 : 사람을 유혹함.

❖

　의인화를 통한 방법으로 매우 생생하고 정취가 충만함을 거
둔 시이다. 모란을 작게 그리다 보니 잎이 커진 그림이었나 보
다. 그래서 모란이 잎파리가 자기 얼굴을 가린다고 불평을 했
다고 했다. 시인이 그에 답하기를, 무슨 말이냐? 네 얼굴이야
말로 나라를 망하게 하고 성을 빼앗기게 할 만큼 뛰어나서 반
만 보여준다 해도 충분할 것이라며 너스레를 떨었다. 시의 구
상이 재밌다.

적적원모란정

適適園牡丹亭

신시행申時行

낙양의 소소한 경치를 옮겨다가
정자 북쪽에 새롭게 단장을 했네
도처가 시를 지을만한 명품인데
꽃이 피니 청공에서 광채가 내려온 듯
이슬방울은 붉은 모란에 맺혀 있고
바람 부니 맑은 반혼향 간간이 다가오네
모두들 요황과 위자의 자태라 하는데
활짝 피노라면 모든 꽃들은 숨을 죽일판

洛中移小景　　亭北倚新妝
題處皆名品　　開時正豔陽
露凝酣酒色　　風度返魂香
解道稱姚魏　　繁華壓衆芳

◇반혼향返魂香 : 한나라 동방삭東方朔의 『해내십주기海內十洲記』에 서해 먼
　　곳에 반혼나무가 있는데 그 나무가 반혼향返魂香을 만들어, 죽은 사람
　　이 그 냄새를 맡으면 살아올 수 있다고 함. 여기서는 모란의 향기를
　　가리킴.
◇요위姚魏 : 요황과 위자, 유명한 모란의 품목.

❖

    적적원이라는 모란이 심어진 정자에서 읊은 시이다. 오언의 율시인데 새로 단장한 정자의 모습이 눈에 그려진다. 경련에서 이슬이 선홍색의 모란꽃에 맺히고, 봄바람이 간간이 맑은 향기를 전해준다는 표현에 이르면 그만 더 이상 할 말이 없을 것 같다. 시가 여기서 끝나도 좋으련만, 굳이 요황과 위자를 들먹이며 여러 꽃들의 사기를 죽이고 나서야 붓을 놓다니……

모란
牡丹

동기창董其昌

이름난 정원에 아름다운 햇볕이 내리니
조용히 노래 부르기를 그만 둘 수가 없다
대숲에서 놀았던 흥은 수계 뒤까지 이어지니
꽃을 보다가 어찌 봄을 보낼까 근심을 하네
창문 앞에 핀 꽃들은 서대초에 흔들리고
누대 가에 엉긴 향기 승려 마음 흔드네
꽃떨기 향하여 요황과 위자인지 묻지 마시게
최근 들어서 호접몽을 꾸어 본 적 없으니까

名園占領豔陽多　　未以沈冥廢嘯歌
坐竹興仍修禊後　　看花愁奈送春何
窗前散綺搖書帶　　台畔凝香亂鉢羅
莫向花叢問姚魏　　年來蝶夢不曾過

◇ 침명沈冥 : 침착하고 신중하게 생각하다.
◇ 소가嘯歌 : 노래함, 읊조림.
◇ 수계修禊 : 고대의 풍속이며, 3월 3일에 강변에 놀러가서 불상스러운 것
　　을 씻어냄.
◇ 기기綺 : 채색의 비단.
◇ 서대書帶 : 서대초, 강남 정원에서 자주 볼 수 있는 풀이다.
◇ 바라鉢羅 : 승려의 식기, 여기서는 승려 마음.

◇ 접몽蝶夢 : 장자에 나오는 우화로 자기가 나비인지 나비가 자기인지 모르게 물화物化되었다는 이야기.

❖

이 칠언 율시는 감정이 깊게 배어든 작품으로 모란을 읊어 한정일치閑情逸致의 정서를 드러냈다. 마치 깊은 뜻이 없는 듯하지만 사람에게 무언가 신선한 느낌을 전해준다. 꽃을 보면서 꽃이 떨어질 것을 걱정하는 마음, 모란꽃 향기가 수도하는 스님의 정신을 어지럽게 한다는 말, 꽃이면 그냥 꽃이지 굳이 요황과 위자냐고 따지지 말라는 표현 등은 동기창다운 면모라 하겠다.

모란오수

牡丹五首 첫 번째

풍기馮琦

여러 꽃들 뒤엉겨 새벽 찬 기운을 막으니
침향정 주변에서 모란꽃 감상하는 모습 같네
봄이 오고나면 누가 봄볕의 주인인가
여러 꽃들 거느린 모란이 그 아닌가

百寶闌干護曉寒　　沈香亭畔若爲看
春來誰作韶華主　　總領群芳是牡丹

◇백보百寶 : 활짝 핀 여러 모란꽃.
◇난간闌干 : 어지럽게 교착함, 이리저리 엇갈려 뒤섞임.
◇약위若爲 : 어떻게.
◇소화韶華 : 봄볕.

❖

    모란을 읊은 전체 다섯 수 가운데 첫 번째인데 총설격인 이 시의 시안은 봄날의 주인공을 묻는 말에 "여러 꽃들 거느린 모란이 그 아닌가"에 있다. 침향정은 당 현종과 양귀비가 모란을 감상하던 곳이다. 봄의 총 사령관은 모란이라는 표현에 더 이상 할 말을 잃는다.

모란
牡丹

풍기馮琦

여러 송이 홍모란이 다소곳이 피었는데
향기와 교태를 머금은 모습 봄볕에 취한 듯
비와 이슬이 얼마나 내렸는지 봄 신은 알겠지
지난 밤 바람에 앞서 붉은 꽃 피었으니

數朶紅雲靜不飛　　含香含態醉春暉
東皇雨露知多少　　昨夜風前已賜緋

◇춘휘春暉 : 봄빛.
◇동황東皇 : 봄의 신.
◇비緋 : 홍색.

❖

여기서는 홍모란을 읊었다. 모란꽃을 피우기 위하여 비와 이슬 그리고 봄볕이 얼마나 동원되어야 하는지를 말했는데 마치 서정주의 〈국화 옆에서〉를 연상하게 한다.

제화모란
題畫牡丹

이동양李東陽

채색 붓과 온화한 이슬로 명화를 그렸네
자줏빛 어여쁜 모습 분명 위자가 분명할세
아마 낙양으로 돌아가기는 꿈에서도 먼 곳
서울은 이제 더럽고 때 묻은 고장이 돼버렸네

彩毫和露寫名花　　紫艶分明出魏家
應是洛陽歸夢遠　　淄塵紅土半京華

◇채호彩毫 : 채색나는 붓, 여러 색을 쓰는 그림.
◇자염구紫艶句 : 모란의 명 품종인 위자魏紫, 구양수 시에 나오는 말.
◇치진淄塵 : 흑색의 오염된 땅, 세속의 더러운 곳.
◇경화京華 : 서울, 낙양 지칭.

❖

그림을 보고 읊은 시, 제화시다. 위자魏紫라는 모란은 낙양에서 자라난 모란이 분명하기에 작자는 이 모란을 통하여 북송 시절 번창했던 서경西京(서안)처럼 천하에서 가장 아름다운 모란을 연상시켰다. 다만 동시에 그 아름다운 낙양이 지금은 더럽고 때 묻은 지방이라는 것도 동시에 표현하고자 했는데 작자는 이 시로써 역사의 흥망성쇠를 드러내고자 한 것이다.

영백모란

詠白牡丹

반소潘韶

온갖 꽃들 아름다운 봄을 다투는데
홀로 결백한 모습으로 피어났다네
번잡한 꽃들이 싫은 소박한 모습
부귀를 버리고 청빈을 취했구려
옥 같은 피부는 화려한 색깔 부끄럽고
국색도 원래는 세속에 물들지 않았었지
지난 밤 달빛이 온전한 물색일 때
신선 섬에 신선들이 모인 듯 했다네

千紅萬紫吐芳香　　羌獨生成潔自身
似厭繁華存太眞　　甘抛富貴作淸貧
瓊葩到底羞色艷　　國色原來不染塵
昨夜月明渾似水　　只疑瑤島集仙眞

◇강羌 : 조사, 뜻이 없음.
◇태진太素 : 소박함.
◇경파瓊葩 : 옥 같은 꽃.
◇혼渾 : 완전히, 정말, 그야말로.
◇요도瑤島 : 신선이 사는 곳.
◇선진仙眞 : 신선.

❖

　이 시는 작자의 주관적인 감수성에서 출발하였는데 백모란
의 탈속, 아담, 청빈, 소박, 깨끗함 등을 통하여 작가 자신이
지니고 있는 정신적 품성과 기질을 붙여보았다. 백모란의 이
미지는 탈속, 아담, 청빈, 소박, 청결 등에서 잘 드러나거니와,
화려하고 번잡한 이미지의 홍모란과는 좋은 대조를 보이며 이
런 백모란이 함축하는 의미가 재밌다.

모란

牡丹

마씨馬氏

푸른 잎과 붉은 꽃이 담벽을 보호하듯
호화로운 그 자태 꽃 중의 왕이라네
낙양성의 양귀비가 술을 마셔 취한 듯
오나라 누대 앞에서 서시가 화장을 한 듯
향기 나는 이슬이 뺨을 적신 듯 보드랍고
따스한 봄바람은 입술에서 향기 솟게 하네
필 때부터 몸 가짐 진중하게 할 줄을 알아
봄바람 불어도 고요하게 봄날을 지켜섰네

翠霧紅雲護短墻　　豪華端稱作花王
洛陽宮裏楊妃醉　　吳國臺前西子妝
芳露淡勻腮粉膩　　暖風輕度口脂香
開時亦自知珍重　　靜鎭東風白晝長

◇ 단칭端稱 : 정확하게 부름.
◇ 정진靜鎭 : 조용함, 안정됨.

❖

　푸른 모란 잎을 푸른 안개, 붉은 모란꽃은 붉은 구름이라면서, 호화로운 자태까지 더하여 꽃 중의 왕이되었다는 말로 시상을 열었다. 중국의 4대 미인인 양귀비와 서시를 끌어와 모란의 아름다움을 칭송했는데 경련의 "향기 나는 이슬이 뺨을 적신 듯 보드랍고, 따스한 봄바람은 입술에서 향기 솟게 하네"의 시구는 모란의 부드러운 잎과 꽃의 향기를 의인화시켜 그렇게 표현했다.

흑모란
黑牡丹

정선정程先貞

봄 안개가 검은 모란에 자욱하니
밤이 된 듯 모란을 보기가 어렵네
아마도 청평조 연주 다 끝나면
양귀비의 연적이 마르고 말겠지

春煙籠寶墨　入夜看來難
恐奏淸平調　楊妃硯滴幹

◇ 롱籠 : 뒤덮다, 자욱하다.
◇ 청평조淸平調 : 고대 곡조 명칭, 당 현종이 이백에게 명하여 〈청평조사〉
　　3장을 짓게 하고 자신이 직접 피리를 갖고 그 곡에 가락을 맞추었다
　　고 함.
◇ 연적硯滴 : 벼룻물을 담는 그릇.

❖

　드물지만 흑모란을 읊은 시이다. 당 현종 시절, 모란이 성대
하게 피었을 때 그 분위기에 취한 현종은 이백에게 명령하여
〈청평조〉 3장을 지으라고 했다. 그리고 나서 이원梨園의 사람
들에게 악기를 연주하며 노래를 부르라 했고, 현종 자신도 직
접 옥피리를 만지며 곡에 맞춰 연주했다고 한다. 노래가 빨리
끝나기를 기다리는 양귀비의 초조한 마음을 연적에 먹물이 다
마른다고 했다.

모란삼영

牡丹三詠 위자魏紫

귀장歸莊

천상의 신선이 푸른 하늘에 앉아 있는 듯
장엄한 자태 스스로 아름다움을 머금었네
정이 많아서 궁궐 속으로 유배를 갔는가
여전히 태양처럼 만세 동안 빛나기를

天上神仙坐紫宵　　莊嚴佩服自含嬌
情多謫向宮中住　　還是金輪萬歲朝

◇ 패복佩服 : 차는 물건이나 옷을 말한다.
◇ 금륜金輪 : 태양.
◇ 환시還是 : 여전히, 이렇게, 아직도.

❖

부제목이 말하듯 위자를 읊은 시이다. 앞의 두 구에서는 모란의 푸른 잎과 예쁜 꽃을 말했다. 3구에서는 위씨 집안의 모란 위자가 낙양의 궁궐로 들어간 것을 정이 많아서 유배 간 것이라 했는데, 태양처럼 그 명성이 오래가기를 바란다고 하여 마무리 했다.

모란삼영
牡丹三詠 대도홍大桃紅

귀장歸莊

이름 난 꽃은 뜻이 있어 봄 내내 피어
다른 꽃들 시든 후에도 그 모습 새롭다네
무산의 비구름과 함부로 비교하지 말게나
아직도 제 몸이 무릉도원에 있는 줄 의심한다네

名花有意殿三春　　諸種開殘色更新
雲雨巫山休漫擬　　還疑身在武陵津

◇대도홍大桃紅 : 모란의 한 품종.
◇전殿 : 뒤에 처지다, 뒤에 위치하다.
◇운우무산雲雨巫山 : 무산의 운우와 신녀, 이백의 〈청평조〉에 나옴.
◇무릉진武陵津 : 무릉도원, 별천지, 도원경.

❖

　부제목이 말하듯 대도홍大桃紅이라는 모란은, 곧 무릉도원에서 가져온 모란이라는 뜻이다. 앞 두 구에서는 대도홍의 아름다운 모습, 봄이 다 가도록 끝까지 신선함을 잃지 않는 모습을 칭송했다. 이어 초나라 회왕이 무산의 신녀와 놀았다는 고사를 끌어오고, 진晉나라 도연명의 〈도화원기〉를 가져와 대도홍을 지나치게 칭찬하면, 아직도 자신이 무릉도원에 있는 줄 착각한다면서 경계를 당부했다.

점강순 모란

點絳脣 牡丹

왕부지王夫之

사람들 생각지도 못했지
이렇게 짙고 아름다운 색을 좋아할 줄(모란)
뜻은 있으나 힘이 없네
뒤엉켜 있어도 서로들 알아보네
흥망을 두루 살펴보니
꽃 앞에서 차가운 눈물만 흐르네
정말로 나라 기울인 사람(양귀비)
침향정의 북쪽에서
이 한을 언제쯤 풀어주려나

不道人間 消得濃華如許色
有情無力
殢著人相識
閱盡興亡 冷淚花前滴
眞傾國
沉香亭北
此恨何時釋

◇ 점강순點絳脣 : 사패詞牌 곧 사詞의 음악에 해당하는 곡조 이름, 립스틱
　 짙게 바르고, 입술을 붉게 바름의 의미.

◇부도不道 : 생각지도 못함.

◇농화濃華 : 아름답고 짙은 꽃.

◇소득消得 : 수용함.

◇여허如許 : 이러한.

◇체疐 : 뒤엉키다.

◇진경국眞傾國 : 이백의 〈청평조사〉 제 3수 시에 "名花傾國兩相歡, 長得君王
帶笑看, 解釋春風無限恨, 沉香亭北倚欄干" 곧 명화(모란)와 경국(양귀비)
둘을 서로 바라보고 기뻐서, 오래도록 임금은 미소를 머금고 바라보았
네, 봄바람에 무한한 한을 풀어보려고, 침향정 북쪽 난간 기대어 섰네.

❖

이 작은 사詞는 모란을 읊은 것을 빌려 망국의 통한을 슬퍼
했고, 비참함을 바꾸어 고국을 그리는 생각으로 붙였다. 흥망
의 개탄을 펼쳐놓음이 진솔하고 뜻이 간절하다. 당 현종이 양
귀비에 홀려 나라를 망하게 한 사실과 이백의 시가 서로 혼융
되어 묘한 정회를 자아낸다.

여유기회증전당오보애절구
餘有寄懷曾錢塘吳寶厓絕句

왕사정王士禎

복잡한 도성 길 곳곳에서 모란을 보려고
금색 안장을 걸친 수레들이 물밀 듯 했네
누가 알았으랴 서계로에 하얀 모란이 핀 것을
아직도 매화가 엄동설한을 이겨내고 있을 때

紫陌紛紛看牡丹　車如流水從金鞍
那知冰雪西溪路　猶有梅花耐冬寒

◇ 자맥紫陌 : 도성都城의 길.
◇ 금안金鞍 : 황금黃金으로 꾸민 안장鞍裝.

❖

   '여가가 생겨 일찍이 전당 사람 오보애가 쓴 절구시에 자신의 회포를 풀어본다'는 제목을 가졌다. 첫 번째 두 구에서는 궁궐에 모란이 피면 그걸 보려고 사람들이 몰려든다는 말을 했다. 시안은 세 번째 구인데 얼음과 눈이 아직 한창이라서 매화가 그걸 견디며 피고 있는데, 뜻하지 않게 모란이 피었다며 반기는 마음을 드러냈다.

영박주모란

咏亳州牡丹 열 수 중 첫 번째

주곤전朱昆田

낙양에선 집집마다 모란을 심는다고
구양수의 낙양모란기에서 본 적이 있네
몇 년째 낙양의 꽃 소식 적막할 즈음에
초읍에선 봄바람에 모란이 만개했다네

洛下家家種牡丹　　歐陽小譜舊曾看
年年寂寞花王國　　譙邑春風綻滿闌

◇낙하洛下 : 낙양을 가리킨다.
◇구양소보歐陽小譜 : 구양수의 『낙양모란기洛陽牡丹記』.
◇초읍譙邑 : 안휘성 박주의 고칭.

❖

　이 시의 원 제목은 "장상사가 낙양에서 멀리 떨어진 박주에 모란이 성대하게 피었다고 자랑을 하기에, 시 열 수를 지어 보내면서 그 꽃을 좀 구경하자고 약속을 정했다"이다. 이 시는 열 수 가운데 첫 번째인데 명나라 때 박주에는 274종의 모란이 있었다는 설봉상薛鳳翔의 〈박주모란사〉라는 기록이 있다. 청나라 때까지도 박주는 모란이 성하였음을 이 시는 웅변해주고 있다.

영박주모란

咏亳州牡丹 열 수 중 두 번째

주곤전朱昆田

하늘이 심상치 아니한 꽃과 잎을 내어
이 꽃 하나로 낙양이 오래도록 치장했네
마치 양귀비가 약간 취한 후에
침향정 아래서 예상우의무를 추는 듯

天生花葉出尋常　　一朶傾城揷晩妝
好似玉環微醉後　　沈香廳下舞霓裳

◇옥환玉環 : 양귀비의 어릴 때 이름.
◇예상霓裳 : 당나라 법곡 『예상우의무霓裳羽衣舞』.

❖

　박주 모란을 읊은 열 수 중 두 번째이다. 하늘이 아름다운 모란꽃과 잎을 내어 그 꽃이 오래도록 낙양을 꾸몄다는 말로 시상을 일으킨 다음, 이어 봄바람에 흔들리는 모란의 자태가 양귀비가 약간 취한 홍조 띤 얼굴로 예상우의곡에 따라 춤을 추는 것 같다며 마무리 했다.

영각색모란

詠各色牡丹

애신각라 · 현엽 愛新覺羅 · 玄燁

녹색 꽃술과 푸른 꽃받침으로 꽃 중에 으뜸이니
각 송이마다 꽃 심 속에 진정한 향기 보존했네
꽃이 진 뒤면 그저 내년 봄을 기다려야 하나니
봄볕을 편의대로 길게 연장하지 마시게나

碧蕊靑霞壓衆芳　　檀心逐朶韞眞香
花殘又是一年事　　莫遣春光放日長

◇ 벽예청하碧蕊靑霞 : 녹색의 꽃술과 푸른색의 꽃받침, 여기서는 녹색 모란.
◇ 막견구莫遣句 : 봄볕을 연장시키지 말게나, 꽃이 시든 후에 우리는 내년
　　봄을 기다려야 하는데, 봄날을 연장시키면 내년에 꽃을 보는데 영향
　　을 받을 테니까······.

❖

　여러 색의 모란을 읊었다고 한 제목인데 여기서는 녹색 모
란을 노래했다. 녹색의 꽃 심과 푸른색의 꽃받침, 뛰어난 자태
로 송이마다 꽃 속에 진정한 향기를 품기까지 과히 반할 만하
다. 봄날의 햇볕을 며칠 더 연장시키지 말라는 말이 참 특이한
맛을 낸다. 내년의 온전한 봄, 봄다운 봄을 기약하는 기대와
희망 등 황제의 풍이 느껴진다.

모란

牡丹

우병원尤秉元

낙양의 화보는 이미 여러 번 수정을 했는데
곡우 때 만발한 꽃은 사람들을 흥분시키네
모란은 비록 늦게 피어도 꽃 중의 최상이고
한번 피고나면 무한한 봄 경치를 연출한다네
난간에 핀 커다란 꽃송이는 사람을 무력케 하고
휘장을 감도는 짙은 향기는 사람을 몽롱하게 하네
천 년 전 침향정의 유적은 아직도 의연한데
누가 있어 아름다운 시로 저 정신을 드러낼까

洛陽花譜幾番新　　爛漫欣看穀雨辰
晚出遂超群品上　　才開便是十分春
倚欄妝重愁無力　　繞幕香濃欲醉人
千載沉香遺跡在　　誰將絶調寫風神

◇ 침향유지沉香遺跡 : 당나라 홍경궁의 침향정.
◇ 절조絶調 : 절묘한 시문.

❖

칠언 율시의 아름다운 시이다. 낙양의 화보가 이미 여러 번 고쳐졌다는 말은 해마다 아름다운 모란의 모습이 새롭게 나타난다는 뜻이리라. 다른 꽃들은 곡우 무렵 성대하게 피는데 모란은 좀 더 늦게 핀다는 말로 일어난 시상을 이었다. 늦게 피지만, 피었다 하면 꽃 중의 최고가 된다며 모란을 추켜세웠고, 그 모란은 사람을 무력하게 혹은 몽롱하게 한다 했다. 침향정 유적이 아직도 그대로이지만 어느 시인이 있어 그 정신을 묘사할 수 있을지 걱정스런 말로 마무리 했다.

무중화
霧中花

왕응전汪應銓

이름 난 꽃이 안개에 갇혀 진면목을 감추니
말하자면 몸이 꿈속에 있는 것이 아니겠는가
한나라 궁전에서 냉대 받았던 것과 비슷하고
장막을 쳐두고 이부인을 멀리서 본 것 같네

名花籠霧認難眞　　道是還非夢裏身
彷彿漢家宮殿冷　　隔帷遙見李夫人

◇롱籠 : 자욱하다, 덮어씌우다.
◇명화名花 : 모란.
◇이부인李夫人 : 『한서』〈효무이부인전〉에 이연년이 무제를 모시고 노래
　하기를 "북방에 한 미인이 있는데 한 번 돌아보면 사람으로 하여금 성
　을 기울게 하고, 두 번 돌아보면 사람으로 하여금 나라를 기울게 한답
　니다. 성을 기울게 하고 나라를 기울게 하는지도 모르겠으나 미인을
　다시 구하기는 어렵습니다." 후에 무제가 그 여동생을 사랑하였으니
　사가들은 그녀를 효무황후라 불렀다.

❖

    안개 속에 핀 꽃을 두고 고사를 끌어와 재미있게 풀이했다.
안개 속의 꽃은 몸이 꿈속에 있는 것, 미인이 한 나라 궁궐에
서 냉대 받은 것, 미인을 장막을 쳐두고 바라보는 것 등이라는
표현이 흥미롭다.

녹모란화운
綠牡丹和韻

오손吳巽

평대 위의 녹모란이 자라나 윤기가 흐르면
동산의 다른 꽃들 아름다움을 다툴 수가 없네
금곡원은 황량하여 옛 이름만 남았는데
바람 앞에 저 모란 아직도 녹주를 생각게 하네

平台冉冉黛初勻　　不逐鄰園鬪麗春
金谷荒凉成往事　　風前猶想墜樓人

◇염염冉冉 : 천천히, 서서히.
◇대黛 : 청흑색.
◇금곡金谷 : 서진의 석숭이 놀던 금곡원.
◇추루인墜樓人 : 녹주綠珠, 서진 석숭石崇의 애첩, 여기서는 녹모란.

❖

　녹모란을 읊은 칠언 절구인데 앞의 두 줄은 그저 평범하게 녹모란의 아름다움을 말했다. 뒤의 두 구는 서진西晉 시절 부를 축적하고 금곡원에 놀았던 석숭과 그의 애첩 녹주를 끌어와 인생무상과 자연의 무한성을 노래했다. 녹모란綠牡丹을 보고 녹주綠珠를 연상해 낸 재치가 흥미롭다.

제모란매화도
題牡丹梅花圖

정섭鄭燮

모란꽃 아래 매화꽃 한 송이
부귀와 궁상은 뿌리는 한 무더기라
모란을 진정 부귀화라 말하지 말게나
매화야 말로 꽃의 우두머리 아닌가

牡丹花下一枝梅　　富貴窮根共一堆
莫道牡丹眞富貴　　不如梅花占花魁

◇일퇴一堆 : 한 무더기.
◇화괴花魁 : 백화의 우두머리, 매화를 지칭.

❖

　모란과 매화가 그려진 그림에 쓴 시이다. 매화가 비록 궁窮하여 모란에 비할 때 가난하고 초라하게 보이지만, 그래도 백화의 앞에 피므로 감히 천하에서 가장 먼저라 할 수 있다고 했다. 모란을 부귀의 상징으로 억지로 갖다 붙였기 때문에, 매화는 마땅히 화괴, 곧 꽃의 우두머리를 차지해야 한다는 주장인데, 이 시는 작자의 심미관, 인생관, 가치관이 잘 나타난 것이라 하겠다.

제장춘우홍자모란
題蔣春雨紅紫牡丹

원매袁枚

양매가 한 입 가득 붉은 노을 토해내어
문득 봄바람 타고 모란꽃을 피웠다네
이로부터 사람들이 참색이라 칭송하는데
단청 같은 안료는 그런 색깔 못 낸다네

楊梅一口吐紅霞　　便是春風富貴花
從此人間重眞色　　丹靑不到花師家

◇장춘우蔣春雨 : 청대 화가인 장원룡, 이 그림은 양매의 붉은 액으로 모란
　을 그린 것.
◇양매楊梅 : 양매, 딸기, 소귀나무.

❖

　양매의 붉은 액으로 그린 홍자모란을 두고 쓴 시이다. 대체
로 꽃은 양매의 붉은 액으로, 풀 액으로는 꽃잎을 그린다고 한
다. 그림에 있어서 순색이 지니는 아름다움을 찬미한 것인데,
단청 같은 안료를 쓰지 않는다 하니, 오늘날 단청이 판을 치는
세상에서 격세지감이 든다.

당백호묵필모란
唐伯虎墨筆牡丹

요내姚鼐

깊은 떨기에서 가지 둘에 꽃이 피었네
서희가 그린 낙묵화와 비교하지 말지어다
금릉 땅 서희의 법안을 참고했어야지
모름지기 알겠네 꽃은 작년에도 붉었음을

兩枝芳蕊出深叢　　休比徐熙落墨工
曾向金陵參法眼　　了知花是去年紅

◇ 당백호唐伯虎 : 명대의 서화가인 당인唐寅.
◇ 휴休 : 말다, 금지하다.
◇ 서희락묵공徐熙落墨工 : 오대 남당의 화가 서희는 화조화에 뛰어났는데
　　그는 그림을 그릴 때 먹으로 가지, 잎, 꽃, 꽃받침 등을 그린 후에 색
　　을 더했으므로, 색과 먹이 다 드러나 보였다. 그래서 낙묵화 곧 먹이
　　보이는 그림이라고 불렀다.
◇ 금릉金陵 : 남경, 서희는 남경 사람.
◇ 참參 : 탐구하여 터득하다.
◇ 법안法眼 : 불교에서 사물의 진상을 아는 능력.

❖

　서희가 그린 낙묵화 모란은 먹과 색이 다 보이는데, 당백호
의 이 그림은 먹만 보이고 색이 안 보인다고 했다. 결구에서는
오대五代의 승려 은익殷益의 〈간모란看牡丹〉에 나오는 말을 인
용하여 "살쩍은 오늘부터 하얗게 변하는데, 꽃은 작년에도 붉
은 색 그대로였는데"라는 시구를 빌려와 인생의 덧없음을 모
란의 불변함에 비겨서 말했다.

입하후일일장춘사모란초개만제
立春後一日長椿寺牡丹初開漫題

기준조祁寯藻

비록 비바람은 없어도 새벽은 아직 추운데
갈대가 천막처럼 굽은 난간을 보호하네
일 년 키웠는데 꽃은 딱 십일 피니
인간 세상의 부귀도 저 꽃과 같으리

縱無風雨曉猶寒　　尙有蘆棚護曲欄
培植一年開十日　　人間富貴作花看

◇ 장춘사長椿寺 : 북경 성 남쪽에 위치한 절.
◇ 총縱 : 설사, 설령 ~하더라도.
◇ 곡란曲欄 : 굽은 난간.

이 시는 작자가 병으로 벼슬을 그만 두고 2년 뒤에 지은 것으로 1856년 작이다. '입하 후 일일 장춘사 모란 초개 만제'라 했는데 입춘이 지나고 하루 만에 장춘사 모란이 처음으로 피었기에 멋대로 지은 것'이라는 제목이다. 하지만 시가 주장하는 목소리는 멋대로가 아닌 듯하다. 기준조는 병을 요양하느라 북경에 머물면서 매년 장춘사에 꽃이 필 때면 반드시 여러 선생들과 약속하여 절에 가서 꽃을 감상했다고 한다. 그의 꽃 사랑을 알만 하거니와 꽃 감상은 그의 생활의 일부였다고 전한다. 꽃의 짧은 수명으로 인간 부귀가 순간임을 비유했다.

여희초혜복사간모란
與義初慧福寺看牡丹

장초백蔣超伯

혜복사의 모란이 바야흐로 활짝 피면
새로 핀 꽃송이들 봄바람에 미소 짓네
추수의 예쁜 꽃 아무도 봐주지 않으니
두 그루 쓸쓸히 석양 속에 서 있네

慧福牡丹開正濃　新妝笑靨媚春風
楸花亦好無人愛　兩樹亭亭夕照中

◇소엽笑靨: 웃을 때 나오는 보조개이다.
◇추楸: 잎이 진 뒤의 교목나무, 여름에 황록색의 작은 꽃이 핌
◇정정亭亭: 꼿꼿이 섬.

❖

    희초 스님과 함께 혜복사에서 모란을 보았다는 시인데 모란
과 추나무 꽃과 대비하여 어딘지 쓸쓸한 기분을 자아내고 있
다. 추나무 꽃이 아름답지만 아무도 좋아하지 않아서 키 큰 나
무 두 그루가 쓸쓸히 석양을 바라서고 있다며 마무리 했는데
여운이 짙다.

사월하순과숭효사방모란이잔손
四月下旬過崇效寺訪牡丹花已殘損

장지동張之洞

하룻밤 사이에 미친 바람이 모란을 다 떨구니
봄의 신도 분명 모란 지키기가 어렵게 되었네
서원여의 모란부를 또 읽고 이겨내지 못하고
울다가 슬퍼하다가 스스로를 바라볼 뿐이네

一夜狂風國艶殘　　東皇應是護持難
不堪重讀元與賦　　如咽如悲獨自看

◇ 국염國艶 : 모란.
◇ 불감不堪 : 참을 수 없음.
◇ 원여부元與賦 : 서원여舒元與(791~835)의 〈모란부牡丹賦〉.

❖

　사월 하순에 숭효사를 지나다가 모란을 찾았는데 이미 꽃이
시들었다는 말로 제목을 했다. 서원여는 당나라 문종 때 재상
을 지낸 사람으로 일찍이 〈모란부〉 한 편을 지었다. 당시 사람
들이 훌륭하다고 칭찬했는데 문종이 어느 날 그것을 읊조리다
가 그만 눈물을 흘렸다고 한다. 여기서는 그 고사를 가져와 시
상을 전개하고 마무리 했다.

신축화조일독십오년전화태간모란사
辛丑花朝日讀十五年前花塠看牡丹詞

강유위康有爲

십오 년 전의 일을 생각하면서
혼자서 처량하게 모란을 보았네
활짝 핀 꽃이 이미 다 떨어지듯
내가 가야할 길은 여전히 막막했네
발 쳐진 듯 주위는 적막하기만 하고
홀로 올라선 누대는 찬 기운 감도네
술자리 끝나고 등불도 꺼진 뒤인데
어떻게 내 마음 안정을 찾을 수 있을지

十五年前事　　凄涼看牡丹
繁花久零落　　吾道屬艱難
簾幕低垂寂　　樓臺獨立寒
酒闌燈炧後　　何法把心安

◇주란酒闌 : 술잔치가 끝남, 이본에는 몽란夢闌으로도 보인다.
◇사炧 : 불똥.
◇신축辛丑 : 1901년, 작자 44세, 무술변법 실패 2년 뒤.
◇화태花塠 : 중국 광주 화태오花塠伍씨의 항춘원恒春園.
◇화조일花朝日 : 음력 2월 15일, 백화百花의 생일.

❖

　'신축년 화조일 십오 년 전에 화태(꽃 언덕)에서 지은 글을 읽다가 모란사를 보며'라는 제목의 시인데 철학자답게 시가 함축하는 의미가 심오하다. 화려한 시절이 가면 어려운 때가 온다는 말, 그 어려움이란 발이 내려져 주위가 보이지 않는 적막감과 같고, 누대에 올라 홀로 서서 쌀쌀한 바람을 맞는 것과 다르지 않다는 말, 질펀한 술잔치가 끝나고 등불마저 꺼졌는데 홀로 허전한 마음을 추스려야만 하는 처지 등, 무술변법의 실패를 경험한 작자의 실감 나는 묘사가 감동을 자아낸다.

제화모란

題畵牡丹

제백석 齊白石

붉은 것 푸른 것 모두 살찌게 바른 듯
잎과 꽃의 모습 모두 제 때를 만난 듯하네
가소롭구나 봄바람은 아직도 할 일이 있는 듯
창문으로 들어와 그림 속으로 불어오네
늙은 아내와 어린애들은 마음만 졸이고
위험에 놀라서 억지로 서로 위안하네
어젯밤 황촌 전투 소식 듣고 부끄러워
문 닫고 귀를 막으며 모란만을 그리네

塗紅抹碧牡丹肥　　葉葉花花態未非
可笑春風還用意　　入窓猶向畵中吹
老婦愚嬉心膽寒　　每驚危險强相安
恥聞昨夜黃村戰　　塞耳關門畵牡丹

◇도홍말벽塗紅抹碧 : 붉은색으로 바르고 푸른색으로 바름, 곧 모란의 붉은
　꽃과 푸른 잎.
◇엽엽화화葉葉花花 : 잎마다 꽃마다 다 제 때를 만난 듯함.
◇황촌전黃村戰 : 1917년 군벌 간 황촌에서 있었던 전투.

❖

    제백석은 자기가 쓴 글에서 황촌 전투 소식을 듣고는 문을
닫고 그림만 그리면서 오직 공포에 떨고 있는 가족들의 안위
만 생각했다고 했다. 황촌 전투는 1917년 군벌 간의 싸움이었
다. 이 시는 제화시로서 아름다운 꽃을 피우고도 무슨 할 일이
더 남았는지 봄바람이 창문을 타고 들어와서는 그림 속으로
불어준다는 표현이 압권이다. 아마도 그림 속 꽃이 바람에 흔
들리는 형상이었는지 모르겠다.

영모란

咏牡丹

곽말약郭沫若

절대 호화롭고 부하며 귀하신 몸이여
예쁜 모습과 고운 자태 사람을 만족케 하네
중국이 이제부터는 전제 군주국가가 아니니
화왕의 칭호도 마땅히 새롭게 붙여야 한다네

絶代豪華富貴身　　艷色嬌姿自可人
花國于今非帝制　　花王名號應屬新

◇ 작시일作詩日 : 이 시는 1912년 초여름 성도부중학당에서 공부하고 있을
　　당시에 지었음.
◇ 가인可人 : 사람을 만족하게 함.
◇ 화국花國 : 중국.
◇ 명호名號 : 말하다.

❖

모란을 화왕이라고 부른 것은 오래된 관습이며 전통이다. 이에 대해서 중국이 전제 군주제를 버렸듯, 화왕 대신에 새롭게 달리 시대적 요청에 맞는 이름을 불러야 할 것을 말했는데, 중국 근현대사와 관련한 시의성과 비유가 시 맛을 더한다. 1912년 중국은 중화민국을 성립시킨 후 손중산(손문)을 임시 총통으로 삼아 동년 2월 12일, 2천 년 넘게 지탱해온 군주전제 제도를 종결하였다. 작자는 당시 열정에 넘쳐 이 시를 썼다고 전한다. 구습을 제거하고 신 사회를 동경하는 필자의 희망이 담겨 있다.

제모란호접화권
題牡丹蝴蝶花卷

조박초趙朴初

반천수는 하얀 베에다 잘 그렸는데
먹을 쓰면 기이한 기운이 생겼네
진패추는 특별한 광채를 즐겼는데
기묘함은 진짜 곤충과 꽃 같았네
나비가 어지러이 꽃을 찾아들듯
사람들은 분란으로 세상을 이간질하네
두루마리 말면서 속으로 놀란 것은
장주처럼 부귀를 보아야 마땅하거늘

潘老善布白　　落墨有奇氣
陣君弄異彩　　妙勝眞蟲卉
紛紛蝶戀花　　擾擾人間世
收卷意遽然　　莊周觀富貴

◇작시일作詩日 : 1977년 작품, 반천수와 진패추의 두루마리 그림은 모란과
　　나비를 그린 것이라는 주가 붙어 있다.
◇반노潘老 : 반천수潘天壽, 현대화가, 절강성 영해 사람.
◇거연遽然 : 거연遽然과 같이 씀, 반색하는 모양.
◇요요擾擾 : 분란한 모양.
◇장주구莊周句 : 모란을 부귀화라고 별명을 붙인 것은 이권을 좇는 자들이
　　붙인 것으로 임표 등 4인방들은 많은 분란을 조장한 사람들이라는 사
　　실을 비유한 것임.

❖

    이 시는 제화시인데 작자는 모란과 나비를 통하여, 연상하기를 나비가 꽃을 그리는 것에서 생각을 시작하여, 또 장자가 꿈에 나비가 된 것, 다시 또 임표 등 4인방의 무리가 권력과 이권을 빼앗는 것 등에 이르기까지, 드디어 어떤 느낌이 있어 그것을 위와 같이 표출했다. 이 시의 성공은 작자의 끊임없이 이어지는 연상 능력이다. 작자는 연상과 상상을 통하여 느낌을 잡아내고, 또 시의 뜻을 찾아서는 드디어 시를 완성하고 정감을 승화시키는 데에 이르렀는데 온축하고 내포함이 큰 울림으로 다가온다.

제2부

그래도 남은 향이 깊어서

문왕중주소거모란화발인희증
聞王仲周所居牡丹花發因戱贈

무원형武元衡

정원 안의 모란이 늦은 봄 성개했다 하니
장안의 재능이 뛰어난 사람들 보고 또 보네
꽃이 피고 지는 것을 사람들은 볼 수 없으니
묻노라 이곳의 주인은 과연 누구란 말인가

聞說庭花發暮春　　長安才子看須頻
花開花落無人見　　借問何人是主人

◇모춘暮春 : 늦은 봄.
◇간수빈看須頻 : 한 번 또 한 번 와서 봄.

❖

　왕중주의 거처에 모란이 피었다는 소식을 듣고 장난삼아 지어준 시인데 앞의 두 구에서는 평범한 말을 했지만, 뒤의 두구는 다르다. 꽃이 피고 지는 과정을 직접 본 사람은 아무도없다. 그러니 지금 보고 있는 꽃을 자기 것이라고 하는 왕중주에게 '자네는 이 꽃의 주인이라고 할 수 없다'는 농담을 하였다. 그렇다면 꽃의 주인은 누구일까?

모란

牡丹

설도 薛濤

작년 온갖 꽃 떨어진 늦은 봄날
눈물 젖은 종이에 꽃과의 이별을 썼네
무산 신녀와의 빠른 이별 늘 걱정했는데
어찌 또 무릉도원을 기약하듯 하는지
담담한 맑은 향은 깊은 정을 전하는 듯
굳이 말 안 해도 피차를 알아준다네
바라건대 난간 주변에 침석을 깔아 두고
깊은 밤 편안히 상사의 정을 말해보리

去春零落暮春時　　漏濕紅箋怨別離
常恐便同巫峽散　　因何重有武陵期
傳情每向馨香得　　不語還應彼此知
只欲欄邊安枕席　　夜深閑共說相思

◇무릉기武陵期 : 도연명의 〈도화원기〉를 말함.
◇홍전紅箋 : 붉은 편지지.
◇무협巫峽 : 무산 신녀와 초 회왕의 고사, 잠시 만나서 즐기다 곧 이별함.
◇형향馨香 : 깊은 정.

❖

　설도는 우리에게 익숙한 시인이다. 그녀의 시 〈춘망사春望
詞〉가 우리 가곡 〈동심초〉로 번안되어 작곡된 인연일 것이다.
"꽃잎은 바람결에 떨어져 날리고 만날 날은 아득타 기약이 없
네"로 시작하는 이 노래의 원 가사가 바로 설도의 시였다. 설
도는 유명한 시인과의 로맨스 일화도 많고 멋진 시도 많이 남
겼다. 함련에서 무산의 신녀와 로맨스를 즐겼던 초나라 회왕
의 마음이 아직 한창 아쉬운데, 또 다시 무릉도원에서 복숭아
꽃을 보았던 기쁨을 맛보게 한 후, 다시 찾아갈 수 없는 이별
의 아픔을 느끼게 하는지 모르겠다고 했다. 모란과의 짧은 사
랑 후에 긴 이별의 안타까움을 인정사와 빗대어 표현했다.

우존사댁간모란
牛尊師宅看牡丹

단성식段成式

봄날 신선동의 낮 시간이 충분히 길어지면
푸른 잎에 바람 불어 예쁜 꽃들 향기 뿜네
만약 내가 소사와 통가를 맺을 수 있다면
나는 술병을 두드리며 취향에 들고 싶네

洞里仙春日更長　　翠叢風翦紫霞芳
若爲蕭史通家客　　情愿扛壺入醉鄕

◇소사蕭史 : 전설상의 인물로 춘추시대 퉁소를 잘 부른 사람, 여기서는 우
　존사牛尊師.
◇통가通家 : 여러 대 사이좋게 지내는 집안.

❖

　　소사는 진秦나라 목공 피리를 잘 분 사람으로 봉명鳳鳴이란
노래를 지었다. 진 목공이 딸 농옥弄玉을 처로 삼아주니 봉루
鳳樓를 짓고 농옥弄玉에게 퉁소를 불게 하니 봉황들이 날아오
자, 농옥은 봉황을 타고, 소사는 용을 타고 부부가 함께 신선
이 되어 날아갔다는 고사가 있다. 여기서는 우존사와 통가를
할 수 있다면 늘 술병을 들고 찾아와 모란 감상하며 술을 마실
수 있을 것이라는 소망을 말했다.

야간모란
夜看牡丹

온정균溫庭筠

높고 낮으며 깊고 얕은 화단에 핀 예쁜 꽃
등불을 들고서 이슬 젖은 꽃떨기 자주 보네
희일처럼 근래 들어 게으른 병이 생겨서
가벼운 봄바람에도 눈을 잘 뜨지 못하네

高低深淺一闌紅　　把火殷勤繞露叢
希逸近來成懶病　　不能容易向春風

◇ 은근慇懃 : 여러 번.
◇ 희일希逸 : 남조 송나라 문학가 사장謝莊의 자字.

❖

　화단이 있다. 높은 곳, 낮은 곳, 깊숙한 곳 가까운 곳 여기저기 온통 붉은 모란꽃의 향연이다. 얼마 안 있으면 곧 시들고 말 꽃인 줄 알기에 사람들은 밤에 등불을 들고 구경을 한다. 하지만 사장이란 사람이 눈병 나서 밤에 휘장을 두르고 봄바람을 쐬었던 것처럼, 나는 게으름 병이 생겨 밤에 꽃구경을 못 한다고 했다.

모란

牡丹

사공도 司空圖

모란 품종 땅에 맞아야 성대하게 피나니
새벽이 되자 용사향의 향기를 더해주네
주인은 모란을 심어 두고 안타까운 마음에
비단 장막으로 봄날의 찬 기운을 막아주네

得地牡丹盛　曉添龍麝香
主人猶自惜　錦幕護春霜

◇ 득지得地 : 모란에게는 각 품종에 따라 적절한 생장 조건의 땅이 있음.
◇ 용사향龍麝香 : 용연향과 사향의 병칭, 일반적으로 향료.

모란만 그러하랴. 만물은 모두 앉을 때와 설 때가 있는 법 같다. 바위틈에 자라난 나무가 어찌 그 곳을 스스로 택하였겠는가? 모란은 특히 키우기 어려운 꽃으로 알려져 있다. 더구나 품종에 따라 그 재배 조건이 다르다고 한다. 여기서는 모란의 그런 사정을 말한 뒤 성대하게 피어준 꽃이 고마워 비단 장막으로 찬 이슬을 막아준다고 한 것이다.

제미개모란
題未開牡丹

손방孫魴

푸른 꽃망울은 비록 작아도 아주 귀한 것이라서
고귀한 기질과 심후한 정의가 십분 농밀하다네
아직 활짝 피지도 않았는데 저렇듯 어여쁘다니
온전히 피고 난 뒤라면 또 무슨 정경을 연출할까
예쁜 꽃 찾는 벌 나비는 이미 꽃 주변에 머물고
이끼 위에 떨어진 꽃은 돌계단 도랑물을 물들이네
저 아름다운 광경은 말로 표현하기 어려우니
내 마음 깊은 곳에 늦봄 무렵 한때를 새겨 둔다네

靑苞雖小葉雖疏　　貴氣高情便有餘
渾未盛時猶若此　　算應開日合何如
尋芳蝶已栖丹檻　　襯落苔先染石渠
無限風光言不得　　一心留在暮春初

◇단함丹檻 : 빙 두른 난간인데 색이 뛰어남.
◇청포靑苞 : 푸른 꽃봉오리, 꽃망울.
◇친襯 : 덧대다, 받치다.

❖

아직 피어나지 않은 푸른 꽃망울을 보고 시상을 일으켰다. 작지만 예쁘고 고귀하며 두터운 정까지 지녔다면서 시상을 고조시켰다. 함련에서는 아직 덜 핀 것이 저럴진댄 항차 다 핀 다음엔 과연 어떠할 것이냐며 흥분을 가라앉히지 못했다. 제목이 아직 덜 핀 모란인 만큼 그에 합당한 내용으로 모란을 찬미했다. 미련에서 모란이 연출하는 아름다운 봄날의 정경은 차마말로 다 할 수 없어 마음에 새겨둔다고 하여 여운을 남겼다.

제모란
題牡丹

노사형盧士衡

여러 붉은 색 엷은 비단 꽃 판은 모두 봄바람의 작품
채색 붓으로 마음대로 그린 꽃이 어찌 생화만 하랴
여름 한 철 구십 일 풍경은 시간 상 길지 않으니
잔치에 꽃을 꺾어 보내지 않고는 배길 수 없다네

萬葉紅綃剪盡春　　丹靑任寫不如眞
風光九十無多日　　難惜尊前折贈人

◇홍초紅綃 : 홍색의 얇은 비단.
◇구십九十 : 여름 3개월.

❖

모란 잎과 꽃을 만엽萬葉 홍초紅綃라 한 뒤 이 모든 것이 봄날 봄바람이 만든 것이라는 말로 시상을 열었다. 아무리 예쁘게 모란을 그린다 하더라도 생화만 못하다는 말을 한 뒤, 여름 90일 너무 짧아 안타깝다고 하면서 술잔치에 꽃이 없을 수 없어 아깝지만 꺾어 보낸다고 했다.

우중간모란

雨中看牡丹

두량빈寶梁賓

봄바람이 아직 새벽이라 불지 않았는데
붉은 꽃 활짝 피어 추위를 이기지 못하네
하늘이 맑으면 꽃은 또 이미 시들 터이니
손을 잡고 빗속이라도 구경함만 못하리라

東風未放曉泥干　　紅葯花開不耐寒
待得天晴花已老　　不如攜手雨中看

◇동풍東風 : 봄바람.
◇휴수攜手 : 손을 잡다.

이름이 별로 드러나지 않은 여류 시인이다. 봄바람이 아직 잠에서 덜 깬 신 새벽, 성미 급한 모란은 붉은 꽃을 터뜨렸는데 추위를 견디지 못한다며 안타까운 마음을 담았다. 아뿔싸, 이제는 찬비까지 내린다. 어쩌겠는가, 날이 개이면 꽃은 또 떨어질 것 아닌가? 비를 맞으면서라도 꽃이 한창일 때 구경을 할 수밖에. 어디 꽃만 그러하겠는가? 달이 둥글면 꽃은 시들고, 꽃이 피면 달은 아직 초승달인 것, 이것이 세상사의 이치다.

엄상공댁모란
嚴相公宅牡丹

서현徐鉉

오로지 권문대족들은 모란만 중시하여
행여 뒤질세라 엄상공 집으로 몰려드네
이곳은 기온이 따뜻하여 모란이 일찍 피고
울창한 녹음 때문에 꽃이 더디 시든다네
피어난 몇 송이는 천하에서 가장 아름다워
행운 많은 한 송이는 관모에 꽂아 진다네
모르겠구나 난간에 기대어 피지를 않고
봄날 성껏 피고선 시들기를 마다하는지

但是豪家重牡丹　　爭如丞相閣前看
鳳樓日暖開偏早　　鷄樹陰濃謝更難
數朶已應迷國艶　　一枝何幸上塵冠
不知更許憑欄否　　爛漫春光未肯殘

◇ 호가豪家 : 권문 대족의 집.
◇ 봉루鳳樓 : 궁내의 누각.
◇ 계수鷄樹 : 고대 중서성을 지칭함, 재상이 근무한 곳에 있던 나무.
◇ 진관塵冠 : 고대 관원이 쓴 모자.

❖

엄상공이 누군지는 확실하지 않다. 그의 집안이 따뜻하고 녹음이 울창하여 꽃이 빨리 피고 더디 졌다는 말을 했다. 미련의 "모르겠구나 난간에 기대어 피지를 않고, 봄날 성껏 피고선 시들기를 마다하는지"는 함축하는 바가 크다. 난간에 기대어 조금씩 피면 천천히 시들 수 있을 터인데, 봄날에 편승하여 한꺼번에 활짝 피우고선, 천천히 시들고자 한 연유는 무엇이냐는 말을 했다.

제낙양관음원모란

題洛陽觀音院牡丹 두 수 중 첫 번째

이건중李建中

가는 바람이 가지에 불어 예쁜 자태를 낳으니
반쯤 열린 붉은 입술에서 짙은 향기 풍겨나네
진시황의 난리를 피했던 궁녀들은 모두 늙었는데
모란만은 옛 시절 그 모습 그 차림새 그대로인가

微動風枝生麗態　半開檀口露濃香
秦時避世宮娥老　舊日顔容舊日妝

◇ 단구檀口 : 붉고 예쁜 입술, 여기서는 붉은 색 꽃 판.
◇ 진시피세秦時避世 : 도연명의 〈도화원기〉에 나온 말, 진시황제의 폭정을
　피해서 무릉도원을 찾아간 사람들 이야기가 나옴.

❖

　낙양 관음원에 가서 모란을 보고 두 수를 지었는데 그 중 첫
번째 시이다. 앞의 두 줄은 있는 그대로의 실상을 과장하여 말
했고, 뒤의 두 수는 역사를 끌어와 말했는데 도연명의 〈도화
원기〉에 무릉도원에 사는 사람들은 진시황제의 폭정을 피해
온 사람들이라고 말한 대목이 나온다. 진시황이 죽은 지 오래
되었으니 그 당시 궁녀들도 다 늙어 죽었거늘 모란은 당시나
지금이나 똑같은 모습으로 아름답다는 말을 하여 마무리했다.

작약화개억모란

芍藥花開憶牡丹

왕우칭王禹偁

무정하게 비바람이 모란에게 불어대니
계단 위의 작약이 작은 뜨락에 가득하네
당나라 현종과 양귀비는 이미 죽었으니
설령 궁중 여관원에게 보여준들 기뻐할지

風雨無情落牡丹　　翻階紅葯滿朱欄
明皇幸蜀楊妃死　　縱有嬪嬙不喜看

◇ 홍약紅葯 : 작약芍藥.
◇ 빈장嬪嬙 : 궁중 여성 관원.

❖

작약과 모란은 실상 외모상으로는 큰 차이가 없어 보인다. 실질적으로 모란은 원래 이름이 없어서 작약과 같은 이름으로 불리었다고 한다. 하지만 언젠가부터 작약은 모란보다는 하등한 꽃 대접을 받았으며 작약과는 달리 모란은 화중왕으로 과분한 대우를 받았다. 여기서는 작약이 활짝 피었지만 그를 보고 기뻐할 사람이 많지 않다는 말로 주제를 삼았다.

사월삼일장십유모란이타
四月三日張十遺牡丹二朶

매요신梅堯臣

곡우가 이미 16일이나 지난 날
여전히 모란이 얕은 홍색으로 피었네
이른 봄에 핀 모란과 서로 다투지 않고
작약 데리고 동남풍 따라 곧바로 피었네

已過穀雨十六日　　猶見牡丹開淺紅
曾不爭先及春早　　能陪芍藥到薰風

◇곡우穀雨 : 24절기의 하나.
◇훈풍薰風 : 초여름 동남쪽에서 부는 바람.

❖

    청명과 입하 사이에 있는 절기로서 대체로 양력 4월 20일에서 21일 경을 곡우라 부르다. 모란은 곡우를 전후로 성개하는 꽃인가 보다. 위는 4월 3일에 장씨 집안의 열째 되는 사람이 모란 두 송이를 보내와서 지은 시라고 했다. 이른 봄에 피어서 다른 모란과 서로 아름다움을 다투지 않고, 나중에 늦게 피어 작약보다 더 돋보이게 한다는 말이 재미있다.

효왕중옥소감영요화용기운
效王仲玉少監咏姚花用其韻 네 수 중 첫 번째

황정견黃庭堅

햇빛은 쨍쨍한데 미풍에 기우뚱 다시 선 꽃
에메랄드 같은 꽃 심이 황색 꽃 판에 가렸네
개봉 성 안에서는 비록 매우 작아만 보였어도
저것이 우씨 집안에서 온 것이 아님을 난 알았네

映日低風整復斜　　綠玉眉心黃袖遮
大梁城裏雖罕見　　心知不是牛家花

◇미심眉心 : 꽃 술.
◇황수黃袖 : 황색 꽃 판.
◇대량大梁 : 북송의 수도인 개봉.
◇우가화牛家花 : 모란의 한 품종으로 민간 우씨 집안에서 나온 것임.

❖

　민간에서 나온 것이 아니라 그래도 기품 있는 꽃이라는 마무리가 의미심장하다. '왕중옥 소감少監이 요황姚黃 모란을 읊은 것을 본떠서 그 운을 따라 4수를 지었는데 그 중의 하나'라는 제목이다. 개봉 성 안에서는 보기 드물게 작은 모란이지만 그래도 촌에서 나온 볼품없는 것은 아니라는 말이 재밌지 않은가?

궁사

宮詞

왕규王珪

최근 낙양에 신품종의 모란이 왔는데
궁궐의 몇 번째 위치에 드는지 잘 모르겠네
새벽녘 황제가 꽃을 보려고 막 도착했는데
갓 핀 모란이 황제의 곤룡포를 붉게 비추네

洛陽新進牡丹叢　　種在蓬萊第幾宮
壓曉看花傳駕人　　露苞方拆御袍紅

◇봉래蓬萊 : 원래 장안의 대명궁, 여기선 낙양의 궁전 지칭.
◇압효壓曉 : 새벽녘, 여명.
◇노포露苞 : 이슬 머금은 듯한 송이, 여기서는 모란꽃.

❖

궁궐에서 본 모란에 대하여 쓴 글이다. 모란은 새벽녘에 가장 아름다우며 그 때도 향기를 뿜어내는가 보다. 새로운 품종의 모란이 왔다는 말로 시상을 연 뒤 그것을 구경 나온 황제의 곤룡포가 꽃에 어린다는 표현이 참 곱다.

동두숙고축언집관천보암폭포 주인유음양일 차약모란지음

同杜叔高祝彦集觀天保庵瀑布 主人留飮兩日且約牡丹之飮

신기질 辛棄疾

대나무 지팡이에 짚신 신고 폭포를 보았는데
늙어 쇠약하니 원치 않게 다시 오르지 못하네
매화 지고 난 뒤 별 다른 봄날의 정취가 없으니
모란이 핀 후에 다시 모이기로 약속을 했다네

竹杖芒鞋看瀑回　　暮年筋力倦崔嵬
桃花落盡無春思　　直待牡丹開後來

◇ 망혜芒鞋 : 풀로 만든 신.
◇ 최외崔嵬 : 높이 솟은 모양.

　'두숙고, 축언집과 더불어 천보암 폭포를 보러 갔는데 주인이 붙들어 이틀간 마시고 또 모란이 피면 다시 마시자고 약속함'이라는 제목의 시이다. 앞의 두 구는 평범한 말로 시상을 열었고, 뒤에서 매화가 지고 나면 봄날의 경치가 별 재미가 없다고 했다. 그래서 끝에 이르러 모란이 피기를 기다려 다시 모여 한잔 하자는 말로 마무리 했다.

전일입사관모란불각이사석기농염고이시도지
前日入寺觀牡丹不覺已謝惜其穠艷故以詩悼之

섭적葉適

모란이 봄기운 타고 활짝 피니
비바람이 질투심 가득 시기 하네
이른 새벽 작은 정원에 갔더니
적잖은 꽃이 벌써 떨어졌네
금곡원의 꽃 넋은 이미 사라졌고
마외파의 일은 마디마디 단장일세
하루 종일 화단을 마주한 채로
좌우로 오가며 시든 꽃떨기 바라보네

牡丹乘春芳　　風雨苦相妬
朝來小庭中　　零落已無數
魂銷梓澤園　　腸斷馬嵬路
盡日向欄干　　踟躕不能去

◇재택梓澤 : 진 나라 부호 석숭의 금곡원金谷園 별칭, 하남 낙양 서쪽에 위
　치했음.
◇마외馬嵬 : 마외파馬嵬坡, 섬서성 홍평시 서쪽 위치, 당 현종의 호종군대
　가 양귀비를 목매어 죽인 곳.
◇지주踟躕 : 망설임, 서성임.

❖

'전날 사찰에 들어가 모란을 보았는데 이미 시든 줄 몰랐다. 그 농염한 아름다움을 아깝게 여겨 시로써 조문하네'라는 제목 이다. '달이 둥글기를 기다렸더니 꽃은 떨어지고, 꽃이 피기를 기다렸더니 달이 벌써 기울었다'는 시구가 생각난다. 모란이 피면 비바람이 가만 두지를 않는 법, 이것이 자연의 이치 아닌 가 싶다. 어디 꽃만 그러하겠는가? 역사적 사건과 결합한 꽃의 조락에서 많은 것을 생각하게 한다.

차운모란
次韻牡丹

방악方岳

아름답고 요염한 짙은 홍색이 푸른 잎에 의지하니
삼생을 살자고 약속했던 오채란을 만난 것 같네
시의 눈으로 본 이 놀라울 봄날의 부귀라니
온몸에 비 내려 옷 적셔도 추운 줄 모르겠구나

嬌紅深倚翠雲團　　彷佛三生吳彩鸞
詩眼頓驚春富貴　　雨侵衫袖不知寒

◇삼생三生 : 불교 용어, 전생, 금생, 내생.
◇오채란吳彩鸞 : 오채란과 문소文簫 부부가 가난하게 살다가 신선이 되어
　갔다는 고사.

❖

오채란과 문소의 이야기는 당나라 배형裵鉶이 쓴 〈전기傳奇.
문소文簫〉에 나온다. 오채란은 성도 부근의 서산에서 은거하
고 살고 있었는데 서산에서 내려와 가난한 서생 문소를 만나
결혼했다. 문소 역시 가난하여 자급할 수 없었다. 그래도 둘은
동고동락하며 지냈다. 채란은 매일 운서韻書 1부를 쓰고 문소
가 그것을 갖다 팔아서 하루를 연명하곤 했다. 그렇게 십년을
산 후 각각 호랑이를 타고 올라가 신선이 되었다는 이야기다.
아름다운 모란을 선녀 오채란에 비유한 것과 "시의 눈으로 본
이 놀라울 봄날의 부귀라니, 온몸에 비 내려 옷 적셔도 추운
줄 모르겠구나"의 시구가 멋있게 다가온다.

수육우인성남잡시

酬陸友仁城南雜詩 열 수 중 세 번째

가구사柯九思

성 남쪽에서 가까운 꽃 재배 농가에서
머리가 큰 모란이 아침놀에 찬란히 빛나네
군왕이 규장각에서 연회를 거행하시는데
환관들 궁 밖에서 꽃을 살 필요 있겠는가

尺五城南老圃家　　牡丹如斗眩朝霞
君王宴坐奎章閣　　中使人間不買花

◇척오尺五 : 1척 5촌, 곧 아주 가까운 거리.
◇화농花農 : 꽃을 재배하는 농가.
◇규장각奎章閣 : 여기서는 황성의 중요 궁전.
◇중사中使 : 궁중에서 파견한 관리, 여기서는 환관.

참 재미있는 시이다. 궁궐 밖 남쪽, 머잖은 곳에 늙은 농부의 꽃밭이 있다며 시상을 일으켰다. 그 꽃밭의 모란은 꽃송이가 머리만큼 큰데 아침놀에 찬란하게 빛난다며 시상을 이었다. 비슷한 시각, 궁궐에서 왕도 모란을 감상하고 있다. "군왕이 규장각에서 연회를 거행하시는데"가 그것이다. 그러니 군이 밖에서 모란을 사들일 필요가 있겠냐며 마무리 했다.

모란발합도

牡丹鶉鴿圖

주덕윤朱德潤

깊숙한 정원의 꽃 난간은 비단 담요를 깔아놓은 듯
온갖 꽃 다 떨어지고 난 뒤에 모란을 피게 했네
분홍색 깃털의 비둘기 한 쌍 어찌 말을 잘 듣는지
금분에서 머리 감으며 사람들 조금도 겁내지 않네

深院朱闌覆錦茵　　百花開盡牡丹春
粉毛雙鴿多馴狎　　對浴金盆不避人

◇ 발합鶉鴿 : 비둘기.
◇ 순압馴狎 : 온순하여 친할 만하다, 말을 잘 듣다.

✤

　모란과 비둘기가 그려진 그림을 보고 쓴 시이다. 모란은 온
갖 꽃 다 떨어진 뒤에 피어서 봄날의 대미를 장식하는가 보다.
분홍색 깃털을 가진 비둘기 한 쌍과 붉은 모란이 함께 그려진
그림을 상상해 본다. 사람을 잘 따르는 비둘기라 했고 세수하
고 머리 감는다 했으니 비둘기, 세면대, 사람 등이 그려져 있
고 그 옆 혹 위아래 어딘가에 모란도 모습을 내밀고 있는 그림
이다.

서자후댁상모란

徐子厚宅賞牡丹 두 수 중 두 번째

원개袁凱

귀한 모란 송이송이 조각한 처마 아래 빙 둘러 피었으니
쌍쌍의 그림 그려진 양초가 비단 발을 젖히고 나타난 듯
집 주인 서자후는 매우 사람들을 좋아하기 때문에
고대광실에서 춘주를 벌여놓고 밤늦도록 즐긴다네

名花朵朵佣雕檐　　畵燭雙雙出繡簾
最是主人能愛客　　高堂春酒夜厭厭

◇ 화촉畵燭 : 그림 장식의 양초.
◇ 춘주春酒 : 신년 축하주, 봄철에 담가서 겨울철에 익는 술.
◇ 염염厭厭 : 만족하다, 안일하다.

❖

　서자후라는 사람 집에서 모란을 감상하고 지은 두 수 가운데 두 번째 시이다. 서자후의 집은 빙 둘러 멋지게 조각된 처마가 있고, 그 아래 모란 밭이 있나보다. 모란이 핀 모습을 말하여 그림 그려진 양초가 비단 발을 제치고 얼굴을 내민 것 같다고 표현했다. 이어 주인의 넉넉한 인심과 사람을 좋아하여 밤이 늦도록 춘주를 마신다는 풍류를 말하여 마무리했다.

모란
牡丹

왕곡상王谷祥

조각한 난간에 특별한 봄날이 감춰져 있는지
옥으로 장식한 누대에 양귀비가 기대어 섰네
곱게 단장한 가마들이 함께 와서 바라보느라
낙양 거리에는 하늘 가득 먼지가 자욱하네

雕檻特藏春　　瑤臺倚太眞
香車傾一顧　　驚動洛陽塵

◇요대瑤臺 : 신선이 사는 곳, 옥으로 장식한 누대.
◇태진太眞 : 양옥환 곧 양귀비.
◇향거香車 : 향목으로 만든 수레, 아름다운 수레나 가마.

＊

　중국 그림 이론에 선염渲染 혹은 홍탁烘托이라는 말이 있는
데 측면의 묘사를 통하여 주제를 이끌어내어 표현하고자 하는
바를 부각시키는 기법이다. 이 시에서는 난간과 요대, 양귀비
를 동원하여 결국 모란을 부각시키고자 햇다. 왕곡상은 선염渲
染에 법도가 있는 화가로 유명하다.

백모란
白牡丹

육수성陸樹聲

낙양의 봄날 경치는 모두 그림 속에 있는 것 같은데
자연이 변화시키는 경치는 조물주의 공력보다 위대하네
성대하게 핀 예쁜 꽃은 홍색과 자색만이 아니라
봄바람 타고 맑고 산뜻한 자태의 예쁜 꽃이 피어났네

洛陽春色畵圖中　　幻出天然奪化工
不泥繁華競紅紫　　一般淸艶領東風

◇ 화공化工 : 조화의 공력.
◇ 니泥 : 구애되다, 융통성이 없다.
◇ 일반一般 : 한 종류.

❖

낙양의 봄 모습은 모두 그림 같다는 말로 시상을 열었다. 자연이 가져다주는 변화야말로 조물주의 능력보다 더 위대한 것이라는 말로 시상을 이었고, 제3, 4행에서 모란은 홍색이나 자색만 있는 것이 아니라 백모란도 있다는 말로 시상을 마무리했다.

이색모란

二色牡丹 두 수 중 첫 번째

왕형王衡

아침 노을 아래 모란 송이는 선궁의 조각구름 같은데
여러 보석 조각한 난간 곁에서 향기를 다투고 있네
홍색 꽃은 새벽 술에서 덜 깬 것 같이 유난히 붉고
매화랑 같이 핀 모란 윗부분은 가벼이 분칠한 듯하네

宮雲朶朶映朝霞　　百寶欄前鬪麗華
卯酒未消紅玉面　　薄施檀粉伴梅花

◇ 이색모란二色牡丹 : 모란의 명품 두 종류, 하나는 꽃송이가 홍백 두 색,
　　혹은 각각 반 혹은 불규칙한 잡색.
◇ 궁운宮雲 : 선궁仙宮의 구름.
◇ 단분檀粉 : 단향목으로 만든 향, 여기서는 향 가루.

❖

　한 그루 나무에서 두 가지 색을 지닌 모란을 읊은 시이다. 중국에는 이런 모란이 많다. 하남성 낙양과 산동성 하택은 중국에서 모란 축제를 하는 대표적 도시인데 모란 단지의 규모도 크거니와 모란의 종류도 천여 종이 넘는다고 한다. 붉은 모란을 두고 아침술을 마시고 덜 깬 것 같다는 표현에 눈이 멈춘다.

모씨원관모란
毛氏園觀牡丹

황자운 黃子雲

집안 십 묘의 정원에 신선한 꽃 피었는데
가장 예쁜 꽃은 나중에 보려고 아껴두네
잠깐 보노라니 봄이 푸른 술에 취한 듯하고
이슬방울 아직 마르지 않은 모습 사랑스럽네
태양이 내리는 특별한 사랑을 독차지 한 듯
회오리바람 불어도 추위를 느끼지 않네
꽃밭 주변을 수없이 오고 또 가면서
읊고 또 읊조리다 보니 서산에 해 기우네

十畝芳菲宅　　名花最後看
乍疑春欲翠　　可愛露難干
倚日自矜寵　　回風不受寒
葯闌頻徒倚　　吟望西陽殘

◇긍총矜寵 : 매우 많은 사랑을 받음.
◇회풍回風 : 회오리바람.
◇도의徒倚 : 방황.

❖

　모씨 집안의 작은 정원에 핀 모란꽃을 보고 시상을 일으킨 것인데 3번째 구에서 모란의 붉은 꽃을 봄이 목말라 술을 마셨다고 한 것과 꽃에 이슬이 맺혀 아직 마르지 아니한 모습이 매우 사랑스럽다고 말한 부분은 참 생동감 있게 다가온다. 모란을 감상하느라 시를 읊고 또 읊으면서 해가 기우는지도 모르는 중년의 시인 모습이 눈에 선하다.

모란도
牡丹圖

고기패高其佩

화계노인이 자기 집안에만 틀어박혀서
고금의 훌륭한 모란을 먹으로 그렸네
내가 일찍이 흠모하여 직접 본떠 봤는데
선생이 보낸 꽃들이 내 앞에서 춤을 추는 듯

花溪老人辟門戶　　墨寫花王絶今古
我嘗心摹更手追　　先生遣花向我舞

◇화계노인花溪老人 : 주전周筌으로 글씨, 산수에 뛰어난 인물.
◇벽辟 : 피함.

❖

　강소성 소주蘇州 사람 주전周銓은 화계노인이라 호했는데
산수화와 서예에 능했다고 한다. 그가 일찍이 고금의 명품 모
란을 골라 먹으로 그렸는데 시인이 그것을 보고 모사를 하려
는데 그림 속에서 모란 생화生花가 나와 시인 앞에서 교태를
보였다는 내용이다.

모란
牡丹

장석조張錫祚

봄바람이 깊은 정원에 불어오니
주렴 걷자 맑은 향기 집안으로 드네
귀한 꽃송이들 꺾으려니 근심스러워
봄날이 다 하도록 궁궐 귀퉁이에 있네
값이 매우 비싸서 함부로 살 수도 없고
정원 빈 뜰에 사람 피해 서 있는 듯
옥대는 지금 이미 황폐해지고 말아
지금 모란을 대하니 마음 몹시 아프다네

深院東風入　　開簾香氣淸
名花愁采摘　　獨立殿殘春
格貴誰求價　　庭空欲避人
玉臺今寂寬　　對爾覺傷神

◇격귀格貴 : 가격이 높음.
◇옥대玉臺 : 한나라 때의 대 이름, 여기서는 일반적인 대.

왕과 왕비 그리고 여러 궁녀들이 옥대에 모여 함께 감상하였던 모란이다. 하지만 이제 그 사람들과 옥대는 사라지고 없는데 오로지 홀로 모란만 다시 피었다. 인생무상인가 아니면 자연의 순리인가? 모란은 그저 외롭기만 하다. 그 이유는 귀한 꽃이라 함부로 꺾어간 사람도, 비싼 값이라 쉽게 사가는 사람도 없다. 함축하는 바가 크다.

모란
牡丹

변수민邊壽民

연못 가득한 먹즙이 화왕인 모란 같은데
맑은 향기는 먹향인지 꽃향인지 모르겠구나
사람들은 언제나 예년의 좋은 점만 생각하는 법
어떤 마을의 꽃이 좋았다며 그 외모만 그린다니

一池墨汁貌花王　　不辨花香與墨香
最憶前年好淸興　　寫生十日住誰莊

◇ 화왕花王 : 모란.
◇ 청흥淸興 : 청아한 흥취.

칠언 절구인데 시사하는 바가 많다. 우리는 늘 추억을 먹고 산다는 말이 있다. 오늘 지금이 가장 중요한데도 사람들은 자주 회억을 반추하며 그 시절에 잠기곤 한다. 금년에도 모란은 예쁘게 피었는데도 작년 어느 마을 어떤 모란이 좋았다며 지금 현재를 깜박한다. 어느 곳의 어느 모란은 십일 밖에 피지 않는데 그 외모만 그리는데 정신을 쏟을 것이 아니라 "맑은 향기는 먹향인지 꽃향인지 모르겠구나"처럼 그 정신적, 내면적 향기를 그린 그림에 대한 자부심이 묻어난다.

모란

牡丹 서른 두 수 중 네번째

장회張准

정원사의 기술은 생생한 것을 특별히 좋아하여
제멋대로 꾸며서 가짜도 진짜처럼 하고도 남네
기이한 향기 정원에 가득하니 향초와 사향 같고
어여쁜 그림자는 발 너머로 사람을 엿보는 듯
송이마다 매우 뛰어나 버금가는 색깔이 없으니
수천수만 송이가 작은 먼지조차 피하여 피었네
모란과 봄바람은 특별한 감정을 가졌기 때문에
시든 가지 위의 봄 경치에는 불어주지 않는다네

酷愛園丁技獨神　　染來隨意却能眞
奇香滿院若薰麝　　嬌影隔簾如覘人
三五朶皆呈絶色　　百千花盡避淸塵
有因自與東風好　　不肯吹殘枝上春

◇혹애酷愛 : 매우 사랑함.
◇훈薰 : 향초.
◇첨覘 : 엿보다.
◇삼오三五 : 수량이나 횟수의 많음.

❖

　모란시를 32수나 지었는데 그 가운데 4번째이다. 봄의 조화를 기술이 훌륭한 정원사로 본 다음 그가 피어낸 모란에 대한 찬사를 쏟아내었다. 마지막 두 구 "모란과 봄바람은 특별한 감정을 가졌기 때문에, 시든 가지 위의 봄 경치에는 불어주지 않는다네"는 함축하는 바가 많다. 봄바람의 매몰찬 성격인가 아니면 봄바람의 현명한 판단인가? 사람이라면 이럴 경우 어떻게 해야 하는지……

모란권자

牡丹卷子 두 수 중 두 번째

장문도張問陶

옥색 난간에 기대어 핀 진한 분홍색의 꽃송이
꽃이 피고 지는 일생에서 모두 혹한을 모르네
금색의 꽃 편지로 청평조를 써놓았으니
누가 시인이 어려운 처지에 있다고 말을 하겠나

簇起深紅倚玉欄　　一生開落不知寒
金花箋寫淸平樂　　誰道詩人際遇難

◇족기簇起 : 쌓임, 많다.
◇금화전金花箋 : 회화의 일종인데 금꽃의 서신.
◇청평악淸平樂 : 이백의 청평조 3수.
◇제우際遇 : 처지.

❖

모란이 그려진 두루마리에 쓴 시이다. 옥색 난간에 기대어 쌓이듯 탐스럽게 핀 짙은 홍색 모란을 보고 시상을 일으켰다. 모란은 꽃이 필 때나 질 때 강추위를 모른다고 했는데 함축하는 바가 깊다. 금꽃 서지에 청평조를 베꼈으니 시인의 처지가 어려운 줄 누가 알겠냐며 마무리 했다.

모란

牡丹 두 수 중 첫 번째

주한周閑

내가 일찍이 침향정 가를 지나다 보았는데
여름을 이기는 최고의 경치가 상림원에 많았네
나는 가난하여 다만 시와 노래를 지을 뿐이니
어찌 군왕을 축수하고 귀비를 위한 노래를 지으리

沉香亭畔昔曾過　　消夏春光上苑多
看我淸貧成樂府　　君王上壽貴妃歌

◇상원上苑 : 한 무제 때 지은 궁궐 내의 정원, 상림원.
◇상수上壽 : 축수祝壽.

❖

　당 현종이 양귀비와 함께 모란을 감상하곤 했던 침향정, 그
정자 주변을 거닐다가 상림원에 이르러 그 곳을 보니 여름 더
위를 해소시킬 녹음지역이 많았다고 했다. 나는 가난해서 시
나 노래를 지을 뿐이지만, 어찌 왕과 귀비를 위한 축수의 노래
를 지을 수 있겠냐는 내용인데 함축하는 바가 있다.

제동년장유함서상소화모란
題同年張幼函庶常所畵牡丹

임수도 林壽圖

봄이 만발한 가지에서 온갖 새들 지저귀고
옥당에서 불어오는 봄바람은 맑고 고와라
어찌하여 부귀를 천상에 뜬 구름이라 하는가
종이에 그려진 모란 그림을 부귀화라 하는데

春滿枝鬪百鳥嘩　　玉堂風日劇淸華
如何紙上浮雲意　　抹盡人間富貴花

◇ 청화淸華 : 맑고 고우며 화려하고 아름다움.
◇ 말抹 : 그림을 그리다.

❖

　과거에 함께 합격한 서상 벼슬을 지낸 장유함이 그린 모란을 보고 쓴 시이다. 앞의 두 구는 일반적인 말로 봄날의 서정을 펼쳤다. 뒤의 두 줄은 부귀가 뜬 구름과 같이 허무한 것인데도 왜 사람들은 모란을 부귀화라고 하는지 궁금하다는 말로 마무리했다.

납일선조행상원
臘日宣詔幸上苑

무측천武則天

내일 아침 상원에 가볼 것이니
어서 봄 신에게 알리라
꽃은 밤 새워 피워야 할 테니
새벽바람 불기를 기다리지 마라

明朝遊上苑　　火急報春知
花須連夜發　　莫待曉風吹

◇납일臘日 : 옛날 납제를 지내는 날을 말한다. 주나라 때에 시작하였으며,
　　동지로부터 세 번째의 술일戌日을 가리킨다.
◇상원上苑 : 천자의 정원.
◇춘春 : 여기서는 봄을 주관하는 신을 의미한다.

❖

　무측천武則天은 새봄의 꽃을 빨리 보고 싶어서, 자주 궁중의 정원에 행차하기도 하였다. 이 시는 이러한 정원의 행차를 앞두고 지은 시이다. 시는 한 겨울에 봄을 기다리는 마음을 읊은 서정적인 느낌이 있지만, 다른 한편으로는 천명을 받은 황제로서 어서 봄이 오라고 명령하는 당당한 모습도 엿볼 수 있다. 전하는 이야기로는 그날 아침에 온갖 꽃이 피었으나, 다만 모란 꽃 만은 황제의 말이라도 따르지 않았다고 한다. 그래서 모란꽃을 낙양으로 귀양 보냈으며, 그 이후 모란의 별칭이 낙양화洛陽花, 낙양홍洛陽紅이 되었다.

쌍두모란
雙頭牡丹

한유韓愈

뭇 꽃들은 날로 시드는데
모란 꽃송이 나란히 기이하게 피네
심부름꾼 편에 보내서
형의 장수와 번창을 바라네

群英日零謝　並蒂發奇芳
願以附驛使　爲兄壽且昌

◇체蒂 : 꽃받침. 꽃송이. 병체並蒂는 두 꽃송이가 한 꽃으로 피어난 것.
◇부附 : 보내다. 기寄와 같다.
◇역사驛使 : 파발꾼. 문서를 전송하는 사람. 심부름꾼.

❖

　이 시의 원래 제목은 '화태소쌍두모란겸정자화和太素雙頭牡丹兼呈子華'로 '크고 흰 두 송이 모란에 화답시를 지어서 자화에게 보내다'라는 뜻이다. 오언절구의 짧은 시속에 모란의 아름다움과 형을 생각하는 지극한 마음을 함축적으로 담아낸 작품이다. 모란은 늦봄에 핀다. 그 사실 때문에 장수를 상징하기도 하였다. 모란의 꽃잎은 비단을 포개놓은 듯 화려해서 부귀함을 상징한다. 형을 위해 모란을 선물하면서 시를 지어 보낸 마음이 훈훈하다.

문모란

問牡丹

원진元稹

가만히 호삼이 모란 소식 묻기에
여전히 서쪽 난간에 가득하다고 하였네
꽃필 적엔 어디서 그리워할까
비온 뒤에 붉은 꽃 쓸쓸히 떨어지네

竊見胡三問牡丹　　爲言依舊滿西欄
花時何處偏相憶　　寥落衰紅雨後看

◇ 의구依舊 : 변함없음.
◇ 서란西欄 : 서쪽 난간, 여기서는 정원의 서쪽에 모란 정원이 있음을 의미.
◇ 요락寥落 : 황폐하고 쓸쓸한 모양.

❖

　이 시의 원래 제목은 '수호삼빙인간문란佣胡三憑人間牡丹'으로 '호삼이 사람을 통해 모란을 묻기에 답하다'라는 뜻이다. 멀리서 지인이 모란소식을 묻기에 답하며 추억하는 내용이다. 그러나 꽃이 필 때 몸은 멀리 떨어져서 모란을 볼 방법이 없기에 다만 서로 그리워할 뿐이다. 그러다가 늦여름 내린 비에 쇠잔한 모습만 보게 될지 모르겠다. 호삼을 그리워하고, 모란꽃이 질까 걱정하는 모습이 눈에 선하다.

모란

牡丹

온정균溫庭筠

출렁이는 물속에 붉은 모란은 물결을 누르고
새벽녘에 모란꽃이 뜰의 풀을 덮고 있네
풍요로운 마름질에 빼어난 기교로
아름다운 봄빛 한껏 뽐낸다네
웃음 띤 보조개처럼 꽃봉오리 터지려는지
노래 소리 들리는 양 한창 무성하구나
멋진 당에는 손님 떠나고 주렴 낮게 드리웠으니
난간에 기대어서 모란 구경이나 해볼까

水漾晴紅壓疊波   曉來金粉覆庭莎
裁成豔思偏應巧   分得春光最數多
欲綻似含雙靨笑   正繁疑有一聲歌
華堂客散簾垂地   想憑闌幹斂翠蛾

◇금분金粉 : 금색의 꽃가루. 모란꽃을 가리킨다.
◇사莎 : 사초莎草 또는 향부자香附子. 풀의 일종이다.
◇엽靨 : 보조개.
◇취아翠蛾 : 아름다운 여인. 여기서는 모란을 가리킨다.

❖

선홍빛을 뽐내는 모란은 늦은 봄을 아름답게 장식하며 웃음
띤 보조개처럼 꽃봉오리를 터트린다. 객들 떠난 방안에 주렴
은 낮게 드리워져 있다. 그때 모란의 모습을 행여나 놓칠세라
난간에 기대어 그윽하게 그 모습을 바라본다. 그 모양이 조심
스러우면서도 애틋한데, 마치 모란을 바라보는 것은 사랑스런
미인을 보는 듯하다.

모란
牡丹

방간方幹

무더위를 만나지 않고 겨울도 피해야 하니
씨 뿌려 숲 되기엔 방법이 어렵다네
취한 눈으로 가서 구경하기를 포기한다면
경솔한 마음에 꺾어다 놓고 볼까도 했었지
붉은 모란꽃이 아니 예쁠까
이슬 머금은 노을마냥 볕나도 마르지 않으니
예쁜 꽃이라고 비바람 두려워한다고만 여기지 마시게
시간 지나도 오히려 시들지 않으니 말일세

不逢盛暑不衝寒　　種子成叢用法難
醉眼若爲抛去得　　狂心更擬折來看
凌霜烈火吹無豔　　裛露陰霞曬不幹
莫道嬌紅怕風雨　　經時猶自未凋殘

◇능상열화凌霜烈火 : 붉은 꽃. 여기서는 모란을 가리킨다.
◇읍裛 : 축축하게 젖음.

❖

　모란은 늦은 봄에 피기 때문에 무더위를 만나지 않아야 하며, 춥고 긴 겨울도 피해야 한다. 그러나 모란을 쉽게 생각해서 경솔한 마음으로 한 번 꺾어보려는 충동이 앞선다. 하지만 어둡고 추운 땅 속에서 한 해를 용케도 버틴 것을 생각하니 그 노력이 얼마나 가상한가? 그러한 노력 끝에 피어난 모란을 한 번 보니 내 마음 속에서는 일년 내내 시들지 않은 모란으로 남았다.

모란
牡丹

꽃빛깔 비단처럼 매우 아름다워
향기가 피어나면 창포를 가리겠지
어찌 견디랴 안개에 덮인 모란을 보며
남국 서시처럼 울며 넋을 잃게 됨을

顔色無因饒錦繡　　馨香惟解掩蘭蓀
那堪更被煙蒙蔽　　南國西施泣斷魂

◇난손蘭蓀 : 창포菖蒲를 가리킨다. 일종의 향초이다.
◇서시西施 : 구천勾踐이 부차夫差에게 바친 월나라 미녀.
◇단혼斷魂 : 넋을 잃는 일, 사랑이나 슬픔 등에 빠져서 정신을 잃는 일.

❖

시인은 모란의 꽃빛깔이 왜 그리 비단과 같이 아름다운가 묻는다. 향기가 피어나면 창포의 향이야 금방 덮어버릴 것만 같다. 모란의 그 아리따운 모습을 보면 자신의 슬픔에 겨워 넋을 잃는 월나라 서시의 모습이 겹쳐진다.

모란화
牡丹花

나은羅隱

동풍과 함께 각별한 인연이 있는 것처럼
붉은 비단 말아 올리고 춘흥을 못 이기네
만약 미인이라면 나라를 기울게 했겠고
비록 무정하다 하여도 사람을 감동시키네
작약은 그대에게 가까이 모시는 시종이 되고
연꽃은 어느 곳에 아름다운 자취를 감추었나
가련하다 한령은 공을 이룬 뒤에도
아름다운 꽃을 저버리고 이 몸을 떠나가네

似共東風別有因　絳羅高卷不勝春
若教解語應傾國　任是無情亦動人
芍藥與君爲近侍　芙蓉何處避芳塵
可憐韓令功成後　辜負穠華過此身

◇ 강라絳羅 : 붉은 비단옷. 모란꽃을 가리킨다.
◇ 해어解語 : 말을 아는 꽃. 미녀.
◇ 방진芳塵 : 향긋한 자취. 여기서는 모란을 가리킨다.
◇ 한령韓令 : 당나라의 관리 한홍韓弘을 가리킨다.
◇ 농화穠華 : 미인의 아름답고 요염한 외모.

❖

살랑살랑 부는 봄바람에 휘날리는 모란은 마치 사랑을 속삭이는 연인과 같은 모습을 하고 있다. 봄기운에 따라서 마침내 그 꽃을 붉게 빛내어 자태를 뽐낸다. 만약 모란꽃이 여인으로 태어났다면 나라를 기울일만하다. 그 빼어난 작약도 그 모란꽃에게는 시종일 뿐이고, 연꽃도 모란을 피한다고 하였으니, 모란이야말로 그 얼마나 아름다운가.

모란
牡丹

나은羅隱

온갖 꽃들 만발할 때 모란 피기 어려운데
한가운데 꽃술 한 조각은 붉기만 하다네
취해 돌아온 공자는 등불 아래서 감상하고
미인은 아침에 꽂은 모란꽃을 거울에서 보는 구나
정원에 피니 춘풍의 소중함을 비로소 느끼겠고
빗방울 떨어지니 모란의 쓸쓸함을 이제야 알겠네
날 저물면 더더욱 무엇과 비슷한가 생각하니
힘없이 난간 기댄 양귀비인가 하구나

豔多煙重欲開難　　紅蕊當心一抹檀
公子醉歸燈下見　　美人朝插鏡中看
當庭始覺春風貴　　帶雨方知國色寒
日晚更將何所似　　太眞無力憑闌幹

◇단檀 : 홍색, 여기는 꽃술 주위의 색깔. 모란을 가리킨다.
◇국색國色 : 모란.
◇태진太眞 : 당 현종의 비妃 양귀비의 호號.

❖

　모란은 많은 봄꽃들이 핀 다음에 그 모습을 드러낸다. 마치 봄꽃의 주인공인 듯 그 자태를 뽐내니, 그 모습을 공자도 넋을 놓고 감상한다. 미인도 아침에 장식한 모란꽃을 거울로 바라본다. 그러나 비가 올 때마다 그 찬란한 꽃잎이 하나 둘씩 떨어지니 그 쓸쓸함 무엇으로 대신할까 걱정이 앞선다. 저물녘이 되면 마치 난간에 기대어 선 양귀비와 같은 모습이다.

백모란
白牡丹

위장韋莊

규중에선 새롭게 단장한 여인이 시샘을 하고
길 위에선 부분랑이 부끄러워 하네
지난 밤 밝은 달 전연 물과 같고
문에 들어서야 뜨락에 모란향임을 알았네

閨中莫妒新妝婦　　陌上須慚傅粉郞
昨夜月明渾似水　　入門唯覺一庭香

◇ 신장부新妝婦 : 새롭게 치장한 아낙네.
◇ 부분랑傅粉郞 : 위나라 남양南陽 하안何晏 사람. 어머니 윤씨가 조조의 부
　인이 되어 위나라 궁정 안에서 자랐다. 위나라 공주와 혼인하였는데,
　용모가 아름답고 얼굴이 희어서 '부분랑傅粉郞'이라 불렸다고 한다.

❖

아름다운 모습과 향기로움을 뿜어내는 모란은 규중에서 출중한 미모를 자랑하는 여인들의 시샘의 대상이기도 하다. 집 밖의 길에서 곱고 흰 부분량의 얼굴이 부끄러워 붉게 변하기도 할 만큼 주목을 한눈에 받을 만하다. 모란의 달처럼 크고 흰 모습이 우물에 비추니 늘 봐오던 모란이 새삼스럽게 느껴진다. 시에서는 백모란을 바로 묘사하는 게 아니라, 은유적으로 묘사하고 있다. 세 번째 구에서는 모란의 색과 네 번째 구에서는 모란의 향을 통하여 백모란의 형상을 완전하게 그리고 있다.

간모란증단성식

看牡丹贈段成式

주요周繇

금빛 꽃술 붉은 꽃 고운 향기 그득하니
처음엔 난실에서 소녀 나오는가 했네
잠시 또 헤어진 지 일 년
그대에게 말 전하노니 술 한 잔 하세나

金蕊霞英疊彩香　　初疑少女出蘭房
逡巡又是一年別　　寄語集仙呼索郎

◇ 난방蘭房 : 난의 향기가 그윽한 방. 미인의 침실. 난실蘭室.
◇ 준순逡巡 : 아주 짧은 시간.
◇ 집선集仙 : 집현원 학사인 단성식을 지칭.
◇ 색랑索郎 : 술의 한 종류인 상락주桑落酒. 술의 통칭.

❖

　모란꽃의 향기는 매혹적이다. 마치 난실에서 난향을 지니고
나오는 소녀인 줄 착각했다. 청순하고 아름다운 여자로 비유
하여 모란의 아름다움을 드러내고 있다. 다시 일 년 만에 꽃이
피어 재회하니 그 아니 기쁜 일인가. 만나서 술 한 잔 하자고
친구에게 권한다.

만수사모란
萬壽寺牡丹

옹승찬 翁承贊

무르익은 향풍이 귀인을 이끄니
고승의 발걸음도 더디 옮기네
가련하다! 전각에 높다란 솔빛
고개를 쳐들어 보는 왕손 없구나

爛熳香風引貴遊　　高僧移步亦遲留
可憐殿角長松色　　不得王孫一擧頭

◇ 난만爛熳 : 꽃이 만개한 모양.
◇ 지류遲留 : 머물다.
◇ 왕손王孫 : 귀족.

❖

    마땅히 우러러 보아야 할 높은 소나무이지만 귀족과 고승은 만개한 모란꽃과 향기로움에 사로잡혀 있다. 장송에게 눈을 돌릴 틈이 없을 만큼 아름답고 향기로운 모란의 모습을 묘사하고 있다.

백모란
白牡丹

왕정백王貞白

곡우에 곱고 하얀 비단을 씻어다가
이를 하얀 모란으로 재단하였나
옥합이 열리자 남다른 향기가 나고
은쟁반에 꽃가루 살살 날리네
아침이면 이슬로 축축하게 젖고
밤이면 달빛과 어우러져 차갑구나
미인이 화장을 옅게 치장하고서
말없이 붉은 난간에 기대었구나

穀雨洗纖素　　裁爲白牡丹
異香開玉合　　輕粉泥銀盤
曉貯露華濕　　宵傾月魄寒
佳人淡妝罷　　無語倚朱欄

◇ 곡우穀雨 : 24절기 중 하나. 봄비를 가리킨다.
◇ 섬소纖素 : '섬纖'은 가느다란 모양, '소素'는 하얀 색으로 섬소는 '가늘고
　 흰 비단'을 뜻한다.
◇ 옥합玉合 : 은반銀盤. 백모란을 가리킨다.

❖

이 시는 쉬운 말을 사용하여 이어지는 '백白'의 이미지와 의인법으로 백모란의 향기, 자태, 색깔을 묘사하고 있다. 소박하고 우아하며, 깨끗한 느낌의 모란의 모습을 형용하고 있다. 시인은 하얀 비단을 마름질하여 백모란 꽃을 만들었다고 하였고, 미인이 화장을 하고 서 있다고 하여 그 아름다움을 묘사하고 있다.

간모란

看牡丹

문익 文益

승복입고 모란꽃을 마주 하니
원래 향하는 게 세속과 다르다네
내 머리는 이제 하얗게 되었는데
꽃은 작년처럼 붉구나
고운 빛깔은 아침 이슬에 사라지고
꽃향기는 저녁 바람에 흩어지네
어찌 꽃이 시들기를 기다릴까
공이란 도리를 알게 되리오

擁毳對芳叢　　由來趣不同
發從今日白　　花是去年紅
豔色隨朝露　　馨香逐晚風
何須待零落　　然後始知空

◇ 취毳 : 새 또는 짐승의 솜털. 귀중한 의복을 가리킨다. 여기서는 승복을
　　가리킨다.
◇ 발發 : 발髮, 머리카락.
◇ 형향馨香 : 꽃다운 향기.
◇ 영락零落 : 꽃잎이 떨어지다. 시들다.

❖

이 시는 문익스님이 남당중주南唐中主 이경李璟과 같이 모란을 감상할 때 지은 것이다. 이경이 이 시를 읽고 참뜻을 문득 깨닫는다. 승려가 모란을 감상하는 정취가 세속 사람과 다르다. 그래서 모란꽃의 고운 빛깔을 보고서 아침 이슬처럼 사라지고, 모란의 향기를 맡으면서 저녁 바람 따라 흩어지는 걸 안다고 하였다. 그리하여 공空이란 도리를 안다고 하였으니, 불승의 모란꽃이 특별하게 감상되고 있다.

모란시
牡丹詩

이정봉李正封

국색은 아침부터 술을 즐긴 듯 붉고
천향은 밤새워 옷에 스민 향과 같네
봄날 좋은 경치엔 쉽게 취하나니
밝은 달이 돌아갈 때를 묻는다네

國色朝酣酒　　天香夜染衣
丹景春醉容　　明月問歸期

◇국색國色 : 아름다운 색, 모란의 색.
◇천향天香 : 하늘의 향기, 모란의 향기.

당나라 문종이 모란꽃을 감상하며 즐기다가 "모란을 읊은 시 가운데 누구의 것이 가장 훌륭한가?"라고 물으니 정수기程 脩己가 이정봉李正封의 이 시의 앞의 두 구절을 읊었는데 흡족 해하였다는 고사가 있다. 국색으로서의 모란꽃은 아침부터 술 마신 것처럼 붉고, 그 향기로움은 야밤 내내 스민 향로의 향과 같다고 하였다. 여기서 모란을 '국색천향'이라고 하였는데, 이 시를 통해 '국색천향'이 모란의 이칭異稱으로 널리 회자되었다.

모란

牡丹

정곡鄭谷

화당에 주렴 걷고 잔치 벌이는데
안개 속 모란향은 그 정 한이 없네
봄바람에 피우지 못해 안타까우니
자지무의 북 반주로 붉은 꽃 피워보네

畫堂簾卷張淸宴　　含香帶霧情無限
春風愛惜未放開　　柘枝鼓振紅英綻

◇화당畫堂 : 장식이 호화스러운 대청마루.
◇자지柘枝 : 당나라 때 무곡명舞曲名이다. 주로 북으로 반주한다.
◇홍영紅英 : 붉은 꽃.

❖

　호화로운 집의 잔치에서 모란을 감상할 수 있을 뿐만 아니라 춤도 분위기를 북돋운다. 막 피어나는 모란꽃도 북소리에 흥겨워 활짝 피게 되니 말이다. 무녀와 홍모란이 서로 아름답게 어우러지는데, 모란 또한 살아 있는 것처럼 묘사하여 생동감이 더한다.

모란
牡丹

배설裴說

모란 몇 송이 너무나 아름다우니
어찌 복숭아 오얏과 영화를 함께 하겠나
일찍이 가난한 곳에서는 못 보았으니
땅에서 자라는 것도 아닌 것 같아
이는 값을 정할 수 없을 만큼 비싼 것이니
봄만 되면 유독 명성이 있다네
날아다니는 벌과 나비들도
오며 가며 많은 정을 드러내는구나

數朶欲傾城　安同桃李榮
未嘗貧處見　不似地中生
此物疑無價　當春獨有名
遊蜂與蝴蝶　來往自多情

◇경성傾城 : 성을 무너지게 할 만큼 빼어난 아름다움, 여기서는 모란을 가
　리킨다.
◇무가無價 : 값이 없다. 여기서는 값을 정할 수 없을 정도로 높은 값을 뜻
　한다.

❖

봄이 되면 아름다운 모란이 핀다. 너무나 아름다워서 흔한 복숭아 오얏과 같은 정도로 취급되지 않는다. 이는 특별히 재배하는 것이기에, 그 값 또한 한없이 높다. 그러니 봄이 되면 이름을 독차지 할 수밖에 없다. 마치 그런 걸 아는지, 벌과 나비도 윙윙거리면서 날아다니고 있다.

제모란
題牡丹

봉검부捧劍仆

향기로운 꽃 하나 후원에 피어나니
복숭아 오얏 물리치고 아름다운 명성 얻었다네
황제에게 말한 이가 그 누구이기에
그때부터 궁궐 가까이 뿌리를 옮겼구나

一種芳菲出後庭　　卻輸桃李得佳名
誰能爲向天人說　　從此移根近太淸

◇방비芳菲 : 아름답고 향기로운 꽃. 모란을 가리킨다.
◇후정後庭 : 후궁後宮을 가리킨다.
◇각수卻輸 : 물리치고 지다.
◇천인天人 : 천상의 사람. '황제皇帝'를 가리킨다.
◇태청太淸 : 하늘. 궁궐을 가리킨다.

❖

    봄날 향기로운 모란꽃이 피어나니, 복숭아, 오얏을 물리치고 아름다움을 차지한다. 그런데 궁궐 안에 피어 있는 걸 보니, 황제에게 그 누가 말을 한 것 같다. 이 시를 통하여 당대 사회의 불공평한 현상을 그렸다고 보는 이도 있다.

매잔모란
賣殘牡丹

어현기 魚玄機

바람 불어 지는 꽃에 자주 탄식하다보니
향기로운 그 모습 점점 사라져 또 한 번의 봄도 가는구나
응당 값이 높으니 물어 보는 사람도 없고
게다가 향기가 너무 짙으니 나비도 멀리 하네
이 붉은 꽃은 그저 궁 안에서 자라야 맞는데
푸른 잎이 어찌 길 먼지에 더럽힘을 견디려나
황제의 궁정에 옮겨 심을 때가 이르게 되면
왕손은 그것을 살 길이 없음을 이제야 한스러워 하네

臨風興歎落花頻   芳意潛消又一春
應爲價高人不問   卻緣香甚蝶難親
紅英只稱生宮裏   翠葉那堪染路塵
及至移根上林苑   王孫方恨買無因

◇ 잔잔殘殘 : 잉여剩餘, 여기서는 남는다는 뜻이다.
◇ 방의芳意 : 향기로운 모습.
◇ 상림원上林苑 : 원래 진秦나라 때의 원림이다. 널리 황제의 궁원으로 지
  칭된다.
◇ 왕손王孫 : 흔히 귀족의 자제를 가리킨다.

❖

　모란이 지고 말면 한 해가 가는 것이다. 활짝 핀 모란꽃을 감상하는 건 얼마 남지 않은 봄이다. 이제 황제의 원림으로 옮겨 심을 때가 되었다. 그런데 귀족 자제들은 정작 모란을 미처 준비 못했다. 아름다운 모란 몇 송이를 사려고 하니 이미 늦었다. 내년을 기약해야 할 뿐이다.

모란

牡丹

피일휴皮日休

꽃들이 다 진 뒤에야 비로소 모란 피니
아름다운 그 이름은 백화의 왕이라
천하에 둘도 없는 아름다움 자랑하니
홀로 차지한 세상 제일의 향기라네

落盡殘紅始吐芳　佳名號作百花王
競誇天下無雙艶　獨占人間第一香

◇ 백화왕百花王 : 모란. 화중왕花中王.
◇ 점占 : 차지하다. 독점하다.

❖

1, 2구는 시흥이 일어나는 부분이다. 남다른 모란이 대단한 기세로 온갖 꽃을 누르고 피어나는 모습을 그리고 있다. 백화의 왕이라는 말이 그 압권으로 들린다. 3, 4구에 대구를 만들고 무쌍無雙과 제일第一이란 두 시어에서 모란의 풍채가 으뜸이라는 말을 하고 있다. 염艶과 향香이 또한 모란을 나타내는 두 가지 시어임을 대비를 통하여 드러내고 있다.

모란
牡丹

이산보 李山甫

봄바람에 억눌려서 일찍 피지 못하니
뭇 꽃 떨어진 뒤 누대에 오른다네
화려한 꽃봉오리들 불속에서 나온 듯하고
기이한 향내는 천상에서 내려온 듯하네
새벽이슬에 정신은 아름답게 움직이지만
저녁안개에 모습은 한이 쌓인다네
경박함이 뭔지 그대 또한 잘 알 것만 같아
난간에 기댄 채로 고개 다시 돌려 본다네

邀勒春風不早開　　衆芳飄後上樓台
數苞仙艷火中出　　一片異香天上來
曉露精神妖欲動　　暮煙情態恨成堆
知君也解相輕薄　　斜倚欄幹首重回

◇ 요륵邀勒 : 억지로 핍박하다.
◇ 선염仙艷 : 모란꽃을 가리킨다.
◇ 요妖 : 아름답고 곱다.
◇ 경박輕薄 : 가볍다. 여기서는 가벼운 만남의 뜻이다.

❖

　이 시에서 1, 2구와 3, 4구는 모란의 아름다움을 묘사하였다. 선염仙艶과 이향異香이라는 시어로 나타나 있다. 5, 6구에서는 정신精神과 정태情態로 내면적인 모습과 외면적인 모습을 대비하고 있다. 7, 8구는 이를 이어받아 모란과 시인의 만남이 경박하게 흐를까 보아서 경계하고 있다. 독자에게 한없는 상상과 공감을 준다.

모란

牡丹

이함용李鹹用

남쪽에선 모란 아는 이 드문데
알고 보면 찬미하며 놀랄 것이네
비로소 봄에도 아름다움이 있음을 알면
네가 무정하다는 것은 안 믿을 테지
아마 천지간 아름다움이란
어떤 인연으로 빼어난 것이라도
어찌 새삼스레 아름다움과 나란히 하겠는가

少見南人識　　識來嗟復驚
始知春有色　　不信爾無情
恐是天地媚　　暫隨雲雨生
緣何絶尤物　　更可比妍明

◇절우물絶尤物 : 가장 특별한 물건, '모란'을 가리킨다.
◇연명妍明 : 아름답다. 모란의 아름다움을 가리킨다.

❖

　아름다움 자태를 뽐내는 모란에 대해 남방 사람은 낯설기만 하니, 그 모란꽃의 매력에 한 번 빠지면 헤어 나오지 못할까 사뭇 걱정이 든다. 모란꽃이 무정하다는 건 믿지 못할 일이다. 반대로 유정하다는 뜻이 들어가 있다. 모란은 봄의 꽃을 대표할 만한 꽃이며, 천지를 대표할 만한 아름다움을 가진 꽃이다. 어떤 아름다운 물건이라도 감히 모란과 나란히 비교할 수 있겠는가!

원공정모란

遠公亭牡丹

이함용李鹹用

안문선객이 봄의 누정을 읊는데
모란 혼자 그 위세를 부리네
분 바른 쌍성의 도톰한 뺨 같고
바람 따라 생기는 양귀비 자태 같아라
연년도 감히 미인이라 노래 못할 것이고
무산신녀도 아름다움을 걱정할 정도라네
꽃술이 많아선지 개미들 달라붙어 못 건는데
단 꿀에 취한 벌은 소리없이 나는구나
(…)

雁門禪客吟春亭　　牡丹獨逞花中英
雙成膩臉偎雲屛　　百般姿態因風生
延年不敢歌傾城　　朝雲暮雨愁娉婷
蕊繁蟻脚黏不行　　甜迷蜂醉飛無聲
(…)

◇원공정遠公亭 : 여산廬山에 있다. 원공遠公은 진晉대의 고승인 혜원慧遠을
　가리킨다.
◇안문선객雁門禪客 : 혜원慧遠을 가리킨다. 그는 안문 사람이고, 선객이란
　스님을 가리키는 말이다.

◇쌍성雙成 : 동쌍성董雙成. 서왕모西王母의 시녀인데, 여기서는 모란을 지
칭.
◇백반자태百般姿態 : 양귀비의 아름다운 모습을 비유.
◇연년延年 : 당나라 시인 이연년李延年.
◇빙정娉婷 : 여자의 아름다운 모습.

안문선객 혜원이 봄의 누정을 읊는데, 그 속에 모란의 아름
다움이 대단하였다. 바람 따라 생기는 양귀비의 어여쁜 자태
같지만, 양귀비를 경성傾城이라 불렀던 이연년조차 모란의 아
름다움은 잘 노래하지 못할 것이다. 오히려 저 초나라 회왕이
꿈속에서 만났다는 무산의 신녀도 모란을 보면 수심에 잠길
것이다. 당당하면서도 요염한 자태를 뽐내는 원공정의 모란을
전고를 사용하여 아름답게 그려내고 있다.

모란
牡丹

나업羅鄴

봄꽃 다 떨어져야 비로소 모란 나오는데
꽃이 필 때면 집집마다 호사함을 일삼거니
혹 땅이 없어서 못가의 집을 사서 심건만
자손까지 잘 자란 집이 몇 집이나 되는지
큰 거리로 난 문에 화려한 수레 모이고
햇살 가벼운 장막엔 모란 향내 그윽한데
자리 가득 풍악소리에 앞 다투어 감상하니
세월 흘러 머리 희끗해졌다고 어이 믿을까나

落盡春紅始著花　花時比屋事豪奢
買栽池館恐無地　看到子孫能幾家
門倚長衢攢繡轂　幄籠輕日護香霞
歌鍾滿座爭歡賞　肯信流年鬢有華

◇비옥比屋 : 집집마다
◇호사豪奢 : 호사스럽다. 지나치게 사치스럽다.
◇장구長衢 : 긴 사방으로 통하는 길.
◇악롱경일幄籠輕日 : 가볍고 부드러운 햇빛이 군막을 뒤덮음.
◇향하香霞 : 모란의 향기로움과 아름다움을 비유.

❖

　봄의 마지막을 장식하는 모란꽃은 사람들의 설렘과 관심을 한 몸에 받고 꽃봉오리를 서서히 피우기 시작한다. 그 꽃이 필 때면 매년 그러하듯이 집집마다 호화스럽게 핀 모란을 보기 위해 문전성시를 이룬다. 봄바람을 막아놓은 장막의 짙은 향기는 막지 못한다. 음악 속에 모란을 감상하는 그 풍류는 세월이 흘러 머리가 희어졌다는 것도 믿지 못하게 만든다.

모란

牡丹

진도옥 秦韜玉

꽃 피우길 그 누가 재촉하는지
아마도 선계에서 바로 꺾어 오는 것 같네
온 봄의 경치를 다 독차지함을 꾀하여
굳이 석 달을 기다려 비로소 피우게 하네
가지 드리운 꽃잎에 그 찌르는 듯한 향내
꽃술의 붉음은 교묘하여 억지로 만들 수 없어라
기분 좋게 술자리와 풍악을 마치고선
바람 속에 웃고 있는 얼굴을 보려고 누대로 향하네

拆妖放艷有誰催　　疑就仙中旋折來
圖把一春皆占斷　　固留三月始敎開
壓枝金蘂香如撲　　逐朵檀心巧勝裁
好是酒闌絲竹罷　　倚風含笑向樓台

◇도圖 : 도모하다.
◇단심檀心 : 빨간색 꽃술. 모란의 꽃봉오리.
◇사죽絲竹 : 음악.
◇함소含笑 : 웃음 띤 모습, 모란을 가리킨다.

❖

모란은 봄에 핀 꽃 중에 느지막하게 피니 또 누가 재촉하는가! 화려한 아름다움 간직하여 뽐내니 혹 선계에서 바로 꺾어 온 것은 아닐까! 이러한 의문과 관심으로 이미 봄의 다른 꽃들 중에 사랑을 독차지한 듯하다. 저 멀리 있어도 동풍을 따라 밀려드는 모란꽃의 향기는 뿌리칠 수 없으니 꽃가지 끝 꽃술 또한 교묘한 솜씨로만 마름질 할 수 없는 것이다. 술자리 끝나고 음악이 사그라지면, 모란을 느긋하게 감상하기 위하여 누대로 향한다.

홍백모란
紅白牡丹

오융吳融

번잡한 풍악도 노래도 필요 없으니
서로 조용히 마주해도 정이 넘치네
홍모란은 무르익은 노을빛 비단으로 나눈 것 같고
백모란은 가까운 달빛이 파도에 흐르는 듯
오래 보면서 장주의 꿈을 꾸고도 싶고
아껴 남기자니 노양의 창을 의지해야 하는데
다시 피었지만 이제들 이별해야 하니
바람에 떨어지면 향기 다한 녹사와 같으리라

不必繁弦不必歌　　靜中相對更情多
殷鮮一半霞分綺　　潔澈旁邊月颭波
看久願成莊叟夢　　惜留須倩魯陽戈
重來應共今來別　　風墮香殘襯綠莎

◇장수몽莊叟夢 : 장자가 꿈에 나비가 되어 자유로이 날아다녔다는 고사.
◇노양과魯陽戈 : 중국 전국시대에 초나라 노양공魯陽公이 한나라와 격전
　　중에 해가 저물자, 창을 들어 올려 해를 다시 멈추게 하였다는 고사.
◇녹사綠莎 : 향부자. 다년생 풀의 일종.

❖

이 시에는 전고 두 개를 인용했다. 하나는 시인이 장자처럼 자기가 나비가 되어 훨훨 자유로이 날아다니는 꿈을 꾸기를 바라고, 하나는 모란을 감상하는 시간을 연장하기 위해 노양 공에게 부탁하여 창으로 해를 불러오게 한다. 이로써 모란의 아름다움을 두드러지게 하며, 시인이 스스로 아름다운 사물에 대한 무한한 사랑을 보여주고 있다.

승사백모란

僧舍白牡丹

오융吳融

부드럽기는 마름질한 구름 같고 엷기는 서리와 같아
봄이 다할 무렵에 뭇 꽃들 뒤에 홀로 피는구나
하얗게 꾸민 채 해를 향해 무성하고 부드러워
하얀 부채처럼 바람에 흔들리며 빛나는 것 같아
달빛 비치면 그저 그림자만 보이건만
이슬 맺힌 뒤로는 더욱 더 향기 짙어라
본디 깨끗하게 태어나 청정함이 마땅하니
어찌 반드시 붉게 피어 승방에서 빛나리

膩若裁雲薄綴霜　　春殘獨自殿群芳
梅妝向日霏霏暖　　紈扇搖風閃閃光
月魄照來空見影　　露華凝後更多香
天生潔白宜清淨　　何必殷紅映洞房

◇ 이膩 : 부드럽고 매끄럽다. 철綴은 장식되다.
◇ 전殿 : 뒤에 자리하다.
◇ 매장梅妝 : 매화장梅花妝, 매화 꽃잎으로 꾸미다. 희게 장식하다.
◇ 비비霏霏 : 우거진 모양.
◇ 환선紈扇 : 하얀 비단으로 만든 둥근 부채.
◇ 노화露華 : 이슬.
◇ 동방洞房 : 스님의 집. 승방.

❖

이 시는 절에서 백모란을 보고 지은 것이다. 해를 향해 무성
하게 피어 있는데, 하얀 부채처럼 바람에 흔들리고 있다. 시인
은 하얀 백모란처럼 본디 깨끗하고 청정하면 되는 것이라고
말한다. 마치 떠돌아다니는 시인이 절에 핀 하얀 백모란에서
자신의 삶을 표현하고 있는 듯하다.

화승영모란
和僧詠牡丹

오융吳融

온갖 인연 다 끊고서 무심을 본으로 하면서
어찌하여 꽃 보면 정한이 문득 깊어지는지
오직 승려라도 감정은 풍부한지라
향기 잃고 꽃 져도 또한 시 읊는다네

萬緣銷盡本無心　　何事看花恨卻深
都是支郎足情調　　墜香殘蕊亦成吟

◇ 만연萬緣 : 속세의 만 가지 인연.
◇ 지랑支郎 : 스님을 가리킨다.
◇ 추향잔예墜香殘蕊 : 꽃향기가 사라지며 꽃이 시듦.

❖

온갖 속세와의 인연을 끊은 듯 보이는 승려가 이 모란 꽃에
는 관심을 보인다. 그러한 승려의 모습이 낯설기도 하다. 그러
나 제 아무리 무심한 승려라도 모란꽃에 대한 감정은 풍부하
니 어찌 관심을 끊을 수 있겠는가! 눈앞에 모란꽃 비록 시들었
지만, 그 모습과 향기는 마음속에 남아 있다. 그래서 또한 조
용히 시를 읊는다.

잔모란

殘牡丹

이건훈李建勳

벗과 손잡고 이별하는 듯 애끓게 시 지으며
꽃방석 모아다 다시 난간 위에 펼쳐보네
바람 불어 금색의 꽃봉오리 모두 떨어지려다가
이슬이 아롱진 예쁜 꽃은 잠시 되살아나네
실망한 반첩여처럼 화장이 점점 연해지듯 하고
병으로 부지하기 어려워 떠나간 이부인 같네
못 가의 집을 돌아보아도 봄은 이미 끝났으니
또 오랫동안 그림으로만 바라보네

腸斷題詩如執別　　芳茵愁更繞欄鋪
風飄金蕊看全落　　露滴檀英又暫蘇
失意婕妤妝漸薄　　背身妃子病難扶
回看池館春休也　　又是迢迢看畫圖

◇ 집별執別 : 손을 잡고 이별하다.
◇ 방인芳茵 : 방석 같은 화초.
◇ 첩여婕妤 : 성제成帝의 후궁인 반첩여班婕妤.
◇ 배신비자背身妃子 : 이연년李延年의 누이. 아름답고 춤을 잘 춰 한 무제의
　　총애를 받았다. 황제가 병문안을 갔을 때, 병든 모습을 보이지 않으려
　　고 돌아 누워 있었기에 '배신비자'라는 별칭이 붙었다. 그녀가 세상을
　　떠난 뒤에 황제가 그녀의 모습을 그려 감천궁甘泉宮에 걸어두고 항상
　　그리워했다고 한다.

❖

　모란이 지는 순간은 마치 벗과 이별하는 것과 같다. 봄바람에 꽃술 나부껴 떨어지니 명을 재촉한 듯 위태롭고 안타깝기만 하다. 한 무제의 총애를 받아 세상을 떠난 뒤에 황제는 이 부인의 모습을 그림으로 남겨 항상 그리워했다는데, 이는 생전에 다시 볼 수 없기 때문이다. 모란꽃도 시들어버리니, 이제 그 아름다운 모습을 볼 수가 없다. 그림으로 그려서 오래도록 만나는 수밖에 없는 것이다.

만춘송모란

晚春送牡丹

이건훈李建勳

손님 맞아 술잔 들고 붉은 난간에 기대는데
늦은 봄에 모란을 보내니 애가 끊는 듯하네
비바람 자주 일어 잡아둘 수 없지만
어지러이 떨어지려는 걸 차마 다시 보겠는가
난초 사향처럼 짙은 향기도 비로소 줄어들고
노을 진 구름 저물듯이 그 빛 점점 퇴색하네
문노니 젊은이여 사람의 일생이란 얼마나일까
술을 물리친다고 술잔을 싫어하지 마시게

攜觴邀客繞朱欄　　腸斷殘春送牡丹
風雨數來留不得　　離披將謝忍重看
氛氳蘭麝香初減　　零落雲霞色漸乾
借問少年能幾許　　不許推酒厭杯盤

◇상상觴 : 술잔.
◇이피離披 : 흩어지는 모양.
◇분온氛氳 : 진한 꽃향기.
◇난사蘭麝 : 꽃향기.

❖

늦은 봄날 모란꽃이 지려고 할 때 그 이별의 때를 당하여 읊은 시이다. 시인은 모란이 지는 것을 세월의 빠름에 대비하여 아쉬워하고 있다. '잔춘殘春', '송送'이란 글자로 모란이 시들어가는 이미지가 시인의 슬픔을 덧칠하고 있다. 첫 구절이 음주의 풍경으로, 마지막 구절도 음주로 끝을 내고 있어 시가 하나의 완결된 사건처럼 느껴진다.

인기양장두찬도

因寄楊狀頭贊圖

은문규殷文圭

여러 꽃 위해 양보하고 뒤늦게 피더니
귀한 곳에서 자라 옥당에 마주 하네
안개 속 흔들리는 홍모란은 말이라도 하려는지
달빛에 빛나는 백모란은 향기까지 나는구나
동풍이 편애하여 예쁘게 재단하니
담박하게 치장한 서시의 모습 같아
꽃 가운데 으뜸이라 일컬어지면서
해마다 오랫동안 봄 경치 독점 한다네

遲開都爲讓群芳　　貴地栽成對玉堂
紅艷嫋煙疑欲語　　素華映月只聞香
剪裁偏得東風意　　淡薄似矜西子妝
雅稱花中爲首冠　　年年長占斷春光

◇ 옥당玉堂 : 화려한 대청이나 건물.
◇ 홍염紅艷 : 붉은 모란을 가리킨다.
◇ 요연嫋煙 : 봄 연기 속에 산들거리다.
◇ 소화素華 : 흰 모란을 가리킨다.
◇ 서자西子 : 구천勾踐이 부차夫差에게 바친 월나라 미녀인 서시西施.
◇ 점단占斷 : 독점하다.

❖

    이 시의 원 제목은 '조시랑이 홍백모란을 보고 양장두를 찬미하는 그림을 보내오다趙侍郎看紅白牡丹因寄楊狀頭贊圖'이다. 양장두楊狀頭는 당나라 말기에 과거를 보아 장원壯元을 한 양섭楊涉을 가리킨다. 그리하여 조시랑이 홍백모란의 찬미를 빌려 양장원을 축하하고, 그의 재주와 인품을 찬양하고 있다. 시에서는 꽃 중의 왕이란 칭호에 걸맞게 모란의 아름다운 자태가 잘 전해진다. 마지막 구절에 오랫동안 봄 경치를 독점한다는 표현에서 장원에 대한 축하의 뜻이 스며들어 있다고 보인다.

군정석모란

郡庭惜牡丹

서인徐夤

동풍에 모란이 지면 애가 끊어지니
상서로운 것은 오래 머물기가 어려운지
머물지 않는 청춘에 눈물 흐르는데
붉은 꽃 이미 져도 난간에 기대누나
꽃잎은 푸른 이끼에 쌓여 향기는 사라지고
높이 비친 밝은 볕에 이슬도 사라지네
내년에 수많은 모란이 자라게 되면
더한 향기로움을 길손에게 빌려주겠지

腸斷東風落牡丹　　爲祥爲瑞久留難
靑春不駐堪垂淚　　紅艶已空猶倚欄
積蘚下銷香蘂盡　　晴陽高照露華乾
明年萬葉千枝長　　倍發芳菲借客看

◇유猶 : 여전히.
◇적선積蘚 : 이끼에 쌓여 있다.
◇방비芳菲 : 화초의 향기. 모란을 가리킨다.
◇차借 : 돕다.

꽃은 여전히 아름다운 모습으로 해마다 피지만 사람의 꽃다운 세월은 한번 흘러가면 다시는 돌아오지 못한다. 그러한 아쉬움에 대한 마음을 모란에 견주어 토로하고 있다. 머물지 않는 청춘에 눈물이 흐른다는 표현이나, 상념에 젖어 붉은 모란 꽃을 생각하며 난간에 기댄다는 표현 등은 무척 서정적인 그리움을 담고 있다. 그래도 내년에는 더 많은 향기를 길손에게 빌려줄 것이라고 하였으니 낙관적이고 긍정적인 눈으로 세상을 바라보는 듯하다.

장안춘
長安春

최도융崔道融

장안성에 모란 활짝 피어나니
화려한 수레바퀴 소리 갠 하늘 우레 같네
만약 꽃만 오래 피어 있노라면
사람들은 구경하느라 돌아가지 않겠지

長安牡丹開　　繡轂輾晴雷
若使花長在　　人應看不回

◇수곡繡轂 : 화려한 수레.
◇청뢰晴雷 : 맑은 하늘에 우레 소리, 수레바퀴가 굴러가는 소리.

❖

  이 시는 당나라의 수도 장안에 있는 사람들이 서로 다투어 모란을 보는 성황을 묘사하였다. 이를 화려한 수레의 바퀴 소리가 갠 하늘에서 우레 소리같이 울린다고 하였다. 사람들이 구름처럼 많이 모이는 것을 나타내는 말이다. 또 꽃이 오래도록 머무른다면, 사람들이 돌아가지 않을 것이라는 말로 모란을 얼마나 절실히 사랑하고 있는가를 드러내고 있다.

시사도댁모란

柴司徒宅牡丹

이중李中

늦봄 난간에는 멋진 만남이 있으니
별안간 핀 꽃에 공자 얼굴이 미소 짓네
푸른 잎에 촘촘히 싸여 꾀꼬리는 모르지만
좋은 향기는 가리기 어려워 나비가 먼저 아네

暮春欄檻有佳期　公子開顔乍拆時
翠幄密籠鶯未識　好香難掩蝶先知

◇공자公子 : 귀공자, 귀한 집의 자제.
◇탁拆 : 꽃이 활짝 피다.
◇취악翠幄 : 푸른 휘장. 꽃봉오리를 둘러싼 푸른 꽃받침이나 잎을 가리킨
　　다.

❖

　매년 늦은 봄 난간에 모란꽃이 자리하고 있다. 공자는 그 곳에 기대어 어김없이 피어오르는 모란을 기다린다. 마침 꽃봉오리가 피어나니 따라서 얼굴에 미소가 번진다. 아직은 큰 모란 잎에 가려진 작은 꽃봉오리여서 꾀꼬리는 잘 알지 못한다. 하지만 좋은 향기는 가리기 어려워 나비가 먼저 안다고 하였다.

모란
牡丹

귀인歸仁

삼월이라 봄에는 모란의 아름다움을 아낄 만하니
붉은 난간에 기대는 건 막 꽃피려 할 때이네
천하에 이보다 좋은 꽃이 다신 없으니
사람들이 유독 귀하게 여기는 것도 마땅하지
향기 탐하는 검은 개미 비스듬히 잎을 뚫고
꽃술 엿보던 누런 벌 가지에 거꾸로 매달리네
선을 깨우쳐 동요하지 않는 마음을 내게서 없앤다면
너무나 경망스런 오릉의 아이들과 같을 것이네

三春堪惜牡丹奇　　半倚朱欄欲綻時
天下更無花勝此　　人間偏得貴相宜
偸香黑蟻斜穿葉　　覷蕊黃蜂倒掛枝
除卻解禪心不動　　算應狂殺五陵兒

◇삼춘三春 : 봄의 석 달. 여기서는 음력 삼월을 가리킨다.
◇처覷 : 엿보다.
◇광살狂殺 : 경망스럽고 방탕한 모습.
◇오릉아五陵兒 : 장안 오릉 부근에서 호유豪遊하던 소년들. 부잣집 자녀.

삼월에 모란을 만나는 건 흔히 일어나는 일이다. 따라서 이 시의 앞 두 연은 모란의 미를 평범하게 찬미하고 있다. 그런데 갑자기 경련에 이르러서는 세부 묘사가 뛰어나고 시의 생기가 살아나고 있다. 향기 탐하는 검은 개미 비스듬히 잎을 뚫고 나가는 세밀한 묘사가 이루어졌고, 또한 꽃술 엿보던 누런 벌이 가지에 거꾸로 매달리는 모습도 포착된다. 무척 선명한 시각적 이미지가 그려진 것이다. 아울러 시인이 모란의 미를 탐하는 것을 순진한 오릉의 아이들과 같다고 하여, 천진난만한 미를 잘 드러내고 있다.

모란
牡丹

손방孫魴

기색과 자태가 천생 특별하여
이리 보고 저리 봐도 새롭기만 하네
온갖 꽃들은 꽃피기를 멈췄건만
삼월 모란으로 비로소 봄이 되었구나
나비는 죽어도 난간을 떠나긴 어렵고
꾀꼬리는 어리석게도 사람을 피하지 않네
그런 건 탐욕스런 이들의 행태와 같은데
다시 무엇으로 정신을 차리게 할런지

意態天生異　轉看看轉新
百花休放艷　三月始爲春
蝶死難離檻　鶯狂不避人
其如豪貴地　淸醒復何因

◇의태意態 : 기색과 자태.
◇함檻 : 누정의 난간, 모란이 심어진 누정의 난간을 가리킨다.

❖

  이 시는 먼저 늦은 봄에 피어나는 모란의 아름다운 모습을
그렸다. 그런데 경련에서는 '접사蝶死'와 '앵광鶯狂'이라는 파격
적인 시어를 사용하고 있다. 나비가 죽는다거나, 꾀꼬리가 어
리석다는 시어는 분명 특이한 말이다. 곧 다음 미련을 보면,
이를 통하여 부귀에 심취하고 죽음에 이르러서도 깨닫지 못하
는 사람을 풍자하고 있다. 모란의 감상을 통하여, 탐욕스런 인
간상을 비판하는 매우 드문 시 가운데 하나이다.

간모란
看牡丹

손방孫魴

여인으로 모란꽃을 비교하지 말지니
여인을 어찌 이 꽃에 비교한단 말인가
정원에서 풍겨오는 향기 누가 안 아끼랴만
난간 너머 아름다움 드러내며 자랑하네
북쪽에 미인이 있어 나라가 기울었고
서시는 말을 잘하여 집안이 기울었네
나에게 모란을 보내주니 아침 이슬과 어울리고
진주 주렴 밖에서 사람 향해 비스듬히 서있네

莫將紅粉比穠華　紅粉那堪比此花
隔院聞香誰不惜　出欄呈艷自應誇
北方有態須傾國　西子能言亦喪家
輸我一枝和曉露　眞珠簾外向人斜

◇ 홍분紅粉 : 붉은 분을 칠함, 여인을 가리킨다.
◇ 농화穠華 : 무성한 꽃. 모란을 가리킨다.
◇ 북방유태北方有態 : 북방의 미인, 양귀비.
◇ 서자西子 : 구천勾踐이 부차夫差에게 바친 월나라 미녀인 서시西施.

❖

정원에 피어있는 농염한 아름다움을 뽐내는 모란을 보며 읊은 작품이다. 양귀비와 같은 미인, 서시西施와 같은 미인은 비록 아름답기는 하지만 나라를 패망하게 하는 원인이 되었다. 그러나 모란은 화려하고 농염하면서도 아무런 해가 없어 그 어떤 미녀와도 견줄 수 없음을 노래하고 있다. 그러면서도 모란은 늘 주렴 밖에서 시인을 향해 서 있다는 친밀감을 표시하고 있다.

모란낙후유작
牡丹落後有作

손방係魴

꽃을 피우기 전 잠시 동안 근심하듯 하더니
이제는 지고 말아 다시 혼이 흩어지네
모란과 이별한 후엔 다른 꽃이 없으니
붉은 선으로 꽃잎 꿰어보지만 이미 반은 시들었네
모란꽃에 남은 한이 여전히 아쉬운데
박정한 벌과 나비는 훨훨 떠나고 마네
내년에 다시 올 것을 알지만
난간에 기대어보니 적적함을 어찌 견딜까

未發先愁有一朝	如今零落更魂銷
靑叢別後無多色	紅線穿來已半焦
蓄恨綺羅猶眷眷	薄情蜂蝶去飄飄
明年雖道還期在	爭奈憑欄乍寂寥

◇청총靑叢 : 모란이 무더기로 있는 모습.
◇일조一朝 : 잠깐의 시간.
◇권권眷眷 : 헤어지기 서운한 모습.

❖

모란이 지고 난 후의 쓸쓸한 심정을 읊은 시이다. 모란이 피기 전에는 언제나 필까 걱정하다가 정작 피고 나서는 금방 시들어 벌과 나비가 떠나는 것이 야속하다. 내년에 그 꽃이 다시 피는 것을 알고는 있다. 그러나 난간에 기대어보니 지금 모란꽃은 사라지고 없다. 그 적적함을 어떻게 견딜까 걱정하는 작자의 심정이 잘 드러나 있다.

영모란
詠牡丹

왕부王溥

대추 꽃은 아주 작아도 열매 맺고
뽕잎은 비록 여리나 실을 토해내네
우스워라 모란꽃이여 크긴 하지만
어떤 일도 이루지 못하고 빈가지만 남네

棗花至小能成實　　桑葉雖柔解吐絲
堪笑牡丹如鬪大　　不成一事又空枝

◇상엽桑葉 : 뽕잎.
◇투대鬪大 : 아주 큼. 여기서는 '크기를 다투다'의 뜻이다.

대추나무 꽃과 뽕나무의 잎은 대추와 실을 얻을 수 있지만, 반면에 모란은 아름다운 꽃을 피워 볼거리를 제공하는 것 외에는 아무런 이득이 없는 점을 토로한다. 모란을 읊으면서도 모란에 대하여 어떠한 찬미도 하지 않은 특별한 시이다. 물론 시인 자신의 생각일 따름이다. 그런데 여기에는 모란만을 좋아하는 당시 벼슬아치들의 행태에 대한 풍자도 숨어 있는 듯하다.

독상모란인이성영
獨賞牡丹因而成詠

이방李昉

동쪽에도 모란떨기 서쪽에도 모란떨기
자색홍색 모란 꽃무리 사랑스러워라
원망하며 새벽 안개에 우는 듯하다가
요염하고 풍성한 자태 춘풍에 나른하네
향기로운 꽃봉오리 붉은 꽃망울 터트리고
작은 꽃송이도 일제히 붉게 타오르네
늙고 병들어도 마음은 있어 서로 대하지만
난간 가득한 모란 아마도 백두옹을 비웃겠지

繞東叢了繞西叢　爲愛叢叢紫間紅
怨望乍疑啼曉霧　妖饒渾欲殢春風
香苞半綻丹砂吐　細朶齊開烈焰烘
病老情懷慢相對　滿欄應笑白頭翁

◇ 체殢 : 나른하다.
◇ 단사丹砂 : 주사朱砂. 빨간색 안료顔料. 붉은 꽃망울을 가리킨다.
◇ 세타細朶 : 작고 섬세한 꽃송이.

❖

　여기저기 가득 찬 자색紫色과 홍색紅色의 모란이 흐드러지게 핀 모습을 잘 묘사하고 있다. 이어서 시인이 이 화려한 모란을 대하고 자신의 늙고 병든 모습과 대비하고 있다. 마지막 구에서는 난간 가득한 모란은 아마도 백두옹을 비웃을 거라고 하였다. 백두옹은 물론 시인 자신을 가리키는 말이다. 어느덧 늙어버린 자신에 대한 아쉬운 정서가 담담하게 드러나 있다.

모란성개대지

牡丹盛開對之

이방李昉

백공이 일찍이 모란꽃 읊었는데
한 종류 고운 꽃 홀로 빼어나네
눈으로 보니 진실로 국색이요
코로 향기 맡으니 천향이로다
아침엔 빗물 머금어 눈물 흘리고
저녁엔 석양 등지고 슬퍼하듯 하는구나
병든 늙은이가 바라본들 어찌할 것인가
시를 지어 보내 젊은 시랑에게 소식 묻네

白公曾詠牡丹芳　　一種鮮妍獨異常
眼底見伊眞國色　　鼻頭聞者是天香
朝含宿雨低垂淚　　晚背殘陽暗斷腸
多病老翁爭奈向　　寄詩遙問少年郎

◇백공白公 : 당나라 시인 백거이白居易를 가리킨다.
◇독이獨異 : 무리들과 다르다.
◇소년랑少年郎 : 소년, 여기서는 젊은 비각시랑秘閣侍郎을 가리킨다.

❖

이 시의 원래 제목은 '활짝 핀 모란을 마주하고 감탄하여 비 각시랑에게 부치다牡丹盛開對之感歎寄秘閣侍郎'이다. 모란을 가리키는 말에는 여러 가지 있는데 '국색천향國色天香'도 그 중 하나이다. 나라에서 으뜸가는 미모의 여인을 뜻하는 말인데, 시인은 활짝 핀 모란을 보고 새삼 그 말을 실감한다. 하지만 만개하여 화려한 모란의 모습을 대하는 지금의 자신은 더없이 초라함을 알고 아쉬움을 토로하고 있다. 그래서 시를 지어 비 각의 시랑에게 감흥이 어떠한지 소식을 물어 본다.

제낙양관음원모란
題洛陽觀音院牡丹

이건중 李建中

바람에 살랑살랑 가지 모습 고운데
반쯤 연 꽃망울에 향기마저 짙구나
진나라 피해 살던 궁녀는 늙었어도
단장한 그대 모습 옛날과 똑같구나

微動風枝生麗態　半開檀口露濃香
秦時避世宮娥老　舊日顏容舊日妝

◇ 단구檀口 : 빨간 꽃잎, 꽃망울.
◇ 궁아宮娥 : 궁녀.
◇ 진시피세秦時避世 : 도연명의 〈도화원기桃花源記〉에 의하면, '선세先世에
　진나라의 어지러움을 당하여, 처자를 이끌고 이 절경絶境에 들어와서
　다시는 나가지 않았다'는 말이 있다.

❖

낙양의 관음원에 핀 모란을 보고 읊은 시이다. 반쯤 핀 꽃망울에서 나는 진한 향기, 바람에 하늘거리는 모란의 아름다운 자태를 묘사하고 있다. 화려한 모란을 진나라 시대에 세상을 피한 궁녀로 비유하여 그 아름다움을 읊고 있다.

주홍모란
朱紅牡丹

왕우칭王禹偁

붉은 모습에 신선 옷 입고서
승방에 한 그루 모란은 어쩐 일인가
가무를 끝마친 오나라 궁전에
취한 채 연지 찍은 서시 같구나

渥丹容貌著霓裾　　何事僧軒只一株
應是吳宮歌舞罷　　西施因醉誤施朱

◇악단渥丹 : 윤기나고 붉은 모습
◇예거霓裾 : 신선의 옷.
◇서시西施 : 춘추시대 월나라 미녀, 나중에 오왕吳王 부차夫差의 비妃가 되
　　었다.
◇주朱 : 주사朱砂, 연지臙脂.

❖

이 시는 승헌(僧軒)에 피어있는 한 그루 붉은 모란을 보고 읊은 시이다. 시어 구사와 비유가 교묘한데, 오(吳)나라 때 궁의 연회를 마치고 서시가 술에 취하여 찍은 연지를 이 모란에 비유하여 붉고 화려한 모란의 아름다움을 극대화 시키고 있다.

장주종모란
長洲種牡丹

왕우칭王禹偁

모란 심는 세도가를 어쩌다 흉내 내니
난간 위로 두어 가지 이슬이 맺혔구나
저물도록 나즈막히 꽃망울을 틔우고선
근심하는 나를 보고 웃는 듯도 하구나

偶學豪家種牡丹　　數枝擎露出朱欄
晚來低面開檀口　　似笑窮愁病長官

◇주란朱欄 : 붉은 난간.
◇단구檀口 : '단檀'은 붉은 색을 가리킨다. 진홍색의 입술. 붉은 모란의 모
　습.
◇병장관病長官 : 병든 장관, 작자 자신을 가리키는 말이다.

❖

작자는 소주蘇州에 있는 장주현長洲縣의 관리가 되었다. 그 래서 모란을 심어 놓고 감상을 하는 모습이다. 권세가들처럼 모란을 경험해 보고 싶었지만, 자신은 물론 모란 또한 언제나 근심에 쌓인 나를 보고 웃고 있음을 나타내고 있다. 활짝 핀 모란에 감정이입을 하여 근심하는 스스로를 어리석다고 비웃 기도 한 듯하다.

산승우중송모란
山僧雨中送牡丹

왕우칭 王禹偁

날리는 빗방울에 향내 나는 가지를
빗속에 가져 와서 사립문 두드리네
꽂으려 하다 말고 아련히 생각하니
어원에서 가득 꽂고 오기도 했었는데

數枝香帶雨霏霏　　雨裏攜來叩竹扉
擬戴卻休成悵望　　禦園曾插滿頭歸

◇비비霏霏 : 비나 눈이 계속 내리는 모양.
◇어원禦園 : 어화원禦花園. 황실의 정원.

❖

이 시는 어느 스님이 빗속을 뚫고 가져다 준 모란을 통해 과거를 회상하고 있다. 작자는 모란을 머리에 꽂으려다가 그만두고, 옛날에 황실의 정원에서 머리 가득 모란을 꽂고 돌아오곤 하였던 경험을 생각해 내고는 쓸쓸한 분위기를 자아내고 있다.

봉화독상모란

奉和獨賞牡丹

이지李至

누대와 정자 주변 활짝 핀 모란꽃들
붉은 듯 노란 빛 하얀 듯 선홍빛이라
어제 밤 비속에 흐드러지게 피었는지
바람에 실려 오는 향기를 어찌 하리오
따스한 봄날에 시샘이라도 하는 겐지
맑은 햇살에 탐스럽게 빛나려 하는데
벼슬이 높아 구경 같이 할 이 없어서
이웃 노인과 술 못해 서운도 하다네

繞台依榭一叢叢　　紫映黃苞白映紅
爛漫只因前夜雨　　馨香無奈此時風
暖融春色交相妒　　繁煞晴陽豔欲烘
應恨官高少同賞　　尊前不得召鄰翁

◇ 존尊 : '준樽'과 통칭. 주기酒器. 술자리.

❖

이 시는 시인이 이방의 〈독상모란인이성영獨賞牡丹因而成詠〉
에 화운하여 지은 시이다. 누대와 정자 주위에 형형색색 흐드
러지게 피어있는 모란의 풍경을 묘사하고 있다. 아울러 이방
이 관직이 높아 여러 사람과 함께 모란을 감상하지 못하고 홀
로 감상함을 안타깝게 여기고 있으니, 시적 화자 또한 그러함
을 은근히 드러내고 있는 작품이다.

서계견모란
西溪見牡丹

여이간 呂夷簡

모란의 기이한 향내 뭇 꽃 압도하는데
바다 가까운 곳에 어인 일로 심었을까
동풍 향해 핀 게 한이 있는 듯도 하니
누구를 빙자해서 권문세가 들어가려나

異香穠艶厭群葩　　何事栽培近海涯
開向東風應有恨　　憑誰移入五侯家

◇염厭 : '압壓'과 통하는 글자이다. 누르다, 압도하다.
◇서계西溪 : 지금의 강소성 태주 서쪽. 시인이 먼 변방에서 모란을 심었다
　　고 한다.
◇오후가五侯家 : 권문세가.

❖

이 시는 모란의 묘사를 통해 복잡하고 미묘한 작자의 심경을 토로하였다. 도읍과 먼 변방 작은 한 지역의 관리로 있으면서 모란을 심은 것이다. 아마도 시적화자는 자신의 지위에 관해서 달갑게 여기지 않으면서, 동시에 사회의 불공정함에 항변을 하는 것인지도 모르겠다. 함의가 많은 작품이라 하겠다.

영모란

詠牡丹

하송夏竦

구름 낀 궁궐에 별 그림자 차가운데
한 떨기 꽃향기 옥난간에 그윽하네
봄 신령이 배려한 듯 꽃을 심어두고
군왕이 머물러서 보기만 기다렸구나

雲罩觚稜鬪影寒　　一叢香壓玉欄杆
東皇用意交裁剪　　留待君王駐蹕看

◇고릉觚稜 : 궁궐의 기와들이 모가 난 것을 형상했다. '궁궐'을 비유.
◇동황東皇 : 봄의 신.
◇주필駐蹕 : 임금이 중간에 어가를 멈추고 머무르는 곳.

❖

이 시는 그윽한 밤경치로 시를 시작하면서 자연스레 군왕과 동군을 언급하여 칠언절구라는 짧은 시구에 시상을 전개한 작품이다. 별 밝은 밤에 그윽한 모란 향기 퍼지는 정경을 묘사하고, 봄의 신인 동황東皇이 일부러 천자를 기다려 보게 한 것이라고 표현하고 있다.

서계견모란
西溪見牡丹

범중엄範仲淹

따사로운 기운은 장소를 안 가리니
먼 바닷가에서도 봄을 만난다네
상림원에서 보던 모습 생각나기도 해서
서로가 친구처럼 바라보기만 할 뿐

陽和不擇地　　海角亦逢春
憶得上林色　　相看如故人

◇ 양화陽和 : 봄의 따뜻한 기운.
◇ 해각海角 : '서계西溪'를 가리킨다.
◇ 상림上林 : 한나라 시절 상림원上林苑의 간략한 명칭이다. 널리 황제의
　　궁원을 가리킨다.

❖

　시인은 궁벽한 바닷가와 같은 곳에서 황제의 궁원 속에 있
는 것과 비슷한 모란꽃을 보고 기뻐서 지었다. 시에서는 의인
법을 사용해 옛 친구인 양 모란을 찬미하였다. 시인은 한 때
황제 곁에서 관직 생활을 하다가 지금은 지방관이 되어서 우
연히 모란을 보았다. 옛 추억에 감회가 일어 이 시를 지었다고
생각된다.

모란
牡丹

안수晏殊

용진에 접해 있는 수정 궁전인 것처럼
봄 오른 푸른 나무 새벽빛 싱그럽구나
부귀한 집 깊은 방은 시간이 멈췄는지
상투에 모란 꾸미니 봄이 절로 이는구나

水晶宮殿接龍津　　碧樹陽春曉色新
朱戶曲房能駐日　　酥盤金勝自生春

◇수정궁전水晶宮殿 : 전설 속에 수정으로 지어진 궁전.
◇용진龍津 : 훗날 신화소설 속 용왕의 집을 수정궁이라 하였다.
◇주호朱戶 : 권문세가를 가리킨다.
◇소반酥盤 : 부드럽게 휘감은 상투를 가리킨다.
◇금승金勝 : 상투 위에 금빛이 찬란한 장식품을 가리킨다.

❖

화려한 궁전에 모란이 심어져 있다. 봄이 되어 꽃이 피면, 모란을 머리 위에 꽂아서 꾸미는 것이 당시 사회의 한 풍습이었다. 거기다가 그런 모습을 작가는 마치 봄 시간을 잡아두는 것으로 인상적인 표현을 하였다.

요황

姚黃

송상宋庠

세상에 견줄 만한 것 없는 품종이고
인간 세상에 아주 빼어난 요황 모란
이미 금빛으로 단장을 해놓고서는
또다시 사향노루 향내도 풍기는구나
신선의 소매처럼 아름답게 나부끼고
고니의 깃털마냥 위아래로 움직이니
신령스러움이 얼마나 넉넉한 꽃인지
멀리 국화에도 그 향기 남길 정도라

世外無雙種　　人間絶品黃
已能金作粉　　更自麝供香
脈脈翻霓袖　　差差剪鵠裳
靈華餘幾許　　遙遺菊叢芳

◇ 요황姚黃 : 모란의 일종이다. 구양수의 「낙양모란기」에 '요황姚黃은 천의
　 잎을 가진 노란 꽃이다. 요씨姚氏의 집에서 나와서 요황姚黃이라고 한
　 다고 하였다.
◇ 전전翦 : 가볍게 나부끼다.
◇ 금작분金作粉 : 금빛의 꽃술.
◇ 곡상鵠裳 : 백조 깃털과 같은 옷. 하얀 색 꽃잎을 가리키는 말이다.
◇ 영화靈華 : 빼어난 꽃.

❖

모란의 한 종류인 요황姚黃에 대하여 읊은 시이다. 상상·비유·의인의 기법을 통해서 모란을 아름답고 생동감 있게 묘사하였다. 그중 사향노루의 향기를 모란의 향기에 비유한 것이 인상적이다. 봄바람에 흔들리고 있는 꽃잎을 화려한 신선의 옷소매, 하얀 고니 깃털 등에 비유한 것이 이채롭다.

이락모란
已落牡丹

송기宋祁

세상이 그 아름다움 감당치 못하니
스러지는 봄빛만 걱정스레 볼 수밖에
봄바람에 피었다가 또 바람에 지니
부러움 샀다가 곧 가련하게 되는구나

世間最有不勝妍　　愁對韶華欲暮天
已被風開又風落　　要爲人羨即人憐

◇소화韶華 : 화창한 봄의 경치.

❖

　이 시는 모란이 필 때부터 시들 때까지의 과정을 통해 시인이 인생의 진리를 깨닫게 된다. 모란이 피었을 때의 우아함은 누구도 근접하기 어려운 독보적 아름다움이지만 지고나면 오히려 가련케 여기는 것이 세상살이라는 이야기다. 우리 삶은 자연스럽게 돌고 도는 것이라는 생각이 깃들어 있다.

관모란

觀牡丹

정해鄭獬

수레 가득 계주에 무르익은 술이니
봄꽃에 앉았다가 취하면 곧 돌아가네
어찌해야 이 꽃을 오래두고 볼 수 있나
하루에 그저 가지 하나만 틔울거나

滿車桂酒爛金醅　　坐繞春叢醉即回
爭得此花長在眼　　一朝只放一枝開

◇ 계주桂酒 : 계화주桂花酒, 계향을 넣고 빚은 술을 말한다.
◇ 금배金醅 : 술의 한 종류이다.

❖

    이 시의 원래 제목은 '정승상의 관모란 시에 차운하다次韻程
丞相觀牡丹'이다. 술을 지니고 나가 봄에 핀 모란에 둘러싸여
봄을 완상하다가 취하면 돌아가는 유유자적하고 풍류를 즐기
는 생활을 묘사하고 있다. 모란을 오랫동안 보고자 하는 마음
을 드러내어 봄날의 경치가 짧아 아쉬워하는 작자의 마음을
느낄 수가 있다.

대모란
對牡丹

추호鄒浩

엷은 구름 해 가리고 먼지는 비에 씻겨
하늘이 낸 고운 꽃이 눈에 비쳐 밝구나
고갯마루엔 흥취 좋은 게 없다 하지 말고
우리 이번 봄맞이는 낙양성에서 하지요

輕雲籠日雨收塵　　天作奇花照眼明
莫道嶺邊無好況　　吾今春在洛陽城

◇농일籠日 : 해를 감싸다.
◇호황好況 : 좋은 풍경.

비에 먼지가 씻겨 내려가 깨끗하여 선명한 모란을 읊고 있
다. 싱그러운 봄비에 젖은 모란은 더욱 싱그럽고 선명하다. 굳
이 깊은 산기슭을 찾아다닐 필요 없이 오히려 사람 북적한 낙
양성 안에 봄기운 완연한 풍경이 최고의 구경거리임을 시인은
설명하고 있다. 낙양성은 모란의 고향이기도 하다.

궁사
宮詞

휘종徽宗

근래 낙양에서 모란을 가져다 심는데
작은 팻말로 품질을 구분해 왔다네
위자 요황이 얼마나 되는지 모르나
중춘에는 서로 이어 꽃피었다 말하겠지

洛陽近進牡丹栽　　小字牌分品格來
魏紫姚黃知幾許　　中春相繼奏花開

◇ 위자魏紫 : 모란의 한 종류이다.
◇ 요황姚黃 : 모란의 한 종류이다.

＊

　휘종은 문화재를 수집 보호하여, 문화사상 선화시대宣和時代
라는 한 시기를 연출한 북송의 제8대 황제로 시문과 서화에
뛰어났다. 여러 품종의 모란을 진상進上하기에 이를 심었더니
봄날에 셀 수 없이 많은 모란이 앞 다투어 꽃을 피우기 시작한
모습을 묘사하고 있다.

차운왕요명삼절구
次韻王堯明三絕句

이강李綱

춘풍이 모란 가지에 불어오자
국색천향은 고운 여인과 같네
우습구나 반쯤 취했던 적선이
청천에 낯 씻고 시도 짓는 게

春風初入牡丹枝　　國色天香豔姣姬
堪笑謫仙猶半醉　　清泉沃面與題詩

◇ 천향국색天香國色 : 모란을 가리킴.
◇ 적선謫仙 : 당나라 시인 이백李白.

❖

　따스한 봄날의 아름다운 모란을 절세의 미녀에 비유하고 있
다. 당 현종이 양귀비와 침향정에서 놀 때 이백에게 시를 짓게
하였다. 당시 이백은 취한 상태였는데 이를 아랑곳 않고 양귀
비를 모란에 빗대어 시를 지어 읊었다는 고사가 있다.

제서희모란도
題徐熙牡丹圖

오황후 吳皇後

길상정 아래 저 만년지는
꽃 피거나 지려는 때를 두루 보았을 터이나
반면 이 모란도의 깊은 뜻은
일부러 봄빛 남겨 사람이 그립게 하려는 게지

吉祥亭下萬年枝　　看盡將開欲落時
卻是雙紅有深意　　故留春色綴人思

◇ 만년지萬年枝 : 송나라 휘종이 '만년지 위에 태평작 萬年枝上太平雀'이란
　　제목으로 선비들에게 시험을 보이니 합격한 자가 없었다. 어느 사람
　　이 비밀리에 내시內侍에서 물었더니 곧 "동청수冬靑樹이다"라고 하였
　　다. 즉 겨울에도 푸른 나무, 소나무를 말한다.
◇ 쌍홍雙紅 : '홍모란紅牧丹'의 의미, 여기서는 모란꽃 두 송이.

❖

    시인이 남조 당나라의 서예가 서희의 「모란도」를 보고 지은 시이다. 서희가 소나무와 같은 만년지를 그리지 않고 모란을 그린 이유를 작자가 추측하고 있다. 즉 춘색을 그림에 담아 봄을 붙잡아 놓으려는 속셈이 있는 듯하다.

차운촌점득모란
次韻村店得牡丹

홍적洪適

화왕의 품격은 낙양이 으뜸일텐데
붉든 희든 그 명성 나란히 할 수 없지
저무는 봄에 하삭에서 만나고 보니
반쯤 틔운 꽃 다정도 하네 그려

花品稱王擅洛京　　朱朱白白莫齊名
相逢河朔春將暮　　半吐檀心若有情

◇하삭河朔 : 황하의 북쪽 지방.
◇단심檀心 : 붉은 마음, 여기서는 모란꽃.

❖

차운시로 모란에 대해 읊고 있다. 화왕이란 명칭에서 알 수 있듯이 그 화려함과 미모에 있어서 여타 다른 꽃들의 추종을 불허한다고 할 수 있다. 시인은 봄이 끝나갈 무렵에 하삭에서 반쯤 꽃망울이 터진 생동하는 모란의 모습을 그리고 있다.

모란

牡丹

홍적洪適

아름다운 자리는 낮에 제격인데
봄을 독점한 모란 때문이라네
낙양의 혼란이 오래다 보니
그 누가 이 꽃을 아껴 줄까

綺席偏宜晝　香霞獨占春
洛陽荊棘久　誰是惜花人

◇ 향하香霞 : 아름다운 노을. 모란의 다른 표현.
◇ 형극荊棘 : 나라가 어지러워 패망함. 서진西晉의 상서랑 색정索靖이 천하
　가 장차 어지러워져 나라가 망할 것을 미리 알고는 낙양궁 문 앞에
　서 있는 구리 낙타에 빗대어 탄식하기를 "이제 곧 너도 가시나무 덤불
　속에 파묻히겠구나會見汝在荊棘中耳"라고 탄식했던 고사가 전한다.

❖

　작자가 살았던 시대는 남송南宋으로, 여진족女眞族이 세운 금金나라가 송나라 수도 개봉開封을 점령하여 고종高宗이 남중국에 남송을 재건하게 되는 때이다. 시인은 다시 돌아가지 못하는 낙양을 그리며 낙양의 꽃인 모란이 전란에 황폐해지고 돌아보는 이 없어짐을 애석히 여기고 있다.

화상서이장육
和尙書李丈六

왕지망王之望

일천 산에 비 지나고 푸른 빛 짙어가니
뭇 꽃은 지려는데 갯가지 공중에 날리네
모란은 소식 없고 향기도 늦은가 하거니
해 저문 난간에 홀로 바람에 기대었구나

雨過千山翠色重　　群花欲盡絮飛空
牡丹寂寞芬芳晚　　日暮朱欄獨倚風

◇취색翠色 : 푸른 빛.
◇분방芬芳 : 꽃다운 향기.

❖

이 시에서 모란이 피길 기다리는 작자의 심정을 드러내고 있다. 온 산에 비가 내려 초목이 한층 푸르고 뭇 꽃들은 빗줄기에 다 지고 버들개지 날리는 정경을 묘사하여 한 폭의 그림을 연상케 한다. 해 저물녘 모란의 개화소식은 더뎌 다만 난간에 기대어 바람만 쐬고 있는 모습을 읊고 있다.

모란
牡丹

조언단趙彦端

침향정 북쪽에도 꽃 소식이 없는데
위국과 요씨의 집도 쓸쓸하기도 하구나
군왕은 뵈지 않고 궁에서 바라보니
계원당 아래에 비만 쓸쓸히 내리는구나

沈香亭北無消息　　魏國姚家亦寂寥
不見君王殿中見　　溪園堂下雨瀟瀟

◇ 침향정沈香亭 : 당 현종이 양귀비와 꽃구경 하며 즐기던 누정.
◇ 위국요가魏國姚家 : 옛날 낙양의 요씨姚氏 민가와 위인부魏仁溥라는 재상
　　의 집에 진귀한 모란꽃이 피었는데, 요씨 집에는 노란 모란꽃이, 위인
　　보의 집에서는 붉은 모란꽃이 피었다고 한다.

❖

이 시는 비오는 날 모란을 생각하며 쓸쓸한 정서를 읊은 시이다. 당나라 현종이 양귀비와 꽃구경하던 침향정에도, 옛날 위가와 요가에 피었던 아름다운 모란도 없어지고 적막한데 다만 비만 추적추적 내리는 정경을 묘사하고 있다.

차운사이부송백모란

次韻謝李簿送白牡丹

장확張擴

옥 이슬 받든 꽃이 저마다 어여쁘니
도홍은 이래서 값을 매길 수 없었다네
명황의 꿈에는 어이해 들지 못한 채
취해 읊조리는 이백의 글 속에만 있는가

擎玉花頭取次姸　　輕紅從此不論錢
如何未入明皇夢　　已醉高吟李謫仙

◇도홍輕紅 : 모란의 일종이다.
◇명황몽明皇夢 : 당 현종이 꿈에 월궁항아의 모습을 보고 비슷한 사람을
　찾았는데 그가 바로 양귀비였다고 한 고사이다.
◇이취고음已醉高吟 : 당 현종이 양귀비와 침향정에서 이백에게 시를 읊게
　했는데, 당시 이백은 취한 상태였는데 이를 아랑곳 않고 양귀비를 모
　란에 빗대어 시를 지어 읊었다는 고사이다.
◇이적선李謫仙 : 당나라 시인 이백李白. 당시 환관인 고력사의 무고로 인
　해 쫓겨 난 이백을 비유.

❖

　이 시는 백모란을 준 이부에게 감사하며 읊은 차운시이다. 영롱한 옥구슬 같은 이슬을 머금은 모란꽃은 값을 따질 수 없는 것이다. 이백이 침향정 연회에서 당 현종의 명으로 시를 지어 모란과 미인이 잘 어울림을 시로 지었는데 그 전고를 차용하였다.

추일모란
秋日牡丹

요강일廖剛一

소슬한 가을바람에 나뭇잎 나부끼며
남다른 자태로 아름다움 드러낸다네
조물주는 보는 눈이 없다고 누가 말하랴
기특하게 화왕까지 삼았는데 말이야

金風淅瀝葉飛黃　　獨倚殊姿逞豔陽
誰道化工無鑒別　　故應奇特屬花王

◇ 비황飛黃 : 전설적인 명마名馬. 여기서는 낙엽이 바람에 이리저리 나부끼
　　는 모습을 가리킨다.
◇ 염양豔陽 : 농염한 자태. 봄의 기세.

❖

　가을날 모란을 보고 읊은 시이다. 가을바람에 뭇 나무들은 낙엽이 지고 색깔이 변하는데 여전히 봄의 기운을 잃지 않고 있는 모란을 칭송하고 있다. 모든 사물에 차별이 없는 조물주도 아름다운 모란을 화왕으로 만든 것을 보면 감식안이 있다고 시인은 말한다.

답범석호모란시
答范石湖牡丹詩

오경吳儆

성 가득했던 도리는 진즉 먼지 되고
고운 햇살 속에 점차 모란이 피어나네
따스운 봄 대숲 속 사립문 닫아걸고
벌 나비 오가는 걸 느긋하게 보는구나

滿城桃李已塵埃　　麗日稱紅次第開
竹裏柴扉掩春晝　　坐看蜂蝶去還來

◇범석호范石湖 : 남송시대 시인 범성대范成大(1126~1193)이다. 석호石湖는
　그의 호.
◇주홍稱紅 : 붉은 모란.

❖

오경은 북송 때 태어나 남송 때 벼슬한 문인으로 어지러운
시국으로 복사꽃과 오얏은 다 사라져 버리고 모란만 꽃을 피
우는 정경을 담담하게 읊고 있다. 봄날에 개화한 모란으로 인
해 날아드는 벌과 나비를 구경하는 모습은 한가로워 보인다.

종모란

種牡丹

육유陸游

삼월 풍광은 사람에게 관대하지 않아서
수많은 꽃들이 벌써 사라지고 말았구나
어이해서 모란만은 꼭 더디게 피우는가
봄을 독점하려는 마음은 본래 없었는데

三月風光不貸人　　千紅百紫已成塵
牡丹底事開偏晚　　本自無心獨占春

◇ 부대인不貸人 : 사람을 기다리지 아니하다. 빨리 흐르는 시간.
◇ 점占 : 차지하다.

❖

　이 시의 원래 제목은 '왕진보의 전춘당 앞에 모란을 모두 심고 시를 지어 부치다. 기제왕진보전춘당당전개종모란寄題王晉輔專春堂堂前皆種牡丹'이다. 전춘당 앞에 심은 모란을 보고 느낀 소회所懷를 읊은 시이다. 따스한 봄날 온갖 알록달록한 꽃들이 꽃을 피우지만 봄날도 한때여서 모두 떨어져 사라지는데 유독 모란은 늦게 꽃을 피워 홀로 봄을 차지하고 있는 것이 모란을 더욱 고고하게 느껴지게 한다.

부적송금선의시월모란

賦赤松金宣義十月牡丹

강특립薑特立

시월 모란이 봄 떨기 틔우는데
가는 햇살은 기대고 바람은 겁내한 게
흡사 약야계 근처의 여인네가
관와궁에 처음 들며 걱정하듯 하는구나

牡丹十月發春叢　　半倚微陽半怯風
渾似若耶溪上女　　嬌愁初入館娃宮

◇ 약야계若耶溪 : 월나라의 미녀 서시西施가 연밥을 땄다는 시내 이름이다.
◇ 관와궁館娃宮 : 오왕 부차夫差가 서시西施를 위해 지은 궁의 이름이다.

❖

쌀쌀한 가을날의 모란을 읊은 시이다. 시월에는 음이 성하
고 양이 쇠퇴하는 계절이다. 이때의 모란을 아름다운 여인 월
나라 서시가 시름에 겨운 자태로 관와궁에 들어가는 모습으로
비유하고 있다. 모란이 국색이라고도 불리는 데에서 알 수 있
듯이 아름다운 미인에 비유되는 경우가 많다.

화공재송모란
和鞏宰送牡丹

강특립薑特立

꽃 이름이 점점 드러날 당나라 시절에는
한신과 백기 같은 재사도 시에는 없었다네
본조는 낙양 모란만 많이 감상 하느라
수많은 휘장 음식에 잔치를 하는 구나

唐世花名寢顯時　　才如韓白尙無詩
本朝盛賞唯西雒　　萬幄千庖泣玉脂

◇한백韓白 : 한나라 한신韓信과 진나라 백기白起의 병칭.
◇읍옥지泣玉脂 : 옥 같은 기름이 끓음. 잔치가 벌어짐을 나타냄.

❖

당나라 때에 모란꽃이 비로소 알려지기 시작했는데도 시재
詩才가 있는 사람도 소재로 삼지 않았다. 아주 없는 건 아니지
만, 당나라 때의 모란시는 매우 드물었다. 이에 비하여 송나라
때에 와서는 꽃구경이 성해져서 여기저기서 연회가 벌어지고
있음을 대비하여 읊고 있다. 당시 모란을 완상하며 성대한 연
회를 벌이는 모습을 상상할 수 있다.

사소미형혜모란

謝少微兄惠牡丹

누약樓鑰

피리 북소리에 석 달을 심취하였다가
떨어진 꽃들은 나를 근심하게 하네
홀연 눈앞에 아름다운 모란 보고나니
다시 술 앞두고 봄을 즐기게 되었네

簫鼓聲中醉九旬　　落紅萬點正愁人
眼明忽見傾城色　　更向尊前作好春

◇경성색傾城色 : 성을 기울게 하는 미색美色. 모란을 뜻한다.
◇준尊 : 술동이.

❖

좋은 날 연회를 베풀어 꽃구경을 즐겼다. 이제는 붉고 아름
다운 꽃들이 다 져서 사람을 근심하게 한다고 표현하고 있다.
봄의 끝 무렵이 된 듯하다. 그러던 차 눈앞에 화려한 모란을
보고 다시 주흥酒興이 일어 근심하던 마음이 사라졌음을 말하
여 감사의 마음을 전하고 있다.

화정신경
和鄭信卿

손응시孫應時

하늘이 내린 풍채 뭇 꽃을 제압하니
난간 아래 휘장 두르고 군왕까지 섬긴다네
의란은 모란보다 부족하다 여겼는지
괜스레 숲속에서 향 내음만 풍긴다네

天與風情壓衆芳　　雕欄翠幄奉君王
猗蘭自欠傾城色　　空作深林一味香

◇의란猗蘭: '향란香蘭'을 말한다.
◇흠欠: 모자라다.

❖

하늘은 여러 꽃을 피운 다음에 봄의 마지막으로 모란을 피운다. 하늘의 풍정이 그러하기 때문이다. 난에는 향기가 있지만 어딘지 화려한 아름다움은 좀 부족한 듯하다.

모란초개
牡丹初開

항안세項安世

봄 신령이 온갖 꽃 사이에 감돌더니
차례로 봄을 돌다 이른 게 모란이라네
벌들이 날아도 꽃 틔울 줄 모르다가
가지 하나 비로소 꽃망울 터뜨리는구나

東君環轍百花間　　次第行春到牡丹
蜂嘴嚛花春不覺　　一枝先破紫金盤

◇ 동군東君 : 봄의 신.
◇ 봉취잠화蜂嘴嚛花 : 직역하면 '벌의 입으로 꽃을 깨물다'는 뜻으로, 벌들
　이 이 꽃 저 꽃으로 옮겨 날아다님을 비유한 것이다.
◇ 자금반紫金盤 : 붉은 빛 모란을 나타내는데, 여기서는 '꽃망울'이라는 뜻
　으로 번역했다.

❖

따뜻한 봄날에 핀 모란꽃을 보며 그 모습을 읊은 시이다. 계절은 돌고 돌아 여지없이 봄은 오게 마련이다. 어느덧 봄이 와 봄기운에 온갖 화훼花卉에 만연하다. 벌이 꽃들을 오고가도 봄이 온줄 몰랐다가 모란이 꽃을 피우므로 인해 벌써 봄이 왔음을 느끼고 있다.

모란
牡丹

서악상舒嶽祥

가지마다 비로소 모란 붉게 터져
요염한 자태 한낮에도 밝게 빛난다네
일찍이 집영전 대하여 성상 뵈면서
동풍에 눈물 흘렸던 고신과 같구나

九枝初拆禦袍紅　　艶質煌煌日正中
曾對集英瞻袞冕　　孤臣灑淚立東風

◇ 어포禦袍 : 모란의 일종인 어포황을 가리킨다.
◇ 집영集英 : 집영전集英殿. 북송시대 때 황궁의 하나.
◇ 곤면袞冕 : 임금의 정복. 곤룡포와 면류관. 여기서는 성상聖上이라 번역
　　한다.
◇ 고신孤臣 : 고상하고 고고한 신하.

❖

시인이 붉게 피어난 모란을 보았다. 그 요염하고 아름다운
자태는 한 낮의 태양 아래서도 밝게 빛났다. 그러자 옛 생각이
나는데, 궁중에 피어 있던 모란이 떠올랐다. 당시 임금에게 충
정을 다 하던 신하의 모습이 겹쳐서 생각이 난다.

만춘객수
晚春客愁

방회方回

십 년 전쟁 끝나고 난 뒤에
모란을 부지런히 심었다네
어이 알았으리 길손 처지라서
남이 보라고 빌려주게 될지를

十載幹戈後　　辛勤蒔牡丹
豈知身是客　　借與別人看

◇ 십재十載 : 10년.
◇ 간과幹戈 : '간과幹戈'와 같은 뜻. '전쟁'의 비유.

❖

　방회는 송나라와 원나라 교체기 인물로 원나라 군사가 이른
다는 소식을 듣고 결사 항전을 주장하다가 막상 원군이 이르
자 맞이해 항복하였다. 이 일로 벼슬을 얻다가 얼마 되지 않아
파직되었다. 오랜 전란이 끝나고 부지런히 모란을 심었더니
또 떠나게 된 아쉬운 심정을 읊은 시이다.

모란

牡丹

매요신梅堯臣

낙양의 모란은 이름난 품질이 많다보니
이보다 더 좋은 게 없을 거라 하였네
강남에 와보니 이 꽃 또한 보기 좋으니
자줏빛 연분홍으로 춤추는 여인 같아라
대 그늘 물에 비쳐 풍치까지 더 나으니
얇은 비단에 봄나들이 옷이면 적당해
놀던 벗들과 때때로 찾아가 감상하는데
그 향기 술잔에 부니 붉은 물결 일어나네
어지러운 나비에게 불복하는 흰 꽃이라
억지로 백발에 꽂혀 슬프기도 하지만
내년에 다시 피더라도 나는 없으니
비바람에 쓰러진들 어쩔 수야 있겠는가

洛陽牡丹名品多　　自謂天下無能過
及來江南花亦好　　絳紫淺紅如舞娥
竹陰水照增顔色　　春服帖妥裁輕羅
時結遊朋去尋玩　　香吹酒面生紅波
粉英不忩付狂蝶　　白髮強揷成悲歌
明年更開餘已去　　風雨吹殘可奈何

◇천홍淺紅 : 연분홍색.
◇분영粉英 : 흰꽃.
◇불분不忿 : 불복하다. 분이 가라앉지 않다.

❖

　북송 시기에는 모란이 수도 낙양뿐만 아니라 전국 각지에 널리 퍼지고 있었다. 이 시는 당시 강남에서 모란화를 보면서 생의 느낌을 묘사한 작품이다. 화려함과 부귀의 상징인 모란도 시들 듯이 인간 또한 좋은 시절이 지나면 늙고 쇠하기 마련이다. 그러나 모란은 해가 바뀌면 다시 피지만 인간은 한번 가면 그만이다. 어찌 모란 앞에 만감이 교차하지 않을 수 있겠는가?

낙양모란

洛陽牡丹

매요신梅堯臣

예부터 귀한 여인이 많았건마는
죽고 나서 어디로들 돌아갔을까
흩어지지 않았을 맑은 혼백이니
기댈 곳은 다시 예쁜 꽃이겠지
붉은 모란은 금곡기가 깃들이고
황색 모란은 낙천비에 해당하네
주자 빛깔도 여기에다 더한다면
인간 세상에 드물다 할 만 하겠네

古來多貴色　　歿去定何歸
清魄不應散　　豔花還所依
紅棲金穀妓　　黃值洛川妃
朱紫亦皆附　　可言人世稀

◇귀색貴色 : 아름다운 색, 여기서는 귀한 여인을 가리킨다.
◇금곡기金穀妓 : 석숭의 기녀인 녹주綠珠를 말한다.
◇낙천비洛川妃 : 낙수의 신녀인 복비宓妃를 말한다.

❖

시상의 전개가 무척 참신한 작품이다. 작자는 모란의 아름
다움이 단순하게 피고 지는 꽃이라 생각하지 않는다. 아름다
운 여인의 혼백이 있어서, 모란의 아름다운 꽃으로 태어났다
고 생각하였다. 존재는 사라지지지 않은 그 무엇이 있어서 다
시 의지하여 환생하는 것이리라.

자모란
紫牡丹

매요신梅堯臣

붉은 모란 잎새에 바람이 불어대니
궁중 향로 가까이 향기를 더하네
생동하듯 진한 빛깔로 보여지거니
괜찮군 그대 그림 속에서 만나보아도

葉底風吹紫錦囊　　宮爐應近更添香
試看沉色濃如潑　　不愧逢君翰墨場

◇ 금낭錦囊 : 모란꽃.
◇ 궁로宮爐 : 궁중의 향로.
◇ 한묵翰墨 : 시詩·문文·서書·화畵의 통칭.

❖

바람이 일면 향기가 날려서 궁전의 화로로 다가온다. 궁중 어느 한켠에 피어있는 모란이 그려진다. '한묵장'은 서화를 뜻하는 말이니, 서화 속에서 이처럼 아름답고 향기로운 모란꽃을 만나는 일도 괜찮다는 작품이다.

시사유수왕선휘원혜모란
詩謝留守王宣徽遠惠牡丹

문언박 文彦博

요황과 좌자 그리고 장원홍을
치고 깎는 재배에 오랫동안 힘썼네
가랑비 지난 뒤에 채취하여 잘라다가
작은 상자에 밀봉한 채 넣어두었다네
술잔 기울이며 은근히 감상하다 보면
봄바람 탄 향내음 멀리서도 풍겨오네
혹 이 꽃이 옛 땅을 그릴까 저어해서
머리에 꽂고 자주 낙양을 바라다 보았네

姚黃左紫狀元紅　　打剝栽培久用功
采折乍經微雨後　　緘封仍在小奩中
勤勤賞玩傾蘭醑　　漠漠馨香逐蕙風
猶恐花心懷舊土　　戴時頻與望靑嵩

◇좌자左紫 : 모란의 일종이다.
◇장원홍狀元紅 : 모란의 일종이다.
◇소렴小奩 : 경량이면서 정교한 작은 상자를 말한다.
◇난서蘭醑 : 맛있는 술을 지칭한다.
◇청숭靑嵩 : 숭산이니 낙양을 대신 가리킨다.

❖

　모란 향기에 감동하여 인간의 향수를 모란꽃에 투영한 시이다. 유수 왕선휘가 낙양에서 모란을 보내주었나 보다. 봄바람에 날리는 모란 향기를 맡다가 이는 분명 '고향이 그리워서 뿜어내는 향기일 거야'라고 생각하고 작가는 머리에 모란을 꽂고 낙양 쪽을 바라본다. 꽃이 뿜어내는 향기의 근원을 탐구하고, 또 그 꽃을 위해 높이 올려 낙양을 바라보게 하는 작가의 심성이 잔잔하게 느껴진다.

백모란
白牡丹

구양수歐陽脩

달의 정기 눈의 넋이 흰 구름 낳듯이
하루 밤새 봄기운이 모란을 틔웠네
가지에 맺힌 이슬 숨겨놓은 옥 같으니
뜨락 청풍으로 모란이 하얗게 보이네

蟾精雪魄孕雲荄　　春入香腴一夜開
宿露枝頭藏玉塊　　晴風庭面揭銀杯

◇섬정설박蟾精雪魄 : 달의 정기와 눈의 혼백.
◇향유香腴 : 미묘하다.
◇게은배揭銀杯 : 바람이 밤의 장막을 걷어내자 은잔이 드러나 듯이 하얀
　모란이 피어남을 말한다.

❖

백모란의 '희다'라는 특징을 가지고 상상과 비유의 기법을 사용하여 매우 정교하게 표현하였다. 특히 1구의 구상이 절묘하고 뛰어나다. 하얀 달의 정기와 흰 구름의 넋 그리고 맑은 바람이 만들어낸 백모란이다. 백모란 뿐만 아니라 이 세상에서 흰 사물에 대한 새로운 의미를 다시 생각해 볼 수 있다.

희답원진

戱答元珍

구양수歐陽脩

봄바람이 하늘 먼 곳엔 안 불었는지
이월 산성에는 꽃도 안 보이네
잔설이 가지 덮어도 도리어 귤은 있고
동뢰에 놀란 죽순 싹 트려 하네
밤 기러기 소리에 고향 생각나니
신년에도 아픈 몸 세월 감이 느껴지네
한 때 낙양 꽃밭을 노닐어 봤으니
들꽃이 늦는다고 염려하지 마시게

春風疑不到天涯　　二月山城未見花
殘雪壓枝猶有橘　　凍雷驚筍欲抽芽
夜聞歸雁生鄉思　　病入新年感物華
曾是洛陽花下客　　野芳雖晚不須嗟

◇천애天涯 : 궁벽한 구역.
◇동뢰凍雷 : 겨울의 천둥.

❖

  이 시는 겨울 말 초춘 시절의 정경이다. 시적 화자가 인생역
정이 풍부한 사람인 탓에 풍경을 관조하는 시선이 여유롭기까
지 한 작품이다. 도시 낙양과 시골의 풍광이 대비적이다. 도시
의 삶의 여유가 촌구석까지는 미치지 못해 아직 삭막한 상태
이지만 작가는 한 때 낙양에서 노닐며 모란꽃 만발한 봄날을
회상하며 자기 생을 위로 하고 있다.

모란
牡丹

한기韓琦

청제의 은혜 두터워 뭇 꽃을 압도하니
독특한 문채 덕에 화왕 삼아 총애하네
천하에 둘도 없이 뛰어나다 추대하고
세상 제일 멋진 향도 독점하게 하네
견주어도 끝내 그런 것 취하기 어렵고
피길 기다리니 새삼 봄이 길게 느껴지네
계절 내내 아름다움 뽐내지 않게 하니
조물주는 왜 그렇게 주관을 하시는지

青帝恩偏壓衆芳　　獨將奇色寵花王
已推天下無雙豔　　更占人間第一香
欲比世終難類取　　待開心始覺春長
不教四季呈妖麗　　造化如何是主張

◇ 청제青帝 : 봄의 신.
◇ 요려妖麗 : 우아하다.
◇ 조화造化 : 조물주.

❖

이 시는 선경과 후정의 구분 없이 전체적으로, 모란의 객관
적 아름다움과 그 아름다움에 대한 작가의 생각을 적절히 표
현해 내고 있는 작품이다. 모란은 아름다움과 향기에서 천하
제일의 꽃이다. 이는 분명 조물주의 의도에 의한 것임에 틀림
없다. 봄 늦게 잠시 피었다가 사라지게 한 데에는 어떤 의미가
들어가 있을까?

북제낙화신
北第洛花新

한기韓琦

낙양에서 모란을 옮겨 심었더니
격이 높아 봄을 독점하도록 허락했구나
태생이 귀한 덕에 풍류에 싸이는데
이에 조화의 솜씨가 완전하다네
황금으로 된 집처럼 아주 화려하고
가늘게 날리는 옥향인 듯 청아해
한 바탕 그 곡조 옛 장막에 울리니
취한 잔 뒤섞여도 따지지 않는다네

移得花王自洛川　　格高須許擅春權
管弦圍簇生來貴　　天地工夫到此全
絶艶好將金作屋　　淸香宜引玉飛線
一聲舊幕行雲曲　　醉罍爭揮不論船

◇금작옥金作屋 : 북송 진종의 권학편에 '글 속에 황금으로 된 집이 있다[書
　中自有黃金屋]'에서 유래했다.
◇옥비선玉飛線 : 옥향玉香, 모란의 향내를 표현하였다.
◇행운곡行雲曲 : 거문고 악곡 이름이다.
◇선船 : 술잔 여기서는 술의 의미다.

❖

모란의 칭송에 대한 비유가 돋보인다. 인간 세상에 조물주의 손에 의해 빚어진 것 중에서 모란을 제일임을 말하고 있다. 요염한 자태는 황금 집에 비유하고 맑은 향기는 날리는 옥에 비유하고 있다. 모란 곁에 술자리를 마련하여 음악을 연주하며 술을 마시면 주량을 넘어도 상관이 없다는 묘사를 하고 있다.

재사진정이밀학혜모란
再謝眞定李密學惠牡丹

한기韓琦

모란은 경성 낙양의 것이 어여쁜데
보내준 덕에 새 이웃을 보는구려
늘 술을 곁들이며 감상을 하자니
변경에 다시 봄이 오는가 하였네
성하고 쇠하든 주재자의 뜻일 뿐
깊거나 얕거나 본성대로 하는 거지
문득 난실에 들기라도 한 것처럼
맑은 향내 사람을 엄습한다네

牡丹京洛豔　　惠我見新鄰
一與樽前賞　　重生塞上春
衰榮存主意　　深淺盡天眞
卻似登蘭室　　淸香暗襲人

◇천진天眞 : 자연스러움.
◇난실蘭室 : 향기가 가득하고 고아한 거실.

❖

  1연과 2연은 일반적인 모란시와 같이 평이하지만, 3연에서 '하늘이 명을 통해 부여해 준 자신의 본성을 따르는 것이 도이다[率性之謂道]'라고 표현했다. 이는 중용中庸의 내용을 그대로 언급한 것으로, 모란을 통한 시적화자의 깨달음을 엿볼 수 있다. 영고성쇠榮枯盛衰는 조물주의 의도에 달려 있다는 사실에서 살아서는 자연의 순리를 따르다가 죽어서는 편안하다는 유가의 도를 엿볼 수 있다.

낙양춘음

洛陽春吟

소옹邵雍

진기한 꽃에 익숙한 낙양 사람들은
복사꽃 배꽃 피어보았자 꽃도 아니지
이렇듯 모란이 풍성히 피고 나니
모두들 그제야 끝도 없이 즐긴다네

洛陽人慣見奇葩　　桃李花開未當花
須是牡丹花盛發　　滿城方始樂無涯

◇파葩：꽃.
◇무애無涯：한없이 넓다.

❖

이 시는 모란이 만개한 낙양의 성을 표현한 작품이다. 낙양 사람들은 다른 꽃은 꽃으로 여기지 않을 정도로 모란을 좋아하였다. 모란은 도시의 꽃이다. 모란이 상징하는 화려함과 부귀는 오늘날 우리들의 취향에도 딱 들어맞는다.

모란음
牡丹吟

소옹邵雍

보통의 빛깔엔 보통의 향기일 텐데
뛰어난 향기에 빛깔도 특이 하네
조물주의 그 솜씨 섬세하고 묘하니
인간이 헤아릴 만한 것은 아니라네

一般顔色一般香　　香是天香色異常
眞宰功夫精妙處　　非容人意可思量

◇진재眞宰 : 조물주.
◇용容 : 허락하다.
◇사량思量 : 고려하다.

❖

이 시는 낙양의 모란에 대해 찬미함과 동시에 자연의 신기한 창조력을 탄미한 작품이다. 모란은 빛깔과 향기에서 어느 꽃보다 뛰어나다. 금가루를 싸고 있는 비단의 형상 또한 조물주의 역작이 아닐 수 없다.

모란음

牡丹吟

소옹邵雍

모란의 품격이 뭇 꽃의 으뜸이니
꽃 중의 왕이 이때에 또 있을까
네 가지 색이 변해 백 가지 빛을 내듯
다양한 모양 속에 향기도 많구나

牡丹花品冠群芳　　況是期間更有王
四色變而成百色　　百般顏色百般香

◇사색四色 : 노란색, 붉은색, 푸른색, 검은색.
◇왕王 : 화중왕花中王. 모란.

꽃의 제왕 모란이 다른 꽃들과 조화를 이루고 있는 모습을 그려낸 작품이다. 시어를 통해 시인의 재주를 엿볼 수 있다. 작품 속의 '사색四色과 백색百色', '백반안百般顔과 백은향百般香'이라는 시어의 대비를 통해 모란의 특징을 극명하게 보여 주고 있다.

화장자망낙성관화
和張子望洛城觀花

소옹邵雍

조물주는 사람을 저버리지 않으니
붉은 꽃들로 자연미를 보여 주는구나
거마의 요란한 소리 성안에 가득하니
봄맞이는 아닐텐데 때가 바로 봄이구나

造化從來不負人　　萬般紅紫見天眞
滿城車馬空撩亂　　未必逢春便時春

◇ 천진天眞 : 자연스러움.
◇ 공空 : 공허하게.

❖

이 시는 모란의 아름다움을 직설적으로 표현하기 보다는 객관적인 분위기를 통해 은근히 모란을 드러내고 있는 작품이다. 특별히 봄맞이를 한다고들 소란스러운 게 아닌, 그저 늦봄에 핀 모란이 있어 봄이 아직 끝난 것이 아니라는 흥취에 떠들썩하다고 하였다. 내심 봄의 흥취를 더 느끼고자 하는 의도 또한 숨어 있는 듯하다.

몽유낙중
夢遊洛中

채양蔡襄

수백의 이름난 꽃이 봄내음 다지니
하늘이 준 걸꺼야 그 꽃도 그 향기도
월파 둑 아랫길을 언제나 추억하는데
도화지 펼치고 요황을 그릴 때였지

名花百種結春芳　　天與穠華更與香
每憶月坡堤下路　　便開圖畫覓姚黃

◇ 농화穠華 : 번성한 꽃.
◇ 요황姚黃 : 모란.

❖

작자의 모란에 대한 회상을 담담한 필치로 표현한 작품이다. 봄이 되어 세상에 온갖 꽃들이 만발하였다. 따스한 바람이 얼굴에 스칠 때 화가인 작가는 모란이 피어있는 월파 둑 아래 길에 가서 그림을 그리곤 했다. 지금도 그 때 그 시절이 생애 최고의 아름다움 기억으로 남아 있다.

이각사신종낙화

李閣使新種洛花

채양蔡襄

당 아래 붉은 난간 거기 작은 모란은
가지하나 농염하게 봄을 차지했구나
듣기에 낙양서 온 좋은 품종이라던데
피어 봤자 꼭 옛 것보다 낫진 않겠지

堂下朱闌小魏紅　　一枝濃艶占春風
新聞洛下傳佳種　　未必開時勝舊叢

◇주란朱闌 : 난간.
◇위홍魏紅 : 모란의 일종이다.

❖

이 시 또한 모란에 얽힌 과거의 일을 표현한 작품이다. 모란이 옛 것과 지금의 것이 뭐가 구별이 있겠냐마는 굳이 작자는 과거의 모란을 동경하는 듯하다. 아마도 과거 호시절에 모란에 얽힌 사연이 좋았던 것 같기도 하다. 사람들이 선호하는 최신 유행하는 물건이라고 하지만 구관이 명관이라는 말이 있지 않은가.

춘만상모란봉정석상제군

春晚賞牡丹奉呈席上諸君

진양陳襄

소요하다 관리되니 관복이 싫은 터라
봄꽃 시들자마자 모란 찾아 돌아왔다네
봄이 저문 뒤에도 모습만은 남아있고
일전에 본 것마냥 기품도 편해 보이네
비 온 뒤라 꽃받침에 잔 가루 떨구고
바람 자니 좋은 향 저 모란이 뿜어내네
다만 두려운 건 내년에 더 좋게 피면
뉘와 같이 난간에 설 지 모르는 거라네

逍遙爲吏厭衣冠　　花謝還來訪牡丹
顏色只留春別後　　精神甯似日前看
雨餘花萼啼殘粉　　風靜奇香噴寶檀
只恐明年開更好　　不知誰與竝欄杆

◇ 보단寶檀 : 단향목檀香木으로 진귀하기 때문에 보단寶檀이라 한다. 여기
서는 모란을 의미한다.

❖

　모란을 통해 인간의 만남과 헤어짐을 읊은 시이다. 이른 봄
에 핀 꽃들은 이미 떨어지고 없고 다음으로 모란이 피어있다.
이 모란이 지고 나면 내년에 다시 이 자리에서 필까. 우리들은
지금 여기에 모여 모란을 감상하고 있지만 내년엔 누구와 함
께 여기에서 모란을 감상할 수 있을까?

종모란
種牡丹

증공 曾鞏

겨울 지나 모란을 심어두고는
내년에 꽃 피기를 기다렸다네
봄 가지가 우뚝히 돋아났지만
이미 좀벌레로 싹이 병들였네
가지 마르고 이파리도 떨어져
다시 봐도 그저 마른 가지 뿐
붉은 난간은 여전히 빛나는데
기대한 것은 흙모래가 되었구나
본래 뿌리가 실하지 않았을까
오늘 아침 부질없이 탄식한다네

經冬種牡丹　　明年待看花
春條始秀出　　蠹已病其芽
柯枯葉亦落　　重尋但空槎
朱欄猶照耀　　所待已泥沙
本不固其根　　今朝謾咨嗟

◇ 공사空槎 : 빈 뗏목. 여기서는 아무것도 남아있지 않은 모란을 가리킨다.
◇ 조요照耀 : 밝게 비치어 빛남.

❖

모란을 심어 놓고 꽃피기를 기다리는 작자의 애타는 심정을 엿볼 수 있는 작품이다. 시상의 전개가 아주 구체적이고 섬세하다. 미련에 모란이 이미 시들어 버려 후회해도 소용없지만, 모란 뿌리가 견고하지 않아서 그랬지 않을까 하는 표현이 인상적이다.

화군황기하양시중모란
和君貺寄河陽侍中牡丹

사마광 司馬光

조물주는 사심 없이 낳아 키워 주는데
모란만 왜 그렇게 모든 공을 차지하는지
산하 같은 기세는 제왕의 궁궐보다 낫고
천지간 차고 더움에 그 기운 조화롭다네
옥쟁반에 수려한 물색 종일 쌓여만 가는데
성 가득한 멋진 수레 향기 속에 내달리네
사공의 높은 흥취로 춘경 구경 하고보니
청이와 벽숭의 모란 더더욱 보고 싶구나

眞宰無私嫗煦同　　洛花何事占全功
山河勢勝帝王宅　　寒暑氣和天地中
盡日玉盤堆秀色　　滿城繡轂走香風
謝公高興看春物　　倍憶淸伊與碧嵩

◇구후嫗煦 : 낳아서 힘써 키워줌을 의미한다.
◇수곡繡轂 : 꽃수레이다.
◇청이淸伊 : 낙양의 '이수伊水'를 가리킨다.
◇벽숭碧嵩 : 낙양의 '숭산嵩山'을 가리킨다.

❖

꽃의 제왕인 모란을 극찬한 시이다. 조물주가 사물에 고루 혜택을 내렸다고 하지만 결실이 모두 같은 것은 아니다. 모란에게 은택을 더 내리지 않았다면 모란이 어떻게 옥쟁반처럼 수려하고, 날리는 눈처럼 향기로운 형상을 할 수 있었겠는가. 모란의 흥취는 춘경에 제일이 아닐 수 없다.

우중문요황개정자준요부
雨中聞姚黃開呈子駿堯夫

사마광 司馬光

가랑비가 붙잡았는지 봄은 안 갔지만
좋은 꽃 있어도 드물까봐 걱정하네
그대는 어부 도롱이를 걸치고 가시라
요황 보러 가자면 옷 젖을 수 있으니

小雨留春春未歸　　好花雖有恐行稀
勸君披取漁蓑去　　走看姚黃判濕衣

◇ 요황姚黃 : 모란의 일종이다.

＊

봄 가랑비가 봄을 붙잡는 듯해 그 모란의 모습을 실컷 볼 수 있으니 다행스러운 일이다. 그러나 생각해보니 가랑비에도 젖어 모란꽃이 시들어 버릴지도 모른다는 생각에 다시 생각이 복잡해진다. 그래서 친구에게나마 일러주어 가랑비에 남아 있는 모란이 얼마 남지 않았을 테니 도롱이를 입고 빨리 다녀오라고 권한다.

후전모란미개

後殿牡丹未開

왕안석王安石

붉은 꽃 틔우지 않아도 어여쁜 줄 아는데
꽃봉오리 붉게 맺혀 향기까지 나려는가
이 꽃은 사람한테 머물라 하는 것 같은데
산새는 까닭 없이 나더러 가라 하네

紅襆未開知婉娩　　紫囊猶結想芳菲
此花似欲留人住　　山鳥無端勸我歸

◇ 홍복紅襆 : 모란의 꽃봉오리를 말한다.
◇ 완만婉娩 : 유순고 아름다운 모습을 말한다.
◇ 자낭紫囊 : 짙은 색의 모란 꽃봉오리이다.
◇ 방비芳菲 : 화초의 향기를 말한다.

❖

    산속에 있는 모란화를 묘사했는데, 의인화의 기법으로 새와 꽃을 재미있게 묘사했다. 또한 함축적인 정취情趣가 그대로 넘쳐난 작품이다. 모란이 아직 피지 않은 상태에서 꽃봉오리만 맺혀 있다. 활짝 필 때까지 기다리고 싶지만 산새가 울어 돌아가게 한다.

화한시중동상모란

和韓侍中同賞牡丹

범순인范純仁

진나라 땅 춘광이 낙양과 비슷하니
모란은 백화 중에 명성이 자자하네
뭇 꽃들 진 뒤 아름다움 교묘히 모아
붉은 구름 베어낸 듯 잎 또한 튼튼해라
이슬 가득한 금반에 모란을 감상하고
궤석에 바람 불면 그 향기인 줄 아느니
취해서 머리 한가득 이고만 싶었는데
그만 노쇠한 얼굴이 옥잔에 비치는 구나

秦地春光似洛陽　　牡丹名擅百花場
巧鍾絶艶群芳後　　高翦紅雲萬葉強
露滿金盤看國色　　風回綺席識天香
酒酣只欲盈簪戴　　聊伴衰顏照玉觴

◇기석綺席 : 고운 좌석.
◇쇠안衰顏 : 쇠약한 얼굴.
◇금반金盤 : 금쟁반.

❖

모란을 통해 생의 무상함을 노래하고 있다. 모란은 화려하
고 부귀를 상징하니 만큼 젊고 생기발랄한 시절을 상징하는
꽃이다. 사람들은 모두 모란을 좋아하지만 좋아하는 것은 좋
아하는 것일 뿐 자신은 이미 나이를 먹어버린 사람인 것이다.
전체적으로 평이한 시상을 전개했지만 마지막 구절에 술김에
꽃 꽂으려다 노쇠한 자기 얼굴보고 놀란 모습이 자못 웃음을
자아내게 하는 작품이다.

모란

牡丹

범순인范純仁

낙양의 봄 경치는 모란이 차지하니
출렁이듯 흐드러진 천백의 꽃들
선명한 모란은 여린 이파리 펼치고
포개진 꽃망울 붉은 구름 잘랐네
품격을 다투며 좋은 볼거리 바치고
훌륭한 명성 세워 사람들 놀라게 하네
시들까 걱정하여 감추는 저 정원사
푸른 일산 기대놓고 햇살을 피하구나

牡丹奇擅洛都春   百卉千花浪紃紛
國色鮮明舒嫩臉   仙冠重疊剪紅雲
競馳經品供天賞   旋立佳名竦衆聞
園吏遮藏恐凋落   直歆靑蓋過殘曛

◇국색國色 : 천향국색天香國色. 모란을 가리킨다.
◇천천擅 : 독점하다.
◇선관仙冠 : 모란의 화관花冠을 말한다.

❖

마지막 구절에 명품인 모란의 고귀함에 혹시나 시들까 일산으로 햇볕을 가린다는 내용으로 보아 시적화자에게 모란이 주는 간절함을 담아낸 작품임을 알 수 있다. 중간에 모란의 꽃잎을 '선관仙冠'이라 표현한 것 또한 인상적이다.

부쇄원모란

賦鎖院牡丹

심료沈遼

그 옛날 일찍이 낙양에 도착하니
옥주발과 금쟁반에 짙고 연한 빛깔의 모란
오랜만에 형계 계반사에 오르니
이룬 것 없이 백발 된 채 봄바람 대하기 부끄럽네

昔年曾到洛城中　　玉碗金盤深淺紅
行上荊溪溪畔寺　　愧將白發對東風

◇ 쇄원鎖院 : 송대 전시殿試 시간 전후에 출입을 제한한 학사원.
◇ 계반사溪畔寺 : 강소성 형계荊溪에 있는 절.
◇ 영숙穎叔 : 송나라 시기의 문인인 장지기蔣之奇의 자字.

❖

이 시의 원래 제목은 '영숙을 모시고 쇄원 모란에 시를 짓다 奉陪穎叔賦鎖院牡丹'으로 오랜만에 형계荊溪 계반사溪畔寺에 오른 감회를 읊은 시이다. 젊은 호시절에 '옥주발'과 '금쟁반'에 짙고 연한 붉은 빛깔의 모란을 바라보던 때도 있었지만 시간이 흘러 강소성 형계에 있는 계반사에 다시 오른다. 모란의 모습은 예전 그대로인데, 아무것도 이룬 것 없이 자신만 백발이 되어 버린 신세, 이제는 봄바람을 대하는 것도 부끄럽기만 하다.

길상사상모란
吉祥寺賞牡丹

소식蘇軾

노인이 꽃 꽂은 것 부끄럽지 않아도
노인 머리에 올라간 꽃은 아마도 부끄러울 게야
취해 부축 받아 걸어가면 남이 응당 비웃을테니
그걸 구경하느라 집집마다 발을 반쯤 걷었겠지

人老簪花不自羞　　花應羞上老人頭
醉歸扶路人應笑　　十裏珠簾半上鉤

◇잠화簪花 : 꽃을 머리에 꽂다.
◇부로扶路 : 부축하다.
◇구구鉤 : 걷어 올리다.

❖

노인인 화자와 대상인 모란을 대비하여 삶의 허무함을 노래하고 있다. 지금 활짝 핀 모란의 모습은 창창한 젊은 시절에 비할 수 있다. 화자는 나이가 들어 다시 젊은 시절로 되돌아갈 수 없음을 알기에 더욱 더 아쉽기만 하다. 매년 보아도 젊고 화려한 모습을 잃지 않는 모란과는 비교할 수조차 없으니 그저 부러울 뿐이다. 모란꽃이야 어떻든 유일하게 내가 지금할 수 있는 것은 모란 꽃 하나 꺾어 머리에 꽂고 술기운을 빌려 거닐어 보는 일이다.

상주태평사관모란
常州太平寺觀牡丹

소식蘇軾

항주의 모란 잎새는 관공을 비췄을 텐데
내가 이곳 떠난 뒤 몇 번이나 꽃바람 불었나
붉고 푸른 꽃이 어른거려 스스로 비웃으며
도리어 다 늙어서야 모란을 대하네

武林千葉照觀空　　別後湖山幾信風
自笑眼花紅綠眩　　還將白首看輕紅

◇ 무림武林 : 옛 항주의 별칭.
◇ 관공觀空 : 항주의 절인 길상사吉祥寺의 각명閣名.
◇ 신풍信風 : 화신풍花信風. 꽃이 필 무렵 부는 바람.
◇ 정홍輕紅 : 모란의 한 품종.

시적화자가 상주를 떠나고 여러 해가 지나서 다시 돌아온 감회를 표현한 작품이다. '안화眼花'는 본래 나이 들어 눈이 흐릿하거나 어두운 것을 의미하지만 본문에서는 시적화자가, 푸르고 붉은 모란의 빛깔 때문에 어지러운 형상을 표현하고 있다. 그렇게 화려한 모란을 대하는 아주 쉬운 일도 이제는 부담스러워 하는 자신의 모습을 생각하니 실없는 웃음만 나온다. 그러나 이렇게라도 아름다운 모란을 대할 수 있으니 다행스러운 일이 아닐 수 없다.

우중간모란

雨中看牡丹

소식蘇軾

안개비 빗방울 되지 않으니
공중에 없는 것 같기도 한데
가끔 꽃 위에 볼 수 있으니
분명 밝은 구슬처럼 구르네
홍분에서 씻겨 나오는 빼어난 빛깔
눈빛 살결에서 나는 은은한 향기
저물녘이라 더욱 처량하지만
무거운 꽃봉오리 서로 기대어 있네

霧雨不成點　　映空疑有無
時於花上見　　的皪走明珠
秀色洗紅粉　　暗香生雪膚
黃昏更蕭瑟　　頭重欲相扶

◇무우霧雨 : 안개처럼 내리는 비. 가랑비.
◇적력的皪 : 밝고 선명한 모습.
◇소슬蕭瑟 : 적막함.

가랑비가 내리는 어느 저물녘에 모란을 보고 읊은 시이다. 안개와 같은 아주 가느다란 가랑비는 꽃잎에 구슬처럼 맺혀 있다. 여인의 연지와 분을 뜻하는 '홍분紅粉'이지만, 여기에서는 비에 조금씩 젖어 드는 홍모란을 가리키고, 여인의 흰 살결을 뜻하는 '설부雪膚'는 비에 젖어 더욱 더 흰 모습을 띄는 백모란의 모습을 잘 묘사하고 있다. 또한 마지막 구의 '비 맞은 머리가 무거워 서로 기대려 하는 것 같구나[頭重欲相扶]'라는 표현에서 사물에 대한 관찰력이 돋보인다.

우중명경상모란
雨中明慶賞牡丹

소식蘇軾

부슬부슬 이슬비로 고은 자태 지어내니
밝은 등불에 타는 것처럼 환하구나
내일 흐리더라도 꽃은 시들지 않으리니
그 때문에 차마 먹지는 못하겠네

霏霏雨露作淸姸　　爍爍明燈照欲然
明日春陰花未老　　故應未忍著酥煎

◇청연淸姸 : 모란꽃의 맑고 고운 모습.
◇삭삭爍爍 : 빛나는 모양. 꽃이 만개한 모양.
◇연연然 : '연燃'과 통용.
◇춘음春陰 : 봄철의 흐린 날.
◇소전酥煎 : 맹촉孟蜀 시대에 병부상서였던 이호李昊가 벗에게 모란을 보
　　낼 때 함께 우소牛酥를 보내 '꽃이 지거든 즉시 달여서 마시라고 하였
　　다.'는 고사.

❖

이 시의 또 다른 제목은 '명경사에서 모란을 보며明慶寺賞牡
丹'이다. 봄비로 인해 비로소 더욱 더 밝게 빛나는 등불과 같이
활짝 핀 모란의 모습을 보며 감회를 읊은 시이다. 맹촉孟蜀 시
대에 병부상서였던 이호李昊가 모란을 보낼 때 함께 우소牛酥
를 보내 '꽃이 지거든 즉시 달여서 마시라고 하였다.'는 고사가
있었는데, 작자는 모란을 너무 아낀 나머지 차마 우소牛酥를
먹지 못하겠다는 다소 익살스러운 표현을 담아 모란에 대한
자신의 마음을 전하고 있다.

사인혜천엽모란

謝人惠千葉牡丹

소철蘇轍

동풍이 재촉하니 뭇 꽃들이 새로워
집 앞 뜨락에서 나서질 못하니
선녀는 마힐병 걸린 줄 알고
은병 가득 모란을 보냈네
어여쁘게 늦게까지 피어있는 천엽모란
꼼꼼히 헤아려도 꽃잎 여전히 남아있네
다시금 길손들이 다 돌아가기를 기다려
동자 관자와 기수에 멱 감으러 가보세

東風催趁百花新　　不出門庭一老人
天女要知摩詰病　　銀瓶滿送洛陽春
可憐最後開千葉　　細數餘芳尙一旬
更待遊人歸去盡　　試將童冠浴湖濱

◇마힐병摩詰病 : 마힐은 불교의 보살이름으로, 유마힐이라고도 칭한다. 일
　찍이 병이 있다고 하자 같은 석가모니파인 문수사리文殊師利(지혜로운
　제일의 보살)가 와서 문병하면서 불법佛法에 대해서 반복 논변하였다.
◇천엽千葉 : 모란 잎의 모습.
◇동관욕호빈童冠浴湖濱 : 『논어論語』「선진先進」에 '저문 봄에 춘복이 이미
　완성되면, 동자童子 7~8인과 관자冠者 5~6인이 기수沂水에서 목욕하고
　무우舞雩에서 바람쐬고 읊으면서 돌아온다'고 하였다는 고사 인용.

❖

'선녀가 꽃을 흩뿌리다[仙女散花]'라는 전고를 인용하여 모란의 매력적인 모습을 형용하고 있다. '선녀산화仙女散花'는 중국 천자산 자연보호구에 위치한 경구로서 석봉石峰이 운단雲端에 서 있고, 산 아래와 산허리에 야생꽃이 목화밭처럼 펼쳐져 있다. 매년 봄과 여름이 되면 천풍天風이 불고 구름이 표류하는데, 그 모양이 선녀와 같다고 해서 붙여진 이름이다. 마힐병에 걸린 듯 보인 자신을 위해 선녀가 모란을 보내주었다는 말을 통해 활짝 핀 모란을 보는 것만으로 마음의 위안이 되었음을 느낄 수 있다.

부천엽모란

賦千葉牡丹

소철蘇轍

뜰 앞에 흙을 조금도 바꾸지 않고
가득히 몇 떨기 천엽화 심어보네
조물주가 오래된 뜻을 어기지 않는다면
낙양의 꽃가지와 같으리라
이름난 정원은 꽃 찾는 이 허여하지 않고
시골길엔 술 실은 수레마저 드물어
차마 화병에 꽃 꽂아 불공을 드리진 못해도
청주 다하면 산중 차라도 올리겠네

未換中庭三尺土　　漫種數叢千葉花
造物不違遺老意　　一枝頗似洛人家
名園不放尋芳客　　陌巷希聞載酒車
未忍畫瓶修佛供　　清樽酌盡試山茶

◇ 삼척토三尺土 : 집 가까이에 있는 분토糞土는 충蟲이 많아서 황토 삼척三
　尺을 바꿔주어야 꽃이 잘 자랄 수 있다는 말에서 유래.
◇ 천엽화千葉花 : 꽃잎이 여러 겹인 모란.
◇ 유노遺老 : 나이가 들고 경험이 풍부한 사람.
◇ 청준淸樽 : 술 그릇. 청주.

❖

이 시의 원래 제목은 '지와 함께 천엽모란을 짓다同遲賦千葉牡丹'이다. 낙양에서 보았던 활짝 핀 모란의 모습을 만날 수 있음을 간절히 바라고 있는 지은이의 모습을 볼 수 있다. 지은이는 신에게 기도를 해서라도 활짝 핀 모란을 볼 수 있게 불공을 드리고 싶지만 누추한 시골에는 술도 없고 예쁜 화병도 없어 꽃을 올릴 수도 없지만 정성을 다해 산중 차라도 올릴 것임을 말하고 있다. 의인법을 사용하여 마치 어지러운 세상이 다시 깨끗하게 밝아지기를 바라는 마음을 '꽃 중의 왕인 모란'을 통해 드러내고 있는 듯하다.

모란
牡丹

장상영張商英

저물녘 모자가 비뚤어질 정도로 취한 벗들이
수레에 올라 생황 한 곡조 타고 가네
어쩌나 봄빛이 수레 따라 가버려
동쪽 암자에 가득했던 꽃 볼 수 없으니

落日賓朋醉帽斜   笙歌一曲上雲車
頗知春色隨軒去   不見東庵滿眼花

◇ 운거雲車 : 신선의 수레.
◇ 춘색春色 : 봄빛.

　모란을 구경 왔던 벗들과 거나하게 술을 걸치고 헤어지는 장면을 연상할 수 있는 시이다. 시에 '봄빛이 수레 따라 가버렸다'고 하여 이제 봄의 기운을 듬뿍 받고 핀 모란을 또 내년을 기약해야 한다는 생각에 아쉬움이 밀려온다. 물론 내년에도 아름다운 모란은 피겠지만, 수레 따라 가버리는 듯한 봄빛을 잡을 수 없어 마냥 가는 세월이 야속하기만 하고, 아쉬움을 떨쳐버릴 수 없는 심정을 잘 표현하고 있다.

허모란구시
許牡丹求詩

황정견 黃庭堅

듣자하니 잠계에 자색 모란이 많아
주인은 잘라내지 않고 시 짓기를 요구했다더군
아름다운 싯구 찾고자 하나 봄이 저물까 두려워
시 한편 주고 모란 한 송이 얻어볼까나

聞道潛溪千葉紫　　主人不剪要題詩
欲搜佳句恐春老　　試遣七言睮一枝

◇잠계천엽자潛溪千葉紫: 낙양 잠계사潛溪寺의 유명한 모란의 품종.
◇사睮: 거래.

❖

이 시의 원래 제목은 '사인 왕원재가 모란을 주고 시를 청하 다王元才舍人許牡丹求詩'이다. 왕사인은 자신의 모란과 맞바꿀 만한 시를 원한다. 작가는 시를 통해 자신의 뜻을 표현하였으 며, 자신이 원하는 바를 재치 있게 우회적으로 잘 표현하고 있 다. 당장이라도 자색 모란을 기꺼이 받고 시 한편을 내어줄 마 음이 열리기에 충분하다. 재치와 더불어 시적 홍취 또한 느낄 수 있는 작품인 듯하다.

차운이거약상모란
次韻李秬約賞牡丹

조보지晁補之

붉은 꽃 짙은 녹음은 모두 돌고 도니
청명 곡우가 꽃 재촉하길 또 기다렸건만
모란 한 송이 늘어져 늦게 피우니
일찍이 다른 꽃들은 피지 않았던 것 같네
항상 서쪽 낙양의 녹음은 무성함을 자랑하고
오랫동안 강남쪽 붉은 꽃무더기를 말했는데
놔두시게 무정한 것도 되려 뜻이 있을 것이니
모르겠지만 천릿길 누구를 위해 오겠는가

夭紅濃綠總教回　　更待淸明穀雨催
一朵故應偏晩出　　百花渾似不曾開
常誇西洛靑屛簇　　久說南滁紫線堆
任是無情還有意　　不知千裏爲誰來

◇ 청병靑屛 : 모란.
◇ 청명곡우淸明穀雨 : 모두 24절기 중 하나.
◇ 자선紫線 : 모란.

❖

청명과 곡우 무렵에 꽃 피우기를 재촉하니 뭇 꽃들이 만개하여 더욱 더 봄기운이 느낄 수 있다. 그러나 모란은 이제야 모습을 드러낸다. 마치 주인공이 마지막을 장식하듯 그 아름다운 모습은 뭇 꽃들의 기억을 무색하게 할 만큼 그 풍채를 뽐낸다. 또한 모란이 피는 환희의 계절인 봄을 기다리며 천릿길처럼 아득하게만 느껴지는 아쉬움을 담담하게 잘 그려내고 있다.

모란

牡丹

장뢰張耒

열편의 새로 지은 시 모란과 바꾸니
짐짓 봄빛 맞으러 깊은 산에 들어온 듯하네
어포황 가루는 예전부터 얇았지만
취한 얼굴의 연지처럼 유난히 검붉네
늦게 핀 것은 봄의 신의 배려가 후한 것
늦게 지게 하니 한 낮 봄의 한가로움 즐기네
흥분해서 오사모 가득 모란을 꽂았으니
술 먹고 희끗한 머리가 원통해서가 아니라네

十首新詩換牡丹　　故邀春色入深山
禦袍黃粉天然薄　　醉臉胭脂分外殷
開晚東君留意厚　　落遲晴晝伴春閑
狂來滿插烏紗帽　　未擬尊前感鬢斑

◇ 동군東君 : 봄의 신.
◇ 어포황禦袍黃 : 모란의 품종.
◇ 오사모烏紗帽 : 관복에 쓰던 모자.

❖

이 시의 원래 제목은 '진기지가 왕면지의 모란에 사례하다 和陳器之謝王沔池牡丹'이다. 여기에서 지은이는 열편의 시와 바꾸어 구한 모란을 보며 매우 흡족해 한다. 그렇게 구한 모란을 자신의 모자의 여기저기에 꽂아본다. 남의 눈을 의식한 듯 희끗한 머리를 가리려고 그렇게 한 것이 아니라고 말하고 있는데, 세월에 대해 가볍게 대처하고자 하는 그의 재치가 돋보인다.

모란

牡丹

장뢰張耒

모란의 예쁜 자태 꽃무늬 비단 주머니
아마도 선상의 곁에서 불법 듣는 것 같네
고요한 가운데 홀로 불법의 깨달음 있어
오직 정토의 향기가 코끝을 찌르네

天女奇姿雲錦囊　　故應聽法傍禪床
靜中獨有維摩覺　　觸鼻惟聞淨戒香

◇천녀天女 : 보살에게 꽃을 뿌리는 여인.
◇선상禪床 : 승려가 설법할 때 올라앉는 법상.
◇유마維摩 : 보살의 이름. 또는 유마힐維摩詰.
◇정계淨戒 : 오덕五德의 하나. 부처의 청정한 계행戒行.

❖

불교의 이야기, 인물, 용어를 통해서 모란의 색깔, 향기, 자태를 묘사하고 있어 불교 색채가 드러난 작품 중 하나이다. 모란의 피고 지는 이치가 자연의 순리를 그대로 보여주는 것이기에 모란을 보고 있는 것은 마치 불법을 듣는 것과 같고, 모란꽃의 향기는 불국정토의 향기인 듯하니 꽃으로서 최고의 칭송이라 할 수 있을 듯하다. 모란의 자태 또한 선승禪僧에 비유하여 더욱 고풍스럽게 표현하고 있다.

백모란
白牡丹

섭인葉茵

모란의 종이 나뉘어 권세가에 들어가니
위자와 요황이 교만하여 스스로 뽐내는구나
희고 깨끗한 안색 그대로 간직하여
맑기가 매화와 같다네

洛陽分種入侯家　　魏紫姚黃謾自誇
素質不爲顔色汙　　看來淸得似梅花

◇ 낙양洛陽 : 낙양의 꽃. 모란.
◇ 요황姚黃 : 모란.
◇ 위자魏紫 : 모란.

❖

뭇 꽃들 중에 모란은 부귀화로 불리어 화려하고 품위를 지니고 있는 꽃으로 각광을 한 몸에 받고 있다. 그 중에 '위자'와 '요황'은 더욱 화려하여 모란의 대명사처럼 불리게 되니 마치 교만함이 극에 달하여 그 위상을 뽐내는 듯하다. 그러나 화려한 가운데 희고 깨끗한 안색을 간직하여 매화처럼 맑음을 노래하고 있다.

화위도대모란
和魏都大牡丹

원보袁甫

처음에 요황 한두 가지를 놓아두고
곧 위자를 보니 품격 더욱 기이하네
조물주께서 아마 머물게 두어
내 시렁 가득 술과 짝하게 한 것인가

初放姚黃一兩枝　　旋看魏紫格尤奇
天公似欲留連住　　伴我酴醾滿架時

◇ 위도魏都 : 지명.
◇ 요황姚黃 : 모란.
◇ 위자魏紫 : 모란.
◇ 천공天公 : 만물의 주재자.

❖

'요황姚黃'과 '위자魏紫'는 각각 황색과 붉은 색을 가진 모란
의 일종으로 모란의 대명사로 쓰이기도 한다. '요황'과 '위자'의
빼어나고 아름다운 자태를 직접 대하며 술잔을 기울이니 술에
취한 흥취는 배가 된다. 이에 조물주가 모란을 만든 이유를 들
어 술과 짝하기 위함이라고 읊고 있어 극히 주관적이면서도
간결하여 그 시적 재미를 더하고 있다.

모란
牡丹

노매파盧梅坡

옥난간 사방으로 모란꽃 호위하니
한 때 풍류 낙양과 같았다네
깊은 정원에서는 사슴 쫓을 필요 없지만
벌과 나비 몰래 향기 훔쳐갈까 근심하네

玉欄四面護花王　　一段風流似洛陽
深院不須驅野鹿　　只愁蜂蝶暗偸香

◇ 옥란玉欄 : 옥석으로 만든 난간. '난간'의 미칭美稱.
◇ 봉접蜂蝶 : 벌과 나비.

❖

화려한 난간은 사면으로 모란꽃에 둘러싸여 있어서 이곳의
풍류도 낙양 못지않은 장관을 이루고 있음을 상상해볼 수 있
다. 울창하고 깊은 정원에는 모란꽃이 즐비하여 사슴도 놀러
오고 벌과 나비도 찾아든다. 마지막 '벌과 나비 몰래 향기 훔
쳐갈까 근심하네'의 구절은 인색할 필요 없는 인색함을 드러낸
것으로, 작가의 사물에 대한 애착이 강하게 반영되어 있다.

모란

牡丹

임사任斯

해 저물어 드리운 발에 봄날은 길고
맑은 하늘 모란 향에 취해있네
만월과 같은 모란 자세히 보니 천연스레 밝아
요씨 집안 화려한 금장식 필요치 않네

日落簾垂春日長　　懶晴天氣牡丹香
細看月面天然白　　不必姚家宮樣黃

◇ 월면月面 : '만월滿月'과 같은 얼굴을 형용. 모란.
◇ 요가姚家 : 모란이 핀 요씨의 집.
◇ 궁양宮樣 : 황궁 중에 유행하는 장식, 의복, 도구 등의 양식.

❖

모란꽃을 보며 한가로운 정서를 읊은 시이다. 석양이 서서히 자취를 감추니 발을 반쯤내리고, 집 앞 정원의 모란을 들여다보니 그 향기 또한 석양처럼 서서히 코끝을 자극한다. 만월과 같은 모란의 모습이 밝고 아름다워 더 이상 장식이 필요 없음을 묘사하고 있다.

청명

清明

사달조史達祖

한식에 꽃비가 지나가니
버들가지 끝 봄추위에 오히려 아픈 것 같구나
진관은 오늘로 연기 끊어지자
맑게 드러난 하늘에 모란을 보네

一百六朝花雨過　　柳梢猶爾病春寒
晉官今日炊煙斷　　竝著新晴看牡丹

◇ 일백육조一百六朝 : 한식寒食의 별칭.
◇ 화우花雨 : 꽃이 만발할 때 내린 비.
◇ 춘한春寒 : 음력 2월경의 이른 봄 추위.
◇ 신청新晴 : 막 맑아진 하늘.

❖

이 시의 제목인 '청명清明'은 24절기 중의 하나에 속하기도
한다. 이 청명은 한식날과 같은 날에 들거나, 하루차이가 나기
도 한다. 한식날 내리는 봄비에 버들가지 하늘 아래 핀 모란의
모습을 읊은 시이다. 완연한 봄기운 가득한 날에 맞추어 왕성
한 버들가지가 때 늦은 꽃샘추위에 웅크리고 있다. 한식이라
굴뚝에 연기가 멈춰 더욱 냉랭하지만 오늘따라 유독 청명한
하늘이 그 냉랭한 마음을 누그러트려주고, 그 아래 핀 모란의
빛깔이 선명하니 그 기분 또한 상쾌해진다.

폐원견모란황색자
廢苑見牡丹黃色者

왕원량汪元量

서원에는 병란 후에 풀이 황량한데
정자 북쪽엔 여전히 모란은 남아있네
맑은 날 따스한 바람에 그 자태 드러내놓고
누구를 위하여 향기를 내는고

西園兵後草茫茫　　亭北猶存禦愛黃
晴日暖風生百媚　　不知作意爲誰香

◇망망茫茫 : 희미하고 어둑하여 황량한 모양.
◇어애황禦愛黃 : 모란.
◇백미百媚 : 사람의 마음을 호리는 온갖 아름다운 자태. 모란.

❖

　금나라가 멸망하고 원나라의 등장으로 남송은 150년 만에 막을 내리게 되는데 지은이는 남송 사람으로 여러 지방을 떠돌아 다녔기 때문에 생몰년은 알 수 없지만, 시는 강개하여 기절氣節이 있고, 망국의 상황 속에서 벌어진 일들을 많이 담아 시사詩史로 불리기도 한다. 그래서인지 이 시도 망국의 상황에서 황폐한 정원에 핀 향기로운 모란을 바라보며 쓸쓸한 정서를 표출하는 듯하다. 심지어 맑은 날 따뜻한 바람에 고운 자태를 뽐내고 또 진한 향기를 내품는 모란을 보면서 눈은 즐겁지만 마음은 무엇인가 허전한 심사를 토로하고 있다.

모란
牡丹

석택린釋擇璘

동군이 힘껏 모란을 재배하니
묘절한 곧은 자태 속기 없네
아 내가 한 번 보니 몽환과 같아서
꽃 때문에 와서 난간에 기대는 게 아니네

東君著力爲渠栽　　妙絶眞姿不受埃
嗟我一觀如夢幻　　倚欄非爲愛花來

◇동군東君 : 봄의 신.
◇착력著力 : 힘을 쓰다.
◇묘절妙絶 : 더할 수 없이 정묘함.

❖

봄바람에 만물이 생동하는 것은 자연의 이치이다. 그 중에 모란은 유독 화려하여 작자를 사로잡는다. 봄날 따스한 기운에 피는 모란을 보면서 그 곧고 깨끗한 자태에 정신이 아련해진다. 작자는 수행하는 스님인지라 난간에 기대어 구경하면서 화려한 모란을 사랑하는 것은 아니라는 부정을 통해 강한 긍정을 끌어내고 있다.

유여산
遊驪山

장유張俞

옥제의 누각 앞은 푸른 노을에 잠겨
해를 마치도록 모란의 싹을 배양하네
들 사슴이 담 넘어 와도 막지 않고
도처에 모두 궁중 제일화이네

玉帝樓前鎖碧霞　　終年培養牡丹芽
不防野鹿逾垣入　　街出宮中第一花

◇옥제玉帝 : 옥황상제.
◇종년終年 : 일년 내내.

❖

이 시는 여산을 유람하며 쓴 것이다. 인간세계가 아닌 평화
로운 풍경을 묘사하고 있다. 노을 비낀 여산의 누각 앞에서는
일 년 내내 모란을 재배하고, 들 사슴은 사람이 막지 않아 담
을 넘나든다. 자연과 인간이 평화롭게 공존하는 모란의 무릉
도원을 연상케 한다.

모란
牡丹

장순민張舜民

지난 해엔 기로에서 늦봄을 만나
생황소리 가득한 정원에서 모란 감상했지
지금 두릉엔 수만 꽃송이 늘어져있는데
도리어 눈물 떨구어 난간을 씻는구나

去年岐路遇春殘　　滿院笙歌賞牡丹
今歲杜陵千萬朶　　却垂衰淚灑闌幹

◇ 춘잔春殘 : 봄의 끝 무렵.
◇ 두릉杜陵 : 중국의 지명.
◇ 쇠루衰淚 : 늙어서 기력이 다해 흘리는 눈물. 노루老淚.

❖

　지난 해에 만난 모란과 올해 보는 모란은 똑같은 모란이지
만 작자의 처지와 상황이 달라 느끼는 소회가 다르다. 지난 해
에는 연회를 베풀고 즐겁게 모란을 완상하였는데, 올해는 모
란을 앞에 두고 노쇠한 눈물을 떨어져 난간을 적신다고 하여
서글픈 정서를 드러내고 있다.

모란
牡丹

허급지許及之

모든 꽃들 아름다움 다투고
꽃 피니 비로소 봄이 왔구나
일년 중 부귀한 봄날에
만물이 사람을 압도하네

衆卉從爭媚　　花開始是春
一年春富貴　　造物太於人

◇중훼衆卉 : 뭇 꽃들.
◇조물造物 : 천지 만물.

❖

따스한 봄날에 온갖 꽃들이 앞 다퉈 아름다움을 뽐내 꽃을
피우는 모습을 보며 감회를 읊은 시이다. 길었던 겨울이 가고
따스한 봄기운이 가득해지니 모든 만물이 움츠러들었던 기운
을 펴고, 온갖 꽃들도 일제히 자태를 뽐내며, 앞 다퉈 꽃봉오
리를 터트린다. 화려한 봄날의 훌륭하고 장대한 광경을 간결
한 필치로 묘사하고 있다.

의진태수소간모란

儀眞太守召看牡丹

구준 丘濬

조물주가 어인 일로 정을 더 주어
이 꽃만 크고 예쁘게 피웠는고
귀족들은 심고 싶어도 남은 땅이 없건만
가난한 백성들은 살 돈도 없어
새벽 난간에 세상 향기롭게 앞 다투어 피면서
밤 난간에 누구와 취한 인연을 맺었는고
알아야 하리 촌락에 뽕나무 심고 김매는 곳에는
농부는 주린 채로 밭 갈고 아내는 잠 못 이루는 것을

何事化工情愈重　偏教此卉大妖姸
王孫欲種無餘地　顔巷安貧欠買錢
曉檻競開香世界　夜闌誰結醉因緣
須知村落桑耘處　田叟饑耕婦不眠

◇화공化工 : 하늘의 조화로 이루어진 묘한 재주.
◇안항顔巷 : 공자의 제자인 안회가 살던 마을.
◇야란夜闌 : 밤이 점차 저물어 지는 때.
◇상운桑耘 : 농사.

이례적으로 당시 사회의 풍조를 비판하고 있는 내용이다. 귀족들은 화려한 모란으로 치장하기 바쁜데, 과연 그러한 귀족들은 백성들의 고통을 제대로 알고 있는가라는 마지막 구절을 통해 귀족과 백성의 대비되는 삶의 모습을 여실히 잘 보여주는 작품이다. 세상에는 모란과 같은 화려함 뒤에 배 주리고 잠 못 이루는 서민의 꽃이 있음을 알아달라고 호소하고 있다.

모란
牡丹

대병戴昺

너무나 묘하고 신기해 다듬고 다듬었더니
아름답고도 아름답게 무리를 이루었구나
세상에 윤회한 요녀의 혼백이던가
하늘서 귀양 온 선녀의 그것인가
잎새는 바람에 따라 간드러지듯 말하고
꽃 붉기가 한창일 때라 꺾기도 곤란해
동군이 모란을 초봄에 피게 했다면
아마도 다른 꽃들은 부끄러워 피지도 못했겠지

萬巧千奇費剪裁　　瓊瑤錦綉簇成堆
世間妖女輪回魄　　天上仙姬降謫胎
笑臉倚風嬌歡語　　醉顔酣日困難抬
東君若使先春放　　羞殺群花不敢開

◇경요瓊瑤 : 아름다운 옥.
◇요녀妖女 : 요사스러운 모습의 여인.
◇태태胎 : 원형. 바탕. 모태.
◇동군東君 : 봄의 신.

❖

이 시는 백묘白描의 기법을 이용하여 모란화의 청려하고 출중한 자태를 묘사한 작품이다. 작품 중에 '하늘에서 귀양 온 선녀'와 '동군이 모란을 초봄에 피게 했다면 아마 다른 꽃들은 부끄러워 피지도 못했겠지' 등에서 모란의 진귀함에 대한 표현이 돋보인다.

관낙성화정요부선생
觀洛城花呈堯夫先生

장민張岷

평생 꽃을 좋아 했지만
사방에 찾아보아도 진짜배기는 못 만났지
그래 세상에는 순수한 빛깔 없다 여겼는데
오늘 아침 낙양의 봄빛을 처음 보았지 뭐요

平生自是愛花人　　到處尋芳不遇眞
只道人間無正色　　今朝初見洛陽春

◇ 정색正色 : 순수한 빛깔.
◇ 낙양춘洛陽春 : 낙양에 핀 모란.

시적 화자의 경험을 통해 담담한 필치로 모란의 아름다움을 극대화한 작품이다. 우리는 늘 '도道'를 찾아 헤맨다. 도는 어디에나 있지만 '아, 이것이 도이구나'라는 느낌이 다가오는 도는 쉽게 찾을 수 없다. '세상에는 어떤 절대적인 도가 없구나'라고 생각하는 순간 도가 다시 우리 앞에 나타나는 이치와 같다. 마지막 구절에 '금조今朝'라는 어구가 시적 화자의 독백을 뒷받침하여 사실감을 더하고 있다.

대목사모란
大目寺牡丹

진복陳宓

행인이 어찌 광인만 못하랴
귀양 온 신선이 비단옷 입었네
낙양의 모란 자태 알고자 하여
천리 길을 지나 유양에 이르네

行人那得不如狂　　謫下仙眞衣錦裳
要識洛陽姚魏色　　煩君千裏到維揚

◇ 선진仙眞 : 선인仙人.
◇ 요위姚魏 : 요황과 위자. 모란.
◇ 유양維揚 : '양주揚州'의 별칭.

❖

　모란을 통해 관직 생활과 은둔 생활을 대비적으로 표현하고 있다. 모란은 원래 화려하고 부귀를 상징하는 도시의 관직생활에 해당한다. 작자는 모란으로 유명한 낙양에 가서 과연 관직생활이 은둔생활보다 못한 것인지 확인하고 싶어 한다. 지금이나 예전이나 여전히 도시는 대부분의 사람에게는 선망의 대상이라고 할 수 있으나, 시골생활보다 나은지는 여전히 알 수 없다.

오월모란

五月牡丹

장종章宗

낙양 곡우 때엔 천엽모란 붉었는데
고개 너머 입하의 꽃은 옥과 같네
지력으로 자라는 것 달라질 수 있으나
하늘의 조물주는 본래 사사로움이 없네

洛陽穀雨紅千葉　　嶺外朱明玉一枝
地力發生雖有異　　天公造物本無私

◇ 주명朱明 : 입하 절기.
◇ 곡우穀雨 : 24절기의 하나.

❖

이 시의 원래 제목은 '운용천 태화전의 오월의 모란雲龍川泰和殿五月牡丹'이다. 시기에 따라 종류에 따라 다채롭게 변하는 모란꽃의 모습을 통해 자연의 이치를 말하고 있다. 모란은 지력으로 인해서 크기도 다양하며, 꽃의 빛깔 또한 다양하다. 그것은 조물주의 사사로운 감정에서 온 것이 아니라 자연의 이치일 뿐이다.

구양공모란시
歐陽公牡丹詩

구양현歐陽玄

젊을 적 낙양에서 자주 노닐고
만년에 은둔의 삶 즐겨 취옹이라 불렸지
백발이 되어 옥당에 돌아오니
어전 뒷 뜨락의 모란은 여전하네

盛遊西洛方年少　　晚樂漁樵號醉翁
白首歸來王堂署　　君王殿後見輕紅

◇ 어초漁樵 : 은둔자의 생활.
◇ 취옹醉翁 : 구양수歐陽脩의 자호自號.
◇ 정홍輕紅 : 모란.

❖

젊을 적 낙양에서 노닐고, 만년에 운둔의 삶을 고집하여 스스로 취옹의 삶을 살았던 자신의 삶을 되돌아본다. 세월은 강산도 변하게 하지만 모란은 변함없이 아름다운 자태를 간직하고 있다. 변함없는 모란의 모습에 비해 자신은 어느덧 세월의 흔적을 고스란히 받아 백발의 노쇠함을 새삼 느낀다. 속절없이 흐르는 세월 앞에서 당당한 사람이 얼마나 될까?

모란

牡丹

인백란印白蘭

꽃과 잎마다 낙양의 신비로움 모았는지
아름다운 기운 떠돌아 아스라한 봄이로세
이상하게도 붉은 꽃들 모두 고개 떨구니
바람이 모란에 불어서이네

花花葉葉朵亳神　　窈窕行雲縹渺春
怪得紅顏齊俯首　　天風吹下衛夫人

◇박신亳神 : 중국의 옛 도시인 하남의 상구와 낙양지역을 높여 부름.
◇요조窈窕 : 요조숙녀窈窕淑女.
◇위부인衛夫人 : 모란.

꽃

작자는 봄의 싱그러운 기운이 모란에 모였다고 말하며, 봄의 대표적인 꽃으로 모란을 지적하고 있다. '바람이 찾아오니 모란이 고개를 떨군다'는 표현을 통해 시가 한층 신선해지고 맑아지는 느낌이다. 또 '위부인衛夫人'은 춘추시대 위령공의 부인 '남자南子'를 가리킨다. 여기에서는 모란의 아름다움을 빗대어 말한 것이다.

모란

牡丹

운수평惲壽平

세상에 제일가는 향기런가
진한 향 보통이 아니구나
누대 곳곳마다 곱기도 하니
마음껏 즐기는 성안 사녀들
운하라도 드리운 듯한 섬돌엔
옷보다 어여쁘게 수놓은 비단들
우스워라 하의 입은 길손은
날마다 붓질로 바쁘니 말이네

人間第一香　　穠重不尋常
幾處亭台麗　　傾城士女狂
雲霞擁階砌　　錦繡壓衣裳
卻笑荷衣客　　朝朝彩筆忙

◇운하雲霞 : 붉게 물든 노을, 모란.
◇계체階砌 : 계단.
◇금수錦繡 : 비단, 여기서는 모란을 가리킨다.
◇하의荷衣 : 연꽃 옷, 곧 소박한 차림.

❖

　모란의 향기로 시상을 일으킨 뒤 자신의 처지와 대비를 보인 시이다. 섬돌 가에 피어난 아름다운 모란을 읊고 있다. 하의객荷衣客은 작자 자신을 가리키는 말이다. 날마다 그림 그리느라 바쁜 모습을 나타내고 있다.

전선절지모란

錢選折枝牡丹

왕사진王士禛

바구니에 꺾은 가지 역말로 바쳤으니
낙양 모란이 궁에 들어갈 때부터였지
영가 물가에도 많았을 응당 많았을 터
사객은 일찍이 오언시도 읊지 않았다니

驛騎筠籠進折枝　　洛陽金粉入宮時
永嘉水際知多少　　謝客曾無五字詩

◇ 전선錢選 : 원나라 시대의 화가 겸 시인.
◇ 역기균롱驛騎筠籠 : 북송 시대에 역참에 있는 말들은 노란 색 모란과 자
　색 모란 몇 송이를 싣고, 서경인 낙양에서 동경인 개봉까지 운송했다
　는 고사.
◇ 낙양금분洛陽金粉 : 낙양모란.
◇ 영가永嘉 : 지명 구양수歐陽脩의 〈낙양 모란기·화석명 洛陽牡丹記·花釋
　名〉 중에 "사령운謝靈運이 영가永嘉에는 대숲이나 물가에 모란이 많다
　고 말했다."고 하였다.
◇ 사객謝客 : 동진東晉의 시인 사령운謝靈運. 강락공을 하사해서 '사강락' 또
　는 '객아客兒'라고도 함.

❖

이 시는 전고 두 가지를 통해 꽃과 관련된 이야기를 전한다. 송나라 시대에는 낙양에 모란을 바쳤다는 사실과 동진東晉에 이미 생겼던 모란과 관련된 전고를 들고 있다. 작자는 모란을 음영하는 것을 통해 옛 시절을 그리워하고 있다.

홍모란도
紅牡丹圖

화암華嵒

빈집의 촌로는 글자를 모르니
시책은 반자 높이로 베고 자는 것일 뿐
가끔씩 아내더러 술상 차리라 하여 마시니
취중에 그린 꽃이라 꽃마저 취하였구나

虛堂野老不識字　　半尺詩書枕頭睡
閑向家人索酒嘗　　醉筆寫花花亦醉

◇ 허탕虛堂 : 빈 집.
◇ 색索 : 구하다.

❖

소박한 촌노가 등장하니 시가 무척이나 친근하게 다가온다. 이어지는 촌노의 일상은 낯설거나 거부감이 없다. 촌노에 어울리는 아내가 등장하고 차려 내오는 단촐한 술상이 정겹기 짝이 없이 상상된다. 촌노가 흥에 겨워 그린 모란, 술에 취해서일까 붉다. 그래서 홍모란이다.

모란도

牡丹圖

고봉한高鳳翰

짙은 향 이슬 젖은 채 벌렸다 오므리고
고운 모습 안개에 싸여 은은도 하거니
흡사 막 연회를 끝낸 서시이거나
옥난간에 기대있는 허비경 같네 그려

幽香浥露醒還睡　　豔魄籠煙淡轉清
絕似西施初罷筵　　玉欄倦倚許飛瓊

◇읍浥 : 젖다.
◇서시西施 : 중국 월越나라 미녀, 중국 4대 미녀 중 한 사람.
◇허비경許飛瓊 : 선녀의 이름. 서왕모의 시녀.

❖

　모란의 자태를 중국의 4대 미녀로 불리는 서시에 비겼다. 서시는 가느다란 허리에 늘 미간을 찌푸리는 모습을 보이며 호리호리한 신체였다고 한다. 여기서 서시를 들고 나오고 허비경을 들먹인 것은 아마도 모란의 맑고 고운 이미지를 강조하기 위함일 것으로 보인다. 모란과 양귀비가 자주 비유되는 까닭은 그 풍만함의 유사성에 있어서 그렇다.

제모란화

題牡丹畫

이선李鱓

난간 가득한 향기에 집안도 봄기운 넘치는데
서늘한 저녁 바람에 비스듬이 기대선 저 모습
괜히 요자와 다투며 부귀를 자랑하려고
가까운 섬돌 앞에다 잡 모란을 심었네 그려

香滿闌幹春滿堂　　洞天斜倚晚風涼
漫誇富貴爭姚紫　　也傍階前種紫黃

◇동천洞天 : 도교 중에는 신선들은 사는 곳.
◇만과漫誇 : 부질없이 자랑하다.
◇요자姚紫 : 요황姚黃과 위자魏紫. 모란의 일종으로 목단지관牧丹之冠이라
　　　한다.
◇자황紫黃 : 모란의 범칭.

✤

　모란이 부귀의 꽃으로 상징된 이유가 여럿 있을 터이다. 앙
상한 겨울 뒤에 찾아온 봄, 그 봄날에 빨간 색깔에 큼직한 꽃
봉오리는 분명 신세계를 연상하게 했을 것 같다. 거기에 양귀
비라는 푸짐한 여인의 자태와 그를 사랑한 황제 현종, 그래서
모란은 일약 중국인의 마음을 사로잡았고, 거기에 시인들이
덩달아 찬사를 마지않았던 것이 이유 중의 하나일 수 있을 것
이다.

제모란도
題牡丹圖

이선李嬋

붉디붉은 빛깔에 곱디고운 자태로
짧게 피는 명화가 눈앞에 있건만
다 내 붓끝에서 부귀함 달렸으니
저 하늘 꽃 지는 바람을 걱정하리야

十分顔色十分紅　　頃刻名花在眼中
富貴都憑吾筆底　　不愁天放落花風

◇ 경각頃刻 : 매우 짧은 시간.
◇ 낙화풍落花風 : 꽃을 지게 하는 바람.

❖

화무십일홍花無十日紅이다. 제 아무리 아름다운 꽃이라도 그 수명이 길지 않다는 말인데 이는 권력이나 부귀 등 인간사에 두루 인용되는 말이 되었다. 꽃이 피면 비와 바람이 오기 마련이고, 달은 기우는 게 세상사 이치란다. 달이 둥글면 꽃이 지고 비바람도 잘 오지 않은 것을 보니 세상은 유한해서 공평하고, 그래서 한번 살아볼 만한 가치가 있는 것 아닌가? 화가의 손에서 핀 꽃은 영원하다는 저 말 여운이 깊다.

모란장개
牡丹將開

조익趙翼

늙어 갈수록 풍취는 되레 쉽게 생기니
꽃 가꾼답시고 아침나절 애만 썼구나
시렁 가린 장막일망정 금옥에 필적하니
서생이 아교 감춘 듯 쑥스럽기만 하구나

老去風情尙易撩　　護花心力費連朝
一棚布幔當金屋　　慚愧書生貯阿嬌

◇ 만幔 : 천막, 장막.
◇ 요撩 : 다스리다. 취하다.
◇ 금옥金屋 : 금으로 장식한 집, 금 방에 미인을 숨긴다는 '금옥장교金屋藏
　嬌'의 고사. 한 무제漢武帝가 어릴 적에 자기의 고종매姑從妹 되는 진아
　교陳阿嬌와 함께 놀면서 매우 친애하였다. 고모가 묻기를, "아교를 배
　필로 삼으면 어떻겠는가." 하니 무제가, "정말 아교와 배필이 된다면
　금옥金屋에 감추어 두리라." 하였다. 과연 진아교는 후일에 진황후陳皇
　后가 되었다.

❖

이 시의 원래 제목은 '모란장개牡丹將開, 작포만호지作布幔護之, 희제戲題 : 모란이 장차 피려할 때, 장막을 펴 보호하고서 장난삼아 지었다.'이다. 모란을 장막으로 보호하는 것은 매우 일반적인 일이지만, 이 시의 작자는 장막에서 금옥을 떠올리며 시심을 일으켰다. 꽃 애호가와 "금 방에 미인을 숨기다金屋藏嬌"를 연결해서 재미있는 시를 만들었는데, 작자의 성향을 잘 드러내고 있다.

모란
牡丹

서위舒位

꽃구경 할수록 지는 게 아쉬운데
부질없는 것은 부귀 신선의 일이라
채필 전한 꿈엔 미치지 못하지만
그림 남긴다면 자손은 보겠지 뭐

賞花取次惜花殘　　富貴神仙事渺漫
不及夢中傳彩筆　　尙能留到子孫看

◇ 취차取次 : 마음대로.
◇ 묘만渺漫 : 묘망하다. 전혀 실현되지 못한 일.
◇ 채필彩筆 : 양梁나라 때 강엄江淹이 젊어서 문장으로 크게 이름을 떨쳤었
　　는데, 한번 야정冶亭에서 잠을 자다가 꿈을 꾸었는바, 꿈에 한 장부가
　　나타나 곽박郭璞이라 자칭하면서 "내 붓이 그대에게 가 있은 지 여러
　　해가 되었으니, 이제는 돌려줘야겠다." 하므로, 강엄이 자기 품속에서
　　오색필五色筆을 꺼내 주었더니, 그 후로는 재주가 떨어져서 시를 지어
　　도 미사여구가 전혀 없었다는 고사에서 온 말이다. 『양서梁書 권卷14』

꽃의 생명은 턱없이 짧기만 하다. 아무리 예쁜 모란일지라도 예외는 아니다. 그러니 모란을 그리면 여전히 후세에 남겨 볼 수 있을 것 아닌가? 부귀를 바라고 신선을 흠모하는 것은 허망한 일이다. 차라리 아름다운 꽃 그림을 그려서 후세에 남기는 게 의미 있다는 말을 하고 있다.

잡영모란두록

雜詠牡丹豆綠

조신趙新

못 꽃이 진 뒤 기이한 향 토해내니
녹운 두른 채 향환을 높이 말았구나
인간의 치장이라는 걸 끊고 보니
먼 산 같은 눈썹 탁문군이 떠오르네

群芳卸後吐奇芬　　高挽香鬟擁綠雲
謝絶人間脂粉氣　　遠山眉黛想文君

◇환鬟 : 부녀자의 머리 장식. 모란의 모습을 형용.
◇녹운綠雲 : 부녀자의 예장용 관의 하나. 연두색 모란의 꽃부리. 모란의
　　모습을 형용.
◇지분脂粉 : 연지와 향분. 부녀자의 화장용품.
◇미대眉黛 : 눈썹.

❖

이 시의 원래 제목은 '모란 두록을 읊다雜詠牡丹豆綠'이다, 두록豆綠이란 연두색 모란꽃을 가리킨다. 탁문군卓文君은『사기史記』〈사마상여열전司馬相如列傳〉에 한대漢代 임공臨邛의 부자였던 탁왕손의 딸로 탁문군이라는 아름다운 여인이 있었는데, 젊은 시절 과부가 되었다. 사마상여가 거문고를 타서 그녀를 꼬드겼기 때문에 밤에 상여를 따라가 부부가 되었다는 이야기가 전한다.

목작약

木芍藥

이규보 李奎報

향그런 이슬 소야거에 젖었는데
가지 하나 새벽 바람에 흔들린다
금원의 도리는 무색케 하지만
유독 너만 해어화에 맞섰구나

香露低霑炤夜車　　一枝輕拂曉風斜
禁園桃李渾無色　　獨敵宮中解語花

◇ 목작약木芍藥 : 모란.
◇ 소야거炤夜車 : 당 현종이 타던 수레. 양귀비가 보련步輦으로 그 뒤를 따랐다.
◇ 금원禁園 : 궁중의 정원. 어원御苑.
◇ 도리桃李 : 뭇 꽃들을 지칭한다.
◇ 해어화解語花 : 양귀비를 가리킨다.

    복숭아와 오얏나무는 양귀비에 맞서 그 색을 잃지만 모란만
은 해어화解語花인 양귀비에 필적한다고 묘사하고 있다. 『이백
집李白集』 서문에 "개원開元시대에 목작약을 좋아하여 침향정
앞에 심었는데, 꽃이 만발하자 임금은 소야거를, 귀비는 보련
步輦을 타고 구경했다."하였고, 또 『천보유사』에 임금이 귀비
를 가리켜 "말할 줄 아는 꽃이다."라고 한 구절이 있다.

우중간모란

雨中看牧丹

이숭인李崇仁

지탱할 힘마저 없는 듯 아리따운 자태
방긋 웃는 뺨은 술이 아직 덜 깬 듯
붉은 화장 비에 젖어도 상관 않으니
원체 철없어서 가련키만 하구나

嬌嬈無力任支撑　　笑臉初開尙宿酲
雨濕紅粧終不管　　憐渠元自大憨生

◇숙정宿酲 : 이튿날까지 깨지 아니하는 취기. 숙취宿醉.
◇홍장紅粧 : 붉게 핀 꽃.

꧁

의인법을 통한 묘사가 눈에 든다. 종래의 모란 이미지와는 달리 청순하고, 단아하다 못해 깜찍하고 여린 인상으로까지 표현하였으니, 자못 인상적인 작품이라 하겠다. 천진난만하면서도 봄바람에 휘청거리는 여리고 순수한 모란의 모습, 술이 아직 덜 깬 듯한 모습이라는 표현 등이 한국과 중국을 넘나드는 시인의 공통 정서라는 생각에 웃음이 스르르 흐른다.

모란

牧丹

서거정徐居正

봄날 조물이 남은 봄 걷어가 버리니
오늘의 운치는 모란에 붙일 수밖에
무심히 처처에서 사람 맘 움직이니
낮잠 깨어 난간 기대면 이해할거네

東君捲却一春殘　　當日風流屬牧丹
欲識無心動人處　　午醒初解憑闌干

◇ 동군東君 : 봄의 신.
◇ 난간闌干 : 난간欄干.

봄을 주관하는 동군 곧 봄날의 조물주가 봄의 끝자락마저 걷어가 버렸으니 그나마 남은 봄의 운치는 모란에게서 느낄 수밖에 없다는 것을 앞에서 드러내고 있다. 뒤에서는 대상의 직접적 드러남 없이 은근하면서도 강렬한 느낌을 전달해 주는 점이 인상적이라 하겠다. 낮잠을 막 깨고 난간에 기대어 보면 그 앞에 모란이 보이는 정황이 연상되면서, 설핏 잠에서 깬 눈에 보이는 모란의 풍요롭고 화려한 모습이, 시적화자인 나에겐 그저 감동 그 자체로 느껴진다. 아, 그래 봄이 아직 남아 있었구나……

모란
牧丹

임억령 林億齡

모란꽃 피니 숲을 환히 비추는 듯
온갖 꽃들은 그만 아래로 보이네
그저 바람에 떨어지면 어쩌나 하여
아이더러 술 한 잔 올리라 하였네

名花照林下　　萬紫摁輿臺
只恐風吹盡　　敎兒進一杯

◇ 여대輿臺 : 하인을 뜻함.
◇ 교敎 : 하여금, 시켜서.

❖

　모란이 꽃들의 왕, 화왕花王임은 조선의 선비 사회에서도 그렇게 통용된 사유였나 보다. 화왕의 종말은 봄바람이 좌우하는 것, 그런 봄바람이 불면 꽃잎이 시들고 떨어져 버릴까 걱정이 된다. 화왕의 날개, 꽃잎이 지기 전에 오래 붙들고 감상하고자 하는 마음이 눈에 선하다. 그래서 아이에게 술 한 잔 올리게 한다. 모란 꽃 아래서 한 잔의 술을 생각하는 것은, 고금시인들의 한결 같은 마음인 것 같다.

Peonies

Mary Oliver

This morning the green fists of the peonies are getting ready
to break my heart
as the sun rises,
as the sun strokes them with his old, buttery fingers

and they open
pools of lace,
white and pink -
and all day the black ants climb over them,

boring their deep and mysterious holes
into the curls,
craving the sweet sap,
taking it away

to their dark, underground cities -
and all day
under the shifty wind,
as in a dance to the great wedding,

the flowers bend their bright bodies,
and tip their fragrance to the air,

and rise,

their red stems holding

all that dampness and recklessness
gladly and lightly,
and there it is again -
beauty the brave, the exemplary,

blazing open.
Do you love this world?
Do you cherish your humble and silky life?
Do you adore the green grass, with its terror beneath?

Do you also hurry, half-dressed and barefoot, into the
garden,
    and softly,
    and exclaiming of their dearness,
    fill your arms with the white and pink flowers,

with their honeyed heaviness, their lush trembling,
their eagerness
to be wild and perfect for a moment, before they are
nothing, forever?

모란꽃

메리 올리버

오늘 아침 모란꽃 초록빛 주먹들이 채비를 하고 있다
나의 마음을 빼앗아가려고
태양이 떠올라
태풍이 오래된 미끈한 손가락으로 꽃을 어루만질 때

그들은 연다
어여쁜 장식들을
하얗고, 분홍의 빛깔을
온종일 까만 개미들이 꽃을 타고 올라

깊고 신비한 구멍을 뚫고
비뚤어진 꽃잎에
달콤한 수액을 갈망하면서
그것을 가져 간다

어두운 지하의 그들의 도시로
그리고 온종일
무상한 바람을 타고
화려한 결혼식에 어울리는 춤을 추며

꽃들은 반짝이는 몸체를 기울여
대기에 그 향기를 전하고
빨간빛 줄기를,

일으킨다

온통 물기를 머금고 아무 생각 없이
즐겁고 경쾌하게,
다시 한 번 거기에
용감하고 우뚝 선 아름다운 꽃이 있다

활짝 타오르는
그대는 이 세상을 사랑하는가?
그대는 소박하고 비단결 같은 인생을 품고 있는가?
그대는 두려움이 깔린 녹색 초원을 찬미하는가?

그대는 반쯤 벌거벗고 맨발로 정원 안으로 서둘러가서
부드럽게
그들의 아름다움에 단성을 지르는가!
그대의 손에 하얗고, 분홍빛 꽃들을 한 아름 안고

달콤한 무게로 부들부들 떨면서
기꺼이
잠시 동안 거칠고 완벽하게 되려하는가
영원히 무가 되기 전에?

In The Time Of Peony Blossoming

Robert Bly

(Poem of the Day June 12
in The Time Of Peony Blossoming
by Robert Bly)

When I come near the red peony flower
I tremble as water dose near thunder
As the well does when the plates of earth move,
Or the tree when fifty birds leave at once

The peony says that we have been given a gift
And it is not the gift of this world
Behind the leaves of the peony
There is a world still darker, that fees many

모란이 필 때

로버트 브라이

빨간 모란꽃 가까이 가면
천둥소리에 물이 놀라듯 나는 떨린다

대지의 플레이트가 움직일 때 샘이 그러하듯이
혹은 쉰 마리의 새가 단번에 날아오를 때 나무가 그렇듯이

모란은 말한다 우리에게 선물이 주워졌다고
모란은 이 세상의 선물이 아니라고
모란 잎사귀 뒤편에
더 칠흑 같은 세상이 있어 많은 이의 힘을 북돋는다

▌작가 소개

▶ 미국작가

Mary Oliver

1935년 9월 10일 생
미국의 여류시인(베스트셀러 시인)
National Book Award (1992)
Pulitzer Prize (1984)

Robert Bly

1926년 12월 23일 생
미국의 시인 작가
National Book Award for Poetry (1968)

▶ 한국작가

서거정徐居正 1420~1488

조선초기의 문신으로 자는 강중剛中, 호는 사가정四佳亭인데 달성인이다. 1460
년 중국에 갔을 때 문명을 떨쳐 해동의 기재奇才라는 찬탄을 받았다. 『경국대
전』 찬수에 참여하고 『동문선』을 엮었으며 『동국여지승람』 등의 찬술에 참여
했다. 저서에 『동인시화』, 『태평한화골계전』 등이 있다.

이규보李奎報 1168~1241

고려 중기의 문신으로 본관은 황려黃驪(여흥), 자는 춘경春卿, 호는 백운거사白
雲居士 또는 지헌止軒, 삼혹선생三酷先生이다. 1189년에 사마시를 하고 이듬해
문과에 급제했다. 호탕 활달한 시풍으로 당대를 풍미했으며 만년에 불교에 귀
의했다. 저서에 『동국이상국집』, 『백운소설』 등이 있다.

이숭인李崇仁 1347~1392

고려 말기의 학자로 본관은 성주星州이며 자는 자안子安, 호는 도은陶隱으로 삼
은三隱의 한 사람이다. 공민왕 때 문과에 장원급제한 후 벼슬했다. 문장이 전아
典雅하여 중국 사람들도 탄복했으나 조선 개국 때 정도전의 원한을 사서 황거
정에게 살해되었다. 저서에 『도은집』이 있다.

임억령林億齡 1496~1568

조선 중기의 문신으로 자는 대수大樹, 호는 석천石川인데 선산인이다. 1525년에
식년 문과에 급제한 후 벼슬했다. 동생 백령이 을사사화에 연루되자 벼슬을 그
만두고 담양, 해남, 강진 등지에 은거하면서 많은 시문을 남겼다. 화순 동복의
도원서원 등에 배향되며 저서에 『석천집』이 있다.

▶ 중국작가

가구사柯九思 1290~1343

원나라의 서예가이자 화가인데 자는 경중敬仲, 호는 단구생丹丘生으로 절강 선
거仙居 사람이다. 가학家學을 이어 시와 그림에 뛰어났는데 묵죽墨竹은 북송의
문동文同의 법을 따랐다고 한다. 후에 호주죽파湖州竹派의 계승자가 되었다. 문
종의 총애를 받았으나 그가 죽자 강남을 떠돌았으며 박학하고 문장에 뛰어났
다. 산수와 화훼 등을 잘 그렸고 글씨는 구양순 형제의 서풍을 익혀 힘차고 세
련되었다. 〈독고본난정서獨孤本蘭亭序〉에 그의 발문이 있다.

강유위康有爲 1858~1927

중국 근대의 저명한 정치가, 사상가, 사회 개혁가, 서예가, 학자로 다른 이름은
조이祖詒요 자는 광하廣廈며 호는 장소長素, 명이明夷, 갱신更牲, 서초산인西樵山

人, 유자수遊存叟, 천우화인天遊化人 등으로 광동성 남해 사람이라서 사람들이 강남해康南海라 불렀는데 진사에 합격한 후 여러 벼슬을 했다. 권문세가 출신으로 대를 이은 유학자로서 이학에 밝았다. 무술변법戊戌變法의 영도자로서 저서에 『강자편』, 『신학위성고』 등이 있다.

강특립薑特立 ?~1192
중국 송나라 시인으로, 자는 방걸邦傑이다. 조여우趙汝愚의 추천으로 조정에 나아가게 되었는데 시 백편을 바쳐 벼슬을 제수 받았다. 저서로는 『매산고梅山稿』가 있다.

고기패高其佩 1672~1734
청나라 시인으로 자는 위지韋之, 호는 차원且園, 남촌南村, 파다頗多인데 철령鐵嶺 (지금 요녕성) 사람이다. 지두화指頭畵의 창시자이며 예술 재능이 출중했다. 시와 그림에 능했으며 정亭, 대臺, 루樓, 각閣, 인물人物, 화조花鳥, 어충魚蟲 그림에 뛰어났다. 필묵이 정밀하고 세밀하였으며 색을 씀에 화려했을 뿐만 아니라 정묘했다고 한다.

공규貢奎 1269~1329
중국 원나라 영국寧國 선성宣城 사람으로, 자는 중장仲章, 호는 운림雲林, 시호는 문정文靖이다. 10살 때 총명하여 글을 짓기 시작하였다. 글을 올려 예제禮制에 대해 논하니 조정에서 그 논의를 많이 채용했다. 저서로는 『운림집雲林集』이 있다.

곽말약郭沫若 1892~1978
현대 저명학자, 문학가, 원명 개정開貞, 필명 말약沫若, 곽정당郭鼎堂, 사천성 낙산樂山 사람, 1914년 도일 유학, 1919년 문학 작품 발표 시작, 1921년 신문학 단체인 창조사를 욱달부郁達夫, 성방오成仿吾 등과 결성, 1921년 공산당 가입 신중국 성립 후 전국문연주석全國文聯主席, 정무원 부총리, 중국과학원 원장 등을 지냈다. 중국 유명한 곳을 가노라면 곽말약이 쓴 현판이 더러 있다. 저서에 『곽말약전집』이 있다.

구양수歐陽脩 1007~1072
중국 송나라 노릉廬陵 사람으로, 자는 영숙永叔, 호는 취옹醉翁, 육일거사六一居

土, 시호는 문공文公이다. 문장은 도문합일道文合一을 주장하여 한유韓愈의 고문
운동 정신을 이어받았다. 저서로는『집고록발미集古錄跋尾』, 『필설筆說』, 『시필
試筆』등이 있다.

구양현歐陽玄 1273~1357

원나라 유양 사람으로 자는 原功, 호는 圭齋다. 張貫의 제자로 문명을 떨쳤다.
1315년에 진사가 되어 여러 벼슬 지냈는데 글씨를 잘 써서 전국의 명산대천과
사찰 道館, 왕공 귀인들의 묘비는 그의 손을 빌린 다음에야 빛을 발했다 한다.
『규재문집』이 있다.

구준寇准 961~1023

중국 북송의 시인이자 정치가이며, 자연의 애수哀愁를 읊은 시가 많다. 시집으
로『구충민공시집寇忠愍公詩集』이 있다.

구준丘濬 생몰년 미상

중국 송나라 안휘성安徽省 이영 사람으로, 자는 도원道源이다. 인종 천성 5년에
진사가 되었으며, 미래의 흥폐를 예측하여 충신의 역할을 수행하였다. 저서로
는『천의둔갑부天乙遁甲賦』, 『관시감시시觀時感事詩』가 있다고 하나, 현재 전해
지지 않는다.

귀인歸仁 생몰년 미상

중국 당말오대 낙양洛陽 영천사靈泉寺 승려이다. 근체시에 뛰어났으며, 『전당시
全唐詩』에 그의 시가 수록되어 있다.

귀장歸莊 1613~1673

중국 명말 청초의 서화가·문학가이다. 자는 이예爾禮 또는 현공玄恭, 호는 항
헌恒軒, 자호는 귀장歸藏, 귀래호歸來乎이다. 구연무顧炎武와 더불어 귀기구괴歸
奇顧怪라고 부른다. 시문의 필치가 독특하며, 저서로는『현궁玄弓』, 『귀현공문
초歸玄恭文鈔』등이 있다.

기준조祁寯藻 1793~1866

중국 청나라 시인으로, 자는 숙영叔穎, 호는 춘포春圃 또는 관재觀齋, 시호는 문

단文端이다. 근대에 송나라 시를 따르는 대표적인 시인 중의 한 명으로, 저서로 는『근학재필기勤學齋筆記』등이 있다.

나업羅鄴 생몰년 미상
중국 당나라 시인으로, 나은羅隱과 나규羅虯와 함께 '강동삼라江東三羅'로 불려 문명을 떨쳤다. 문필에 탁월하였으며 특히 율시에 뛰어났다. 저서로는『신당서 예문지新唐書藝文志』가 있다.

나은羅隱 833~909
중국 당나라 여항餘杭 사람으로, 자는 소간昭諫, 호는 강동생江東生, 본명은 횡橫 이다. 어려서부터 재능이 있었고, 특히 시에 뛰어났으며, 당시의 조정을 비난하 는 풍자와 조소를 주로 하였고, 속어를 자주 사용하였다. 저서로는『참서讒書』, 『강동갑을집江東甲乙集』, 『양동서兩同書』등이 있다.

노매파盧梅坡 생몰년 미상
중국 남송 시인이다. 강호파에 속하는 유과劉過와 교유하였으며,『전당시全唐 詩』에 그의 시 4 수가 수록되어 있다.

노사형盧士衡 생몰년 미상
중국 당나라 시인으로, 천성天聖 2년에 진사에 급제했다.『전당시全唐詩』에 그 의 시가 수록되어 있다.

누약樓鑰 1137~1213
중국 송나라 명주明州 은현鄞縣사람으로, 자는 계백啓伯 또는 대방大防, 호는 공 괴주인攻媿主人, 시호는 선헌宣獻이다. 효종 융흥隆興 원년에 진사가 되었으며, 온주교수溫州敎授를 지냈다. 건도乾道 연간에 서장관으로 왕대유汪大猷를 따라 금나라에 사신을 갔다가 돌아와『북행일록北行日錄』을 지었다. 저서로는『공괴 집攻媿集』, 『범문정연보范文正年譜』등이 있다.

단성식段成式 803~863
당나라 시인으로 자는 가고柯古인데 추평鄒平(지금의 산동) 사람이다. 여러 벼 슬을 역임하였다. 이상은, 온정균과 이름을 나란히 하였는데 세 사람이 공히 16

번째여서 사람들이 삼三 십육十六이라 불렀다. 대표작으로 『유양잡조酉陽雜組』가 있다.

당언겸唐彦謙 ?~893
중국 당나라 시인으로 자는 무업茂業이다. 일찍이 녹문산鹿門山에 은거하여 스스로 '녹문선생'이라 불렸다. 온정균에게 시를 배웠으며, 특히 칠언시에 능했다. 또한 이상은李商隱의 영향을 받아 송나라 서곤체西崑體 작가들에게 명성을 떨쳤다. 작품으로는 『전당시全唐詩』에 시가 2권 있으며, 저서로는 『녹문집鹿門集』이 있다.

당인唐寅 1470~1523
명나라 서화가이자 시인으로 자는 백호伯虎, 또는 자외子畏이고, 호는 육여거사六如居士 또는 도화암주桃花庵主인데 오현吳縣(지금의 강소성 소주)사람이다. 16세 수재 시험에서 1등, 29세 중거인 시험에서 1등을 했으나, 서울의 회시會試에서 부정행위에 연루되어 옥살이를 한 후, 산수와 시주詩酒로 방랑하면서 "강남제일 풍류 재자"라는 인장으로 그림을 그려 생을 유지하였다. 산수, 인물, 화조 그림으로 이름을 날렸으며, 서법에 능했고 시문에도 조예가 깊었다. 시는 청려淸麗 천리淺俚하다는 평을 듣는다. 심주沈周, 문징명文徵明, 구영仇英과 함께 '명사가明四家'로 불린다. 『육여거사집六如居士集』을 남겼다.

당회영黨懷英 1134~1211
중국 금나라 풍익馮翊 사람으로, 자는 세걸世傑, 호는 죽계竹溪이다. 어려서 신기질辛棄疾과 함께 유암로劉巖老에게 사사했다. 시문을 잘 지었고, 전주篆籀에 능했다. 시의 내용은 대부분 한적한 정취를 표현하고 있고, 노장사상이 섞여 있으며, 모의와 조탁이 많다. 저서로는 『죽계집竹溪集』, 『중주집中州集』, 『전금원사全金元詞』 등이 있다.

대병戴昺 생몰년 미상
중국 송나라 절강성 사람으로, 자는 경명景明, 호는 동야東野이다. 젊어서부터 시를 즐겼으며, 저서로는 『동야농가집東野農歌集』이 있다.

동기창董其昌 1555~1636
명나라 때 서화가, 시인으로 자는 현재玄宰, 호는 사백思白 또는 향광거사香光居

士이며 화정華亭(지금의 상해 송강)사람이다. 진사에 합격한 이후로 벼슬을 하였는데 산수화에 능했다. 오문화파吳門畵波에서 갈라져 송강화파松江畵波를 창시했는데 서예로 후세에 미친 영향이 크다. 시문에도 능하였으며 『용대집容臺集』, 『화지畵旨』, 『화안華眼』 등이 있다.

두량빈竇梁賓 생몰년 미상
중국 당말오대 여류 시인으로, 개봉開封 사람이다. 진사 노동盧全表의 첩이다. 『전당시全唐詩』에 그의 시가 수록되어 있다.

마씨馬氏 생몰년 미상
생몰년을 포함한 생애에 관한 내용은 알 수 없다.

마조상馬祖常 1278~1338
중국 원나라 광주光州 사람으로, 자는 백용伯庸, 시호는 문정文貞이다. 시문에 능했으며, 진한秦漢의 문체를 따랐다. 『영종실록英宗實錄』을 편찬하였고, 저서로는 『마석전문집馬石田文集』, 『마서여시집馬西如詩集』 등이 있다.

마진馬臻 1254~?
중국 원나라 시인으로, 자는 지도志道, 호는 허중虛中이다. 서예와 그림으로 세상에 이름을 떨쳤으며, 시문, 산수, 화조에도 능했다. 시풍은 태연하고 청신한 것이 특징이다. 저서로는 『하외시집霞外詩集』이 있다.

매요신梅堯臣 1002~1060
중국 송나라 안휘성安徽省 선성宣城 사람으로, 자는 성유聖兪, 호는 원릉宛陵이다. 이백과 두보 등의 현실주의적인 시가의 전통을 이어받아 두보 이후의 최대의 시인으로 칭송하기도 한다. 작품으로는 당시 농촌의 가난한 생활을 주제로한 「도자陶者」, 「전가어田家語」, 「안빈岸貧」 등이 있으며, 저서로는 『원릉집宛陵集』, 『손자孫子』, 『당재기唐載記』 등이 있다.

무원형武元衡 758~815
당나라 정치인으로 자는 백창伯蒼인데 구씨緱氏(지금의 하남성 언귀 동남)사람, 무측천의 증질曾侄 손係으로 783년에 진사에 합격한 후 여러 벼슬을 하였다. 종

말에는 자객에 의해 피살되었다. 저서에 『임회집臨淮集』이 있다.

무측천武則天 624~705

당나라 고종 이치李治의 황후이다. 당나라 제7대 황제이자 여왕으로 중국 역사
상 최초이자 유일한 여황제이다. 측천무후則天武後로도 널리 부른다. 그러나 황
위를 찬탈한 요녀妖女라는 비난이 있는가 하면, 민생을 보살펴서 나라를 훌륭히
다스린 여걸女傑이라는 칭송을 같이 받고 있다. 『전당시全唐詩』에 그의 시가 수
록되어 있다.

문언박文彦博 1006~1097

중국 송나라 산서성 개휴介休 사람으로, 자는 관부寬夫, 시호는 충렬忠烈이다.
전후 50년에 걸쳐 장수와 재상으로 지내면서 사방의 이민족에게까지 명성을 떨
쳤다. 『전송시』에 그의 시가 있으며, 저서로는 『문로공집文潞公集』이 있다.

문익文益 885~958

중국 당말오대 승려로 여항餘杭 사람이며, 시호諡號는 대법안선사大法眼禪師이
다. 7살 때 출가하여 명주희각明州希覺에게 의지했으며, 고려와 일본 등지의 학
자들이 끊이지 않았다. 또한 법안종法眼宗의 개조開祖이기도 하다. 저서로는
『종문십규론宗門十規論』과 『대법안문익선사어록大法眼文益禪師語錄』이 있다.

문징명文徵明 1470~1559

명나라의 서화가, 시인으로 초명은 벽璧이요, 자는 징명徵明 또는 징중徵仲이며
호는 형산거사衡山居士이니, 장주長洲(지금의 강소성 소주)사람이다. 과거에 연
이어 실패했는데 추천으로 3년여 동안 벼슬 하다가 병으로 그만두었다. 심주沈
周에게 배웠으며 산수, 인물, 화훼 그림에 능했고, 서법과 시문에 뛰어났다. 시
사詩詞가 연수유려娟秀流麗하다는 평을 듣는다. 축윤명祝允明, 당인唐寅, 서정경
徐禎卿과 함께 '오중사재자吳中四才子'로 불린다. 또 심주, 당인唐仁, 구영仇英과
함께 그림으로 이름이 높아 '오문사가吳門四家'로도 불린다. 『포전집蒲田集』이
전한다.

반소潘韶 생몰년 미상

중국 명나라 문인으로, 자는 순좌舜佐, 호는 곡강曲江이다.

방간方幹 809~888
중국 당나라 신정新定 사람으로, 자는 웅비雄飛, 시호는 현영선생玄英先生이다.
서응徐凝이 한 번 보고는 기이하게 여겨 시율詩律을 가르쳤으나 진사 시험에는
낙방하였다. 작품으로는『전당시全唐詩』에 시가 6권으로 편집되어 있으며, 저
서로는『현영집玄英集』이 있다.

방악方岳 1199~1262
남송의 시인으로 자는 거산巨山, 호는 추애秋崖인데 신안 기문祁門(지금의 안휘
성) 사람이다. 1232년에 진사에 급제하고 여러 벼슬을 했다. 시에 재주가 있었
고 농촌 생활과 전원의 풍광을 주로 묘사했다. 그의 시는 질박하고 자연스럽다
는 평을 들으며 사詞는 애국우시愛國憂時의 정이 있고 풍격風格이 청건淸健하다.
양만리楊萬里, 범성대范成大의 영향을 받았으며『추애집秋崖集』등이 있다.

방주龐鑄 생몰년 미상
중국 금나라 북경北京 대흥大興 사람으로, 자는 재경才卿, 자호는 묵옹默翁이다.
명창明昌 5년에 진사를 급제하였다. 문학적인 재능이 있었으며, 특히 시에 뛰어났다.

방회方回 1227~1305
중국 송나라 시인이자 시론가詩論家로, 자는 만리萬裏이다. 주로 강서시파江西詩
派의 시를 논변하여 두보와 황정견, 진사도, 진여의를 일컬어 강서시파의 일조
삼종一祖三宗으로 평가하기도 하였다.

배린裴潾 ?~838
중국 당나라 산서성 문희文喜 사람으로,『대화통선大和通選』을 편집하였으며,
작품으로는「백모란白牡丹」등이 있다.

배사엄裴士淹 생몰년 미상
중국 당나라 시인으로, 산서성 영제永濟 사람이다.『전당시全唐詩』와『전당시외
편全唐詩外編』에 그의 시가 수록되어 있다.

배설裴說 생몰년 미상
중국 당나라 계림桂林 사람으로, 어렸을 때부터 근면하고 열성적으로 공부하여

진사에 급제하였다. 시를 쓰는 데에 참신성을 추구하였으며, 서예에도 뛰어났다. 작품으로는 『전당시全唐詩』에 시가 수록되어 있다.

백거이白居易 772~846

중당 최고의 시인으로 이백, 두보와 함께 당 나라 3대 시인의 한 사람이다. 자는 낙천樂天, 호는 취음선생醉吟先生, 향산거사香山居士 등이다. 섬서성 하규下邽, 지금의 위남渭南 사람이다. 하남성에 신정에서 태어나 과거에 급제한 뒤 여러 벼슬에 올랐다. 항주 등 자사를 역임한 뒤 낙양의 향산(용문 석굴 건너편)에 퇴거하여 살았다. 원진과 함께 신악부 운동을 벌였으며 중국문학사상 위대한 시인의 한 사람으로 칭송된다. 저서에 『백씨장경집』이 있는데, 〈장한가長恨歌〉와 〈비파행琵琶行〉은 불후의 명작이다.

범성대范成大 1126~1193

중국 송나라 강소성 소주蘇州 사람으로, 자는 치능致能, 호는 석호거사石湖居士, 시호는 문목文穆이다. 작품으로는 「사시전원잡흥四時田園雜興」 60수, 「석호사石湖詞」가 있고, 저서로는 금나라에 사절로 갔을 때의 일기인 『오선록吳船錄』, 『남비록攬轡錄』, 『석호시집石湖詩集』 등이 전한다.

범순인范純仁 1027~1101

중국 송나라 소주蘇州 사람으로, 자는 요부堯夫이며, 시호는 충선忠宣이다. 범중엄의 차남으로, 학문은 충신을 체體로 삼고 육경을 공功으로 삼았으며, 충서忠恕를 중시했다. 저서로는 『범충선문집范忠宣文集』이 있다.

범중엄范仲淹 989~1052

중국 송나라 강소성江蘇省 소주蘇州 사람으로, 자는 희문希文, 시호는 문정文正이다. 인종의 친정親政이 시작되자 부름을 받아 중앙에서 간관諫官을 역임하였다. 저서로는 그의 시문 등을 모은 『범문정공집范文正公集』이 있다.

범진范鎭 1007~1088

중국 송나라 사천성 쌍류雙流 사람으로, 자는 경인景仁이고, 시호는 충문忠文이다. 학문은 육경六經을 근본으로 했으며, 고악古樂을 정밀히 연구했다. 서서로는 『악서樂書』, 『국조운대國朝韻對』, 『국조사시國朝事始』, 『범촉공집范蜀公集』,

『동재기사東齋記事』 등이 있다.

변수민邊壽民 1684~1752
원명은 유기維祺, 자는 수민壽民, 이공頤公, 절생漸生, 위간거사葦間居士인데 청대 강소 산양山陽(지금의 회안准安) 사람이다. 갈대와 기러기를 잘 그려 해내海內에 이름이 났다. 또 담묵淡墨과 간필干筆, 준필皺筆 수법의 소품이 더욱 아름답고 묘하다는 평을 듣는다. 시사詩詞에 뛰어났고 서법에 정교했으며 정판교, 김농 등과 어깨를 나란히 하였다.

봉검부捧劍仆 생몰년 미상
중국 당나라 시인으로, 청신한 시어를 주로 사용하고, 진실한 시를 추구하였다. 『전당시全唐詩』에 그의 시가 수록되어 있다.

부찰傅察 1088~1126
송나라 문인으로 자는 공회公晦인데 맹주 제원濟源(지금의 하남성) 사람이다. 북송 당시 금나라에 항거했던 영웅으로 18세에 진사에 급제했다. 1125년 송나라 휘종 때 금나라에 사신 가던 중 금 나라의 배신으로 한성진韓城鎭 역관에서 사로잡혔다. 금나라 태자 한이불斡離不과 칼싸움을 벌이다 붙잡혀 억지로 무릎을 꿇으라는 말에 끝까지 꼿꼿하게 서 있다가 분을 머금고 피살되었다. 나이 37세 였다. 어려서부터 박학했는데 필치가 부드럽고 우아했다. 저서에 『문집文集』 세 권이 있다.

사공도司空圖 837~908
중국 당나라 말기 하중河中 우향虞鄕 사람이다. 자는 표성表聖이고, 자호는 지비자知非子, 내욕거사耐辱居士이다. 시는 당나라 말기에 시에 기품이 있어 으뜸으로 평가되었다. 저서로는 『사공표성문집司空表聖文集』 등이 있다.

사달조史達祖 생몰년 미상
중국 송나라 개봉開封 사람으로, 자는 방경邦卿이고, 호는 매계梅溪다. 영종寧宗 경원慶元 연간에 한탁주韓侂冑가 집권했을 때에 그를 위해 당리堂吏가 되어 문서文書를 관장하기도하였다. 그의 사詞에서 형식을 중시했고, 섬세하며 공교로운 세계를 추구하여 강기薑夔와 이름을 나란히 했다. 저서로는 『매계사梅溪詞』,

『사조문견록四朝聞見錄』, 『사고전서총목四庫全書總目』 등이 있다.

사마광司馬光 1019~1086

중국 송나라 하남성의 사람으로, 자는 군실君實이고, 사후에 온국공溫國公에 봉해져 온공溫公이라 부른다. 당시의 봉건제 질서를 천명이라 하고, 이에 근거하지 않은 변법을 단행한 왕안석에 반대한 대지주파의 철학을 역설하기도 하였다. 저서로는 『자치통감資治通鑑』, 『속수기문涑水紀聞』, 『사마문정공집司馬文正公集』 등이 있다.

서악상舒嶽祥 1219~1298

중국 송나라 시인으로, 자는 경설景薛이다. 만년에 시문창작에 잠심潛心하여 전란 속에서도 글 쓰는 것을 멈추지 않았으며, 왕응린王應麟과 함께 명성을 떨쳤다. 저서로는 『낭풍집閬風集』이 있다.

서영수徐榮叟 1180~1246

중국 송나라 복건福建 포성浦城 사람으로, 자는 무옹茂翁, 호는 의일意一이다. 가정嘉定 7년에 진사에 급제하였다.

서위徐渭 1521~1593

중국 명나라 사람으로, 자는 문청文淸 또는 문장文長, 호는 청등靑藤 또는 천지天池이다. 시서화에 뛰어났으며, 특히 서는 분방 기이하여 문징명文徵明, 왕총王寵보다도 한수 위라고 평하기도 한다. 저서로는 『남사서록南詞敍錄』, 『서문장전집徐文長全集』 등이 있다.

서응徐凝 생몰년 미상

중국 당나라 절강성 건덕建德 사람으로, 백거이, 한유와 교유하였다. 작품으로는 백거이의 작품으로 잘못 알려져 악평을 받아 곤욕을 치렀던 「여산폭포廬山瀑布」가 있다.

서인徐寅 생몰년 미상

중국 당말오대 포전莆田 사람으로, 자는 소몽昭夢이다. 저서로는 『탐룡집探龍集』 5권, 『서정자시부徐正字詩賦』 2권, 『조기문집釣磯文集』 5권이 수록되어 있다.

서현徐鉉 916~991

중국 오대십국 남당南唐 학자로, 광릉廣陵 사람이다. 자는 정신鼎臣이며 호는 기성騎省이다. 후주後主 이욱李煜에게 출사하였으며, 벼슬은 이부상서에 올랐다. 소학에 능통하고, 전서, 예서를 잘 썼다. 동생인 서개徐鍇와 함께 이서二徐로 불린다. 『전당시全唐詩』에 그의 시가 수록되어 있다.

석택린釋擇璘 생몰년 미상

중국 북송의 보적사寶積寺 스님이다.

설도薛濤 ?~832

중국 당나라 기생출신의 여류 시인으로, 장안長安 사람이다. 자는 홍도洪度이다. 언제 기생의 신분에서 벗어났는지는 자세히 알 수 없지만, 그 후에도 그녀는 완화계浣花溪에 거처를 두고 살면서 평생 결혼하지 않았다고 한다. 『전당시全唐詩』에 그의 시가 수록되어 있으며, 『금강집錦江集』 5권이라는 시집이 있으나 현재 전하지 않고 있다.

섭인葉茵 생몰년 미상

중국 송나라 시인으로, 자는 경문景文이다. 성품이 깨끗하고 격식에 얽매이지 않았으며, 영리榮利를 도모하지 않았다. 저서로는 『순적당음고順適堂吟稿』가 있다.

섭적葉適 1150~1223

남송의 철학가요, 문학가인데 자는 정칙正則, 호는 수심水心으로 절강성 서안瑞安 사람이다. 1178년에 진사에 급제하여 세 왕조에 걸쳐 벼슬을 했다. 금나라에 항거했던 인물로 공리功利의 학문을 주장하고 공리공담空理空談을 배척하면서 주희의 학설에 회의적이었다. 정백태鄭伯態, 설계선薛季宣, 진부량陳傅良 등과 교유하면서 사공지학事功之學을 주창한 영가학파永嘉學派의 대표적 인물이다. 저서에 『습학기언習學記言』 등이 있다.

소식蘇軾 1037~1101

중국 송나라 미주眉州 미산眉山 사람으로, 자는 자첨子瞻, 호는 동파거사東坡居士이다. 아버지 소순, 아우 소철과 함께 '3소三蘇'라고 불리며, 모두 당송 8대가에 속한다. 저서로는 『동파전집東坡全集』, 『동파악부東坡樂府』, 『동파지림東坡志林』,

『구지필기仇池筆記』, 『애자잡설艾子雜說』 등이 있다.

소옹邵雍 1011~1077
중국 송나라 범양範陽 사람으로, 자는 요부堯夫, 호는 안락선생安樂先生 또는 이
천옹伊川翁, 시호는 강절康節이다. 도가사상의 영향을 받고 유교의 역철학易哲學
을 발전시켜 수리철학數理哲學을 정립하였다. 저서로는 『황극경세서皇極經世
書』, 『관물내외편觀物內外編』, 『이천격양집伊川擊壤集』, 『어초문답漁樵問答』 등이
있다.

소철蘇轍 1039~1112
중국 송나라 미주眉州 미산眉山 사람으로, 자는 자유子由. 호는 난성欒城이다.
당송8대가의 한 사람이며, 저서로는 『난성집欒城集』, 『난성응소집欒城應詔集』,
『시전詩傳』, 『춘추집전春秋集傳』, 『고사古史』 등이 있다.

손방孫魴 생몰년 미상
오대五代의 시인인데 자는 백어伯魚로 강서 낙안樂安 사람이다. 전당시에는 남
창南昌 사람으로 나오기도 한다. 오대 남당南唐의 저명한 시인인데 출신이 빈한
했다. 어려서부터 총명하고 학문을 좋아했다. 880년 황소가 난을 일으켜 장안
을 점령하자 정곡鄭谷이 고향 의산宜春 앙산서옥仰山書屋에 은거하자 그를 흠모
하여 스승으로 모시었다. 손방의 시에 다분히 정곡체鄭谷體가 있으며 시는 청완
淸婉 명백明白하며 민간속어들을 시에 넣어 독특한 시로써 세상에 알려졌다.

손응시孫應時 1154~1206
중국 송나라 소흥紹興 여요餘姚 사람으로, 자는 계화季和, 호는 촉호거사燭湖居士
이다. 손개孫介의 아들로, 육구연陸九淵에게 배웠으며, 부몽천傅夢泉과 주희朱熹
의 학문을 따르기도 하였으나, 육구연의 심학心學을 주로 계승하였다. 저서로는
『촉호집燭湖集』이 있다.

송기宋祁 998~1061
중국 송나라 안주安州 안륙安陸 사람으로, 시호는 경문景文이다. 사詞를 잘 지어
작품으로는 「옥루춘玉樓春」이 유명하고, 저서로는 『출휘소집出麾小集』, 『이부방
물약기益部方物略記』, 『송경문집宋景文集』, 『대악도大樂圖』, 『필기筆記』 등이 있다.

송상宋庠 996~1066
중국 송나라 안주安州 안륙安陸 사람으로, 자는 백양伯庠, 시호는 원헌元憲이다. 아우인 송기宋祁와 함께 문학으로 천하에 이름을 알려져 '이송二宋'이라 불렸다. 저서로는 『송원헌집宋元憲集』, 『국어보음國語補音』 등이 있다.

신기질辛棄疾 1140~1207
남송의 문학가인데 원래 자는 탄부坦夫, 후에 자는 유안幼安으로 중년에 사는 곳의 이름을 따서 가헌稼軒이라고도 했다. 여성歷城(지금의 산동성 제남시 여성구)사람이다. 전하는 사詞가 600여 수가 더 된다. 소동파와 더불어 신소蘇辛으로 불린다. 강렬한 애국주의 사상과 전투정신은 그의 기본 사상 내용을 이룬다. 중국 역사상 위대한 호방파豪放派 사인詞人으로 애국자, 군사가, 정치가이다. 저서에 『가헌사稼軒詞』 등이 있다.

신시행申時行 1535~1614
중국 명나라 사람으로, 자는 여묵汝默, 호는 요천瑤泉 또는 휴림거사休林居士, 시호는 문정文定이다. 문장이 완미하고 화려한 것이 특징이다. 저서로는 『서경강의회편書經講義會編』, 『사한당집賜閑堂集』 등이 있다.

심료沈遼 1032~1085
중국 송나라 절강성 항주杭州 사람으로, 자는 예달睿達이다. 문재文才가 있고 특히 시가를 능하여 자성일가를 이루었다. 『宋史本傳』, 『攻槐集』, 『東坡集』 등에 그에 대한 기록이 있다.

심주沈周 1427~1509
명나라 소주부蘇州府 장주長洲 사람으로, 자는 계남啓南, 호는 석전石田 또는 백석옹白石翁이다. 당인唐寅, 문징명文徵明, 구영仇英 등과 함께 '오문사대가吳門四大家'로 부른다. 작품으로는 「산수도권山水圖卷」 등이 있고, 저서로는 『객좌신문客坐新聞』, 『석전집石田集』, 『강남춘사江南春詞』, 『석전시초石田詩鈔』 등이 있다.

안수晏殊 991~1055
중국 송나라 무주撫州 임천臨川 사람으로, 자는 동숙同叔이고, 시호는 원헌元獻이다. 평소 인재 발굴에 전념하여 후배의 양성에 힘썼고, 오대五代의 난 이후 처음으로 학교를 부흥시켰다. 문하에서 범중엄范仲淹과 공도보孔道輔, 구양수歐陽脩 등이 배출되었다. 저서로는 사집詞集인『주옥사珠玉詞』가 있다.

애신각라·현엽 愛新覺羅·玄燁 1654~1722
중국 청나라의 4대 임금인 강희제로, 중국에서 61년간이나 재위한 황제이다. 삼번三藩의 난을 평정한 뒤 국가를 내적으로는 안정시켰으며, 외적으로는 중국의 영토를 크게 확장하였다. 저서로는『고금도서집성古今圖書集成』,『강희자전康熙字典』등이 있다.

양만리 楊萬里 1127~1206
중국 송나라 강서성 길수吉水 사람으로, 자는 정수廷秀, 호는 성재誠齋이다. 유명한 애국시인이며, 육유陸遊, 우무尤袤, 범성대范成大와 함께 남송 사대가라 칭하기도 한다. 일생 2만수 많은 시를 지었다고 전하나 현재 4천 2백여 수만 전해진다. 대자연을 읊은 시들이 많으며, 민족들 간의 고통을 담은 애국시도 있다. 작품으로는「初入淮河四絶句」,「舟過揚子橋遠望」,「過揚子江」,「曉出淨慈寺送林子方」등이 있다.

어현기 魚玄機 생몰년 미상
중국 당나라 장안長安 사람으로, 자는 유미幼微 또는 혜란惠蘭이다. 창가娼家에서 태어났으나 총명하고 독서를 좋아하였으며, 시작詩作에 능하였다. 작품은 염정艷情을 섬세한 필치로 표현한 것이 많으며, 온정균과 장안의 명사와 시로써 교제하였다. 작품으로는『당여랑어현기시唐女郎魚玄機詩』가 있다.

여이간 呂夷簡 979~1044
중국 송나라 안휘성安徽省 수현壽縣 사람으로, 자는 담보擔父, 시호는 문정文靖이다. 여몽정呂蒙正의 조카로, 진종眞宗 함평鹹平 3년에 진사가 되고, 형부낭중刑部郎中과 권지개봉부權知開封府를 지냈다. 재상으로 10년 이상 인종을 보좌한 공적을 높이 평가받았다.

영호초 令狐楚 766~837
당나라 협서陝西 요耀 사람으로, 자는 각사殼士, 자호는 백운유자白雲孺子이다. 『전당시全唐詩』,『전당문全唐文』에 시문이 실려 있으며, 저서로는『원화어람시

元和禦覽詩』.『칠렴집漆匲集』이 있으나, 그 중『칠렴집』은 전하지 않고 있다.

오경吳儆 생몰년 미상

오손吳巽 1693~1735
중국 청나라 여류시인으로, 자는 도한道嫺이며, 정연鄭聯의 처이다. 시의 재능
은 정정의鄭貞懿, 방맹선方孟旋과 나란히 하였으며,『청홍루시고聽鴻樓詩稿』,
『이분명월각사二分明月閣詞』에 그녀의 시가 수록되어 있다.

오융吳融 생몰년 미상
중국 당나라 산음山陰 사람으로, 자는 자화子華이다. 소종昭宗 용기龍紀 원년에
진사가 되었다. 한악韓偓과 교유하며 주고받은 시가 많다. 작품으로는『전당시
全唐詩』에 시가 4권 있으며, 저서로는『당영시가唐英詩歌』3권이 있다.

오징吳澄 1249~1333
중국 원나라 무주撫州 숭인崇仁 사람으로, 자는 유청幼淸 또는 백청伯淸, 시호는
문정文正이다. 학자들은 초려선생草廬先生이라 부르기도 하였다. 허형許衡, 유인
劉因과 더불어 원나라의 저명한 학자이다. 저서로는『오경찬언五經纂言』,『의례
일경전儀禮逸經傳』,『역찬언易纂言』,『예기찬언禮記纂言』,『오문정집吳文正集』등
이 있다.

오황후吳皇後 생몰년 미상

온정균溫庭筠 ?~866
중국 당나라 시인으로, 자는 비경飛卿, 본명은 기岐이다. 문재文才가 있어 과거
시험장에서 여덟 번 팔짱을 끼니 8운시가 완성되어 온팔차溫八叉로 불린다. 사
詞를 서정시의 위치로 끌어올리는 데에도 큰 역할을 하였다. 저서로는『온비경
시집溫飛卿詩集』이 있다.

옹승찬翁承贊 859~932
중국 당나라 복건성 사람으로, 자는 문요文堯, 호는 압구옹狎鷗翁이다. 같은 시
기의 황도黃滔, 서인徐寅과 함께 시에 뛰어났다. 작품으로는『간의주금굉사諫議

書錦宏詞』전·후집2권이 있으나 현존하지 않는다. 그 외『주금당시집畫錦堂詩集』과『전당시全唐詩』에 그의 시가 수록되어 있다.

왕건王建 생몰년 미상

중국 당나라 영천穎川 사람으로, 자는 중초仲初이다. 집안이 영락하여 어린 나이에는 위주魏州에서 살았다. 악부시에 능해 장적張籍과 이름을 나란히 해서 장왕악부張王樂府로 통한다. 하층 민중들의 생활상을 시로 노래했으며, 특히「궁사宮詞」100 수가 있어 널리 회자되고 있다. 저서로는『왕사마집王司馬集』,『신당서·예문지新唐書·藝文志』,『군재독서지郡齋讀書志』,『직재서록해제直齋書錄解題』,『숭문총목崇文總目』등이 있다.

왕곡상王谷祥 1501~1568

명나라 화가로서 자는 녹지祿之, 호는 유실酉室인데 장주長洲(지금의 강소성 소주)사람이다. 1529년에 진사에 급제한 후 벼슬을 하였다. 사생寫生에 뛰어났는데 묘사에 법도가 있어 의취가 독창적인 경지에 이르렀다. 곧 가지 하나 잎 한 잎에 모두 색이 살아 있는 듯 했다. 사림의 존중을 받았으며 서법에도 정치精緻한 경지를 이루었다.

왕규王珪 1019~1085

중국 송나라 성도成都 화양華陽 사람으로, 자는 우옥禹玉, 시호는 문공文恭이다. 인종 경력經曆 2년에 진사가 되어 지제고知制誥와 한림학사 등을 역임했다. 삼조三朝에서 벼슬하면서 안팎의 정치를 맡은 지 18년 동안 조정의 대전책大典冊을 맡았다.『양조국사兩朝國史』를 감수하였으며, 저서로는『화양집華陽集』이 있다.

왕부王溥 922~982

중국 송나라 병주竝州 사람으로, 자는 제물齊物이다. 이름난 사학가이며, 주태조周太祖, 송태조宋太祖 때의 재상을 역임하였다. 저서로는『세종실록世宗實錄』,『당회요唐會要』,『오대회요五代會要』등이 있다.

왕부지王夫之 1619~1692

명말 청초의 시인, 자는 이농而農, 호는 강재姜齋, 석당夕堂으로 호남성 형양衡陽 사람이다. 명나라 때 과거에 급제했으나 명이 망하자 군대를 이끌고 청나라에 항거했다. 패전한 후에 형양 석선산石船山에 은거하여 저술에 전념했다. 세상에서 선산船山선생이라 불린는데 학문이 넓고 흡족했으며 시, 사, 곡에 뛰어났고 특히 사詞에 장처가 있었다. 사풍은 침울沈鬱 전금纏錦하다고 하며 선산유서가 있다.

왕사정王士禎 1634~1711

청나라 유명한 시인, 문학가인데 자는 자진子眞, 일자는 이상眙上, 호는 완정阮亭 또는 어양산인漁洋山人으로 신성新城(지금의 산동 환태桓台)사람이다. 진사 시에 합격한 후 여러 벼슬을 하고 1704년에 벼슬을 그만 두고 고향으로 돌아가 시문 제작에 열중했다. 강희 황제가 그의 시문 삼백 수를 보았다 하여 〈어람집御覽集〉이라 불린다. 당시 시단의 영수로서 수십 년을 이끌었다. 시에서 신운설神韻說(시에서의 신비롭고 고상한 운치)을 주장하였다. 시에서의 청원淸遠(맑고 멈)을 고상한 것으로, 붓놀림은 청유淸幽(맑고 그윽함)하고 담아淡雅(싱거운 듯 아름다움)함과 정취情趣와 풍운風韻(고상한 운치), 함축성이 넉넉하게 할 것을 요구했다. 저서에『어양시집漁洋詩集』,『고부우정잡록古夫于亭雜錄』등이 있다.

왕십붕王十朋 1112~1171

중국 송나라 절강성 낙청樂淸 사람으로, 자는 구령龜齡, 호는 매계梅溪, 시호는 충문忠文이다. 시사詩詞와 산문에 뛰어났고, 주희朱熹와 장혼張混 등의 추대를 받았다. 저서로는『매계집梅溪集』,『춘추해春秋解』,『상서해尙書解』,『논어해論語解』등이 있다.

왕안석王安石 1021~1086

중국 송나라 강서성 무주 사람으로, 정치·사상·문학가이다. 자는 개보介甫, 호는 반산半山이다. 그의 문장은 호방하고 기묘하며, 시는 맑고 고상하며 웅건한 것이 특징이다. 또한 당송8대가로 중의 한 사람으로, 시풍의 개혁운동에 참여하였다. 작품으로는 계급 간의 갈등과 모순을 1 만자로 쓴「만언서萬言書」,「하북민河北民」등이 있고, 저서로는『임천선생문집臨川先生文集』이 있다.

왕예王睿 생몰년 미상

중국 당나라 시인으로, 자호는 자곡자炙轂子이다. 작품으로는『전당시全唐詩』에 시가 있으며, 문집으로는『炙轂子詩格』이 있다.

왕우칭王禹偁 945~1001

중국 북송 거야鉅野 사람으로, 자는 원지元之이다. 시문에 능했다. 두보와 백거이의 시를 따랐으며, 한유와 유종원을 문장을 공부하였다. 복고주의 시문을 추구하였으며, 북송 시문혁신운동詩文革新運動의 선구자이다. 저서로는『소축집小畜集』과『소축외집小畜外集』이 있다.

왕운王惲 1227~1304

중국 원나라 위주衛州 급현汲縣 사람으로, 자는 중모仲謀, 호는 추간秋澗이다. 원호문元好問의 제자로 시와 사곡詞曲에 뛰어났으며, 산문에 능통하였다. 저서로는『추간집秋澗集』,『추간악부秋澗樂府』등이 있다.

왕원량汪元量 생몰년 미상

중국 남송의 사람으로, 자는 대유大有이고, 호는 수운자水雲子이다. 단종端宗 경염景炎 원년에 원나라의 군대가 임안臨安을 함락시키고, 제후의 셋째 비妃가 북방에 볼모로 잡혀 가자 이를 수행하여 오랫동안 연경燕京에 머물렀다. 저서로는『호산유고湖山遺稿』,『수운집水雲集』등이 있다.

왕유王維 생몰년 미상

중국 당나라 시인·화가로, 산서성 분양汾陽 사람이다. 자는 마힐摩詰, 호는 마힐거사摩詰居士이다. 자연시를 대표하는 시인이며, 저서로는『왕우승집王右丞集』이 있다.

왕응전汪應銓 1685~1745

중국 청나라 사람으로, 자는 두림杜林, 호는 매림梅林이다. 강희 57년에 과거에 급제하였다.『호광통지湖廣通志』와『강남통지江南通志』를 편집하였으며, 저서로는『한록재문고閑綠齋文稿』,『용안재시집容安齋詩集』등이 있다.

왕정백王貞白 875~958

중국 당나라 시인으로, 자는 유도有道이다. 20세 무렵에 진사에 급제하였으나 난세 때문에 벼슬을 버리고 은거하여 학업에 매진하였다. 그의 시풍은 맑고 부드러우며 전아하다. 나은, 방간 등과 교유를 맺었다.『전당시全唐詩』에 그의 시가 수록되어 있다.

왕지망王之望 생몰년 미상

왕형王衡 1561~1609
명나라 시인으로 자는 진옥辰玉, 호는 구산緱山, 형무실주인衡蕪室主人인데 강소
성 대창大倉 사람이다. 어려서부터 총명함이 뛰어나 배우기를 좋아하고 기록물
을 널리 익혔으며 특히 고문시가古文詩歌를 좋아했다. 1601년에 진사에 합격한
후 벼슬하다가 얼마 되지 않아 고향으로 돌아와 독서하고 저술에 전념하였다.
시, 문, 서법 등에 조예가 있었다.

요강일廖剛一 생몰년 미상

요내姚鼐 1730~1814
청나라 시인, 산문가인데 자는 희전嬉傳, 몽곡夢谷으로 집의 이름이 석포여서
사람들이 석포선생惜抱先生이라 불렀다. 안휘성 동성桐城인으로 진사에 급제한
후 벼슬을 하다가 사직하고 고향에 돌아가 서원에서 강의했다. 경사經史에 널
리 통달하고 시문에 능하여 동성파를 이루어 문학을 집대성했다. 방포方苞, 유
대괴劉大櫆와 같이 동성삼조桐城三祖라 불린다. 저서에 『석포헌전집惜抱軒全集』
등이 있다.

요합姚合 약779~약846
중국 당나라 하남성 합주陝州 사람으로, 저서로는 『요소감시집姚少監詩集』, 『극
현집極玄集』 등이 있다.

우병원尤秉元 1689~1749
중국 청나라 사람으로, 자는 조사昭嗣이다. 강희제 때에 과거에 급제하였으며,
시의 필치는 당나라 풍격을 따랐다.

원개袁凱 생몰년 미상
명나라 초기 시인으로 자는 경문景文, 호는 해수海叟인데 송강松江 화정華亭(지
금의 상해 송강현) 사람이다. 어릴 때부터 배우기를 좋아하여 일찍이 백연白燕
(흰 제비) 시를 지어 좌중 사람들을 놀라게 하여 원백연袁白燕이라 불리었다.
벼슬을 했으나 주원장에게 미움을 사자, 거짓으로 미친 듯 가장하고 고향으로

돌아가 산수 간에 노닐면서 감시를 피했다. 익살스러워 검은 수건과 검은 소를 타고 다니면서 산수 간에 노닐었다. 저서에 『해수집海叟集』 등이 있다.

원매袁枚 1716~1797

청대의 문학가, 자는 자재子才, 호는 간재簡齋, 별호는 수원隨園노인인데 전당錢塘(지금의 절강성 항주)사람이다. 진사시에 합격한 후에 벼슬을 했으나 33세에 그만두고 남경의 소창산小倉山에 수원隨園을 구축하고 저술에 전념하였다. 시에서 성령설性靈說을 주장했는데 그의 시는 청신淸新하고 영교靈巧하다는 평을 듣는다. 『수원시화』 등의 저서가 있다.

원보袁甫 생몰년 미상

중국 송나라 은현鄞縣 사람이다. 자는 광미廣微, 호는 몽재蒙齋, 시호는 정숙正肅이다. 원섭袁燮의 아들로, 같은 시기 육구연陸九淵의 심학心學을 학문의 종주로 삼았다. 저서로는 『몽재집蒙齋集』 등이 있다.

원진元稹 779~831

중국 당나라 하남河南 사람으로, 자는 미지微之이다. 백거이와 이름을 나란히 해 '원백元白'으로 불렸고, 시풍을 원화체元和體라 했으며, 궁중에서는 원재자元才子로 불렸다. 저서로는 『원씨장경집元氏長慶集』, 『앵앵전鶯鶯傳』이 있다.

원호문元好問 1190~1257

중국 금나라 산서山西 흔현忻縣 사람으로, 자는 유지裕之, 호는 유산遺山이다. 원결元結의 자손으로, 원덕명元德明의 아들이다. 작품은 두보의 시구를 따랐으며, 때로는 두보의 시를 능가하는 면모를 보여 주었다는 평가도 있다. 저서로는 『유산문집遺山文集』, 『중주집中州集』 등이 있다.

위장韋莊 836~910

중국 당말오대 시인으로, 자는 단기端己이다. 사詞를 잘 지어 화간파花間派에 속했다. 「진부음秦婦吟」으로 인해 이름이 널리 알려져 '진부음수재秦婦吟秀才'라 불렸다. 당시선집인 『우현집又玄集』이 있으며, 저서로는 『완화집浣花集』 10권과 『완화사집浣花詞集』 등이 있다.

유극장劉克莊 1187~1269
중국 송나라 흥화군興化軍 보전莆田 사람으로, 자는 잠부潛夫, 호는 후촌後村이다. 처음에 당시唐詩 시체를 따랐으나, 이후에 강서파江西派로 노선을 달리 하였다. 애국시에 대한 작품이 많으며, 작품으로는 「고한행苦寒行」, 「축성행築城行」 등이 있고, 저서로는 『후촌선생대전집後村先生大全集』, 『후촌장단구後村長短句』 등이 있다.

유대유兪大猷 1504~1580
중국 명나라 사람으로, 자는 지보志輔, 호는 허강虛江, 시호는 무양武襄이다. 저서로는 『정기당집正氣堂集』, 『도검속편韜鈐續篇』, 『검경劍經』 등이 있다.

유병충劉秉忠 1216~1274
중국 원나라 형주邢州 사람으로, 자는 중회仲晦, 자호는 장춘산인藏春散人, 본명은 간侃, 승려 때의 법명은 자총子聰, 시호는 문정文正이다. 저서로는 『장춘집藏春集』이 있다.

유우석劉禹錫 772~842
중국 당나라 낙양洛陽 사람으로, 자는 몽득夢得이다. 백거이와 창화하면서 유백劉白으로도 불린다. 작품으로는 농민의 생활 감정을 노래한 『죽지사竹枝詞』, 『유지사柳枝詞』, 『삽전가揷田歌』 등이 있으며, 저서로는 『유몽득문집柳夢得文集』, 『외집外集』이 있다.

유자휘劉子翬 1101~1147
중국 송나라 건주建州 숭안崇安 사람으로, 자는 언충彦沖, 호는 병옹病翁 또는 병산屛山이며, 시호는 문정文靖이다. 유겹劉韐의 아들로, 주희가 그의 문하에서 배웠다. 젊어서는 불교를 좋아했는데, 나중에 유학으로 전향하여 역학에 잠심했다. 저서로는 『병산집屛山集』이 있다.

유중윤劉仲尹 1138~?
중국 금나라 개주蓋州 사람으로, 자는 치군致君, 호는 용산龍山이다. 해릉왕 정릉正隆 2년에 진사가 되었다. 시사詩詞를 잘 지었으며, 저서로는 『용산집龍山集』이 있다.

유혼柳渾 716~789
중국 당나라의 시인으로, 양양襄陽 사람이다. 자는 유심愉深, 이광夷曠이다. 저
서로는 문집 10권과 『신당서新唐書 · 예문지藝文志』가 남아 있다.

육수성陸樹聲 1509~1604
명나라 시인으로 자는 여길與吉인데 별호는 평천平泉으로 송강 화정華亭(지금
상해 청포靑浦) 사람이다. 1541년에 진사에 합격한 후 남경제주南京祭酒가 되었
을 때 관리를 엄격하게 하고 몸소 학규學規 12장을 만들어 제생을 훈련시켰다.
이부우시랑吏部右侍郎, 예부상서禮部尙書 등을 역임하였으며 저서에 『육문정공
문집陸文定公文集』 등이 있다.

육유陸游 1125~1210
송나라 유명한 시인이다. 자는 무관務觀이고, 호는 방옹放翁인데 월주 산음山陰
(지금 절강 소흥) 사람이다. 왕안석王安石, 소식蘇軾, 황정견黃庭堅과 함께 송나
라 사대시인四大詩人이라고 부른다. 진사 시험에 참가 했으나 송을 배반한 진회
秦檜의 손자 진훈秦塤 보다 앞에 있다 하여 제외되었다. 나중에 벼슬에 나가 지
방관을 역임하고 만년에 고향에 물러나 금나라에 대한 항금 운동을 하여 중원
회복(북송의 회복)에 노력했다. 박학다재하여 시詩, 사詞, 문文, 사史 등에서 이
름을 날렸다. 시풍이 웅혼 분방하며 『검남시고劍南詩稿』 등이 있다.

육치陸治 1496~1576
중국 명나라 오파吳派의 화가로, 자는 숙평淑平, 호는 포산자包山子이다. 작품으
로는 「심양추색도尋陽秋色圖」, 「산수도」, 「지형산도支刑山圖」 등이 있고, 저서로
는 『육포산유고집陸包山遺稿集』이 있다.

은문규殷文圭 생몰년 미상
중국 당말오대 청양靑陽 사람으로, 자는 표유表儒이다. 진사에 급제하였으며 시
문에도 뛰어났다. 『전당시全唐詩』에 그의 시가 수록되어 있다.

이강李綱 1083~1140
중국 송나라 복건福建 사람으로, 자는 백기伯紀, 호는 양계梁溪이다. 유학에 정
통했고, 시문을 잘 지었다. 관련 저술에 『역전내편易傳內篇』과 『역전외편易傳外

篇』, 『논어상설論語詳說』 등이 있다.

이건중李建中 945~1013
중국 송나라 서안西安 사람으로, 자는 득중得中이다. 성격이 간결하고 고요해
음영吟詠을 즐겼다. 특히 당나라 서풍의 영향을 받아 서예에도 뛰어났으며, 서
집書集 30권이 있다.

이건훈李建勳 ?~952
중국 당말오대 농서隴西 사람으로, 자는 치요致堯이다. 학문을 즐겨하고 특히
시에 능하였다. 젊었을 적에는 화려했던 데 비해 만년에는 담박한 시품으로 변
화하였다. 『전당시全唐詩』에 시 1권과 보유 4수로 편집되어 있다.

이동양李東陽 1447~1516
명대 문학가, 자는 빈지賓之, 호는 서애西涯로 다릉茶陵(지금의 호남성 다릉)사
람이다. 진사에 급제하여 벼슬하였고 다릉시파의 영수였다. 시문에 능하고 서
법에도 일가를 이루었는데 시가 옹용전아雍容典雅하다는 평을 듣는다. 『회록당
집懷麓堂集』이 전한다.

이방李昉 925~996
중국 북송의 문인이자 정치가로, 요양饒陽 사람이다. 자는 명원明遠 또는 심주深
州이다. 송나라 태종 때의 명신名臣으로 성품이 온화하였으며, 인재등용에 공평
하였다. 『태평어람太平禦覽』과 『문원영화文苑英華』, 『구오대사舊五代史』등의 편
찬에 관여하였으며, 저서로는 『개통보의開通寶義』 등이 있다.

이백李白 701~762
중국 당나라 사천성 사람으로, 자는 태백太白이고 호는 청련거사靑蓮居士이다.
중국 최대의 시인으로 칭송되며 시선詩仙으로 부른다. 두보의 오언율시에 대하
여, 그는 악부樂府와 칠언절구를 주로 하였다. 100여 편의 작품이 현존하고 있
으며, 저서로는 『이태백집李太白集』 등이 있다.

이산보李山甫 생몰년 미상
중국 당나라 시인으로, 함통鹹通년간에 수차례 과거시험에 합격하지 못했다. 그

러나 문필에 뛰어난 재주를 보여 명성을 크게 떨쳤다. 『전당시全唐詩』에 그의
시가 수록되어 있다.

이상은李商隱 812~858

중국 당나라 하남성 심양沁陽 사람으로, 자는 의산義山, 호는 옥계생玉谿生이다.
일생동안 불우하였으나, 두보의 전통을 이은 만당의 대표적 시인으로 높이 평
가받는다. 저서로는 『의산시집義山詩集』, 『서곤창수집西崑唱酬集』 등이 있다.

이익李益 748~827

중국 당나라 시인으로, 감숙성 무위武威 사람이다. 자는 군우君虞, 이규李揆의
족자族子이다. 변새邊塞에 관한 작품을 많이 남겼다. 저서로는 『이군우시집李君
虞詩集』이 있다.

이정李禎 1376~1452

중국 명나라 여릉廬陵 사람으로, 자는 창기昌祺 또는 유경維卿이다. 시, 사詞, 곡
曲 모두 뛰어난 문학가였으며, 『영락대전永樂大典』 편찬사업에도 참여하였다.
작품으로는 구우瞿佑의 『전등신화煎燈新話』를 모방해 지은 전기소설집인 『전등
여화』가 있다.

이정봉李正封 생몰년 미상

중국 당나라 농서隴西 사람으로, 당 현종 때 진사에 급제하였다. 당나라 현종이
정수기程修己에게 모란을 가장 잘 읊은 시에 대해 묻자 그의 시를 추천하였는
데, 그 시를 보고 양귀비에게 시에서 표현한대로 자세를 취해보라고 할 만큼
흡족해 하였다고 한다. 모란이 천향국색天香國色이라는 이칭은 그의 시에서 비
롯되었다.

이중李中 생몰년 미상

중국 당말오대 구강九江 사람으로, 자는 유종有宗이다. 저서로는 『벽운집碧雲
集』이 있다.

이지李至 947~1001

중국 북송 진정眞定 사람으로, 어렸을 때부터 학문에 깊은 관심을 보였으며, 문

장에도 뛰어났다. 진사에 급제하였으며 사람됨이 강직하였으나, 그 때문에 교유한 사람이 많지 않았다.

이하李賀 790~816
중국 당나라 시인으로, 하남성 창곡昌穀 사람이다. 자는 장길長吉이다. 기이한 시세계 때문에 시귀詩鬼라 불렸다. 작품으로 「안문태수행雁門太守行」, 「장진주將進酒」, 「소소소蘇小小의 노래」 등이 있으며, 저서로는 『이하가시편李賀歌詩篇』 등이 있다.

이함용李藏用 생몰년 미상
중국 당나라 시인으로, 유학을 배워 수차례 과거에 응시했으나 낙방하여 여산廬山 등에서 생활하였다. 자신의 삶과 관련한 시가 다수이며, 악부시와 율시에 뛰어났다. 저서로는 『피사집披沙集』 6권 등이 있다.

이효광李孝光 1285~1350
중국 원나라 온주溫州 악청樂淸 사람으로, 자는 계화季和이다. 위국공魏國公 태불화泰不華의 스승이다. 어려서 돈독한 뜻을 품고 널리 학문에 힘썼으며, 후에 안탕산雁湯山 오봉五峰 아래에 은거했는데 사방의 선비들이 다투어 그를 찾아왔다고 한다. 저서로는 『오봉집五峰集』이 있다.

인백란印白蘭 생몰년 미상

임경희林景熙 1242~1310
중국 송나라 온주溫州 평양平陽 사람으로, 자는 덕양德暘, 호는 제산霽山이다. 또한 경희景曦로도 쓰인다. 원나라 군대가 남하하고 송나라가 망하자 관직에서 물러나 고향에 은거한 애국시인이다. 저서로는 『제산집霽山集』이 있으며, 『백석초창白石樵唱』, 『백석고白石稿』도 있다고 하나 현재 전하지 않고 있다.

임사任斯 생몰년 미상

임수도林壽圖 1809~1885
중국 근대 시인, 초명은 영기英奇, 자는 공삼恭三, 영숙穎叔, 황곡산인黃鵠山人인데 민현閩縣(지금의 복주시) 사람이다. 1845년에 진사에 급제하여 여러 관직을 거침. 만년에 강학에 힘썼는데 시에 재주가 있었고 장서를 많이 소유하였다.

장광張擴 생몰년 미상

장뢰張耒 1054~1114
중국 송나라 초주楚州 회음淮陰 사람으로, 자는 문잠文潛, 호는 가산柯山이다. 시부詩賦에 뛰어났고, 황정견黃庭堅, 조보지晁補之, 진관秦觀과 함께 소문사학사蘇門四學士에 속한다. 시문을 창작하면서도 유학의 이치를 밝히는 것을 소임으로 여겼다. 저서로는『시설詩說』,『완구집宛邱集』,『명도잡지明道雜志』등이 있다.

장문도張問陶 1764~1814
청나라 문인으로 자는 중치仲治, 호는 선산船山인데 사천 수령遂寧 사람이다. 진사에 합격한 후 벼슬을 하였고 시론에서 서사抒寫 성정性情을 주장하였으며 모의模擬를 반대하였다. 작품은 주로 일상생활을 담았으며 정조는 감상적이었다. 서화에도 능하였는데 저서에『선산시초船山詩草』등이 있다.

장민張崏 생몰년 미상
중국 송나라 형양滎陽 사람으로, 자는 자망子望이다. 소옹에게 배워 진사를 시작으로 태상주부를 역임하였다. 작품으로는『유옥화산기유遊玉華山記遊』,『옥화산기玉華山記』에 일부 수록되어 있다.

장빈張蠙 생몰년 미상
중국 당말오대 청하淸河 사람으로, 자는 상문象文이다. 어려서부터 재능이 출중했고, 시로 명성을 얻었는데, 특히 오언율시와 칠언율시를 좋아하였다.『전당시全唐詩』에 그의 시가 수록되어 있다.

장상영張商英 1043~1122
중국 송나라 촉주蜀州 신진新津 사람으로, 자는 천각天覺이고, 호는 무진거사無盡居士, 시호는 문충文忠이다. 철종哲宗 초에 개봉부추관開封府推官이 되어 여러 차례 집정관에게 승진을 요청하고 신법新法을 점진적으로 바꾸는 것에 반대하여 제점하동형옥提點河東刑獄으로 나가는 등 여러 곳으로 옮겼다. 저서로는『호법론護法論』,『신종정전神宗正典』,『무진거사집無盡居士集』등이 있다.

장석조張錫祚 1672~1724
청나라 시인인데 다른 이름은 영부永夫, 자는 해행偕行으로 강소성 소주 목독木瀆 사람이다. 생활이 곤궁하였으나 사람됨이 고결하고 기절이 고상하였다. 시에 재주가 많았는데 성금盛錦, 황자운黃子雲, 심반沈盤 등과 함께 영암靈岩4파로 불린다. 굶어서 죽었다고 전한다. 저서에『담자헌시啖蔗軒詩』,『서모유고鋤茅遺稿』등이 있다.

장순민張舜民 생몰년 미상
중국 북송 사람으로 자는 운수芸叟, 자호는 부휴거사浮休居士, 호는 정재矴齋이다. 그림을 즐겼고, 시를 비롯하여 문장과 사詞에도 뛰어났다. 저서로는『화만집畵墁集』등이 있다.

장우신張又新 생몰년 미상
중국 당나라 하북성 심주瀋州 사람으로, 자는 공소孔昭이다.『전당시全唐詩』,『전당시외편全唐詩外編』,『전당시속습全唐詩續拾』등에 그의 시가 수록되어 있다.

장유張俞 생몰년 미상
중국 북송의 문학가로, 자는 소우少愚이다. 저서로는『백운집白雲集』이 있다.

장종章宗 생몰년 미상

장지동張之洞 1837~1909
중국 근대 시인으로 자는 효달孝達, 호는 향도香濤, 향암香岩, 일공壹公, 무경거사無競居士인데 만년에는 포빙抱冰이라고도 했다. 청대의 직예 남피南皮(지금의 하북성) 사람이다. 청나라 양무파洋務派의 대표적인 사람 중 하나이다. 증국번, 이홍장, 좌종당과 더불어 만청의 사대四大명신으로 불린다. 저서로는『장문양공전집張文襄公全集』이 있다.

장초백蔣超伯 1817~1871
중국 청나라 사람으로, 자는 숙기叔起이다. 도광 25년에 과거에 급제하였다. 저서로는 『상구요록爽鳩要錄』, 『통재시문집通齋詩文集』, 『통재집通齋集』 등이 있다.

장호張祜 약785~약847

중국 당나라 하북河北 사람으로, 자는 승길承吉, 본명은 우祜이다. 영호초令狐楚
의 후원으로 출세하려 했으나 원진元稹이 '그의 시는 사회의 풍기를 문란시킨다.'
고 하여 반대함으로써 순탄치 않았다. 그러나 두목杜牧, 허혼許渾과 함께 만당晩
唐의 유미파唯美派를 창도하였으며, 저서로는 『장승길문집張承吉文集』이 있다.

장회張淮 1758~1822

청나라 시인으로 자는 천여泉如, 호는 동산桐山, 태평여민인데 절강성 가흥嘉興
사람이다. 시인, 서화가이며 시문이 굉창宏暢하며 해서楷書는 안진경을 배웠다.
저서에 『소매화옥시고小梅花屋詩稿』 등이 있다.

전선錢選 1239~1299

중국 송원宋元 교체기의 호주湖州 오흥吳興 사람이다. 자는 순거舜擧, 호는 옥담
玉潭 또는 손봉巽峰 또는 청구노인淸臞老人이다. 조맹부趙孟頫를 대표로 하는 오
흥팔준吳興八俊의 한 사람에 속한다. 절지折枝를 특히 잘 그려 득의한 작품을
그렸으면 스스로 시를 지어 붙였다고 한다. 작품으로는 「모란도牡丹圖」, 「순도
筍圖」, 「절지계두화도折枝鷄頭花圖」 등이 있다.

정강중鄭剛中 1089~1154

중국 송나라 무주婺州사람으로, 자는 형중亨仲 또는 한장漢章, 호는 북산北山, 호
는 충민忠愍이다. 주역에 조예가 깊었고, 상수학象數學과 의리학義理學에도 정통
했다. 저서로는 『주역규여周易窺餘』, 『경사전음經史專音』, 『서정도리기西征道裏
記』, 『북산집北山集』 등이 있다.

정곡鄭穀 생몰년 미상

중국 당나라 시인으로 강서江西 사람이며, 자는 수우守愚이다. 의춘앙산宜春仰山
에 은거하며 북암별서北岩別墅에서 세상을 떠났다. 작품으로는 『전당시全唐
詩』에 4권의 시가 있으며, 저서로는 『운대편雲臺編』 3권과 『의양집宜陽集』 3권,
『의양외집宜陽外集』 3권, 『국풍정결國風正訣』 등이 있다.

정공허程公許 ?~1251
중국 송나라 미주眉州 미산眉山 사람으로, 자는 계여季與 또는 희영希穎, 호는
창주滄州이다. 문재에 뛰어났으며, 저서로는『창주진부편滄州塵缶編』이 있다.

정선정程先貞 1607~1673
중국 청나라 문인으로, 자는 정부正夫, 호는 사암思庵 또는 해우진인海右陳人이
다. 강희康熙 13년에 당영선唐永先, 등원학滕元鶴 등과 같이『덕주지德州志』를 편
찬하였다. 저서로는『환산춘사還山春事』,『연산유고燕山遊稿』,『사암잡저思庵雜
著』등이 있다.

정섭鄭燮 1693~1765
청대 서화가, 시인으로 자는 극유克柔, 호는 판교板橋인데 강소성 흥화興化 사람
이다. 건륭 연간(1736~1795)에 진사를 하여 두루 벼슬을 했는데 여러 해 흉년이
들자 백성을 위하다가 귀족들의 죄를 얻어 파관 당했다. 양주揚州에 기거하면
서 글씨와 그림을 팔아서 생계를 유지하였는데 시, 서, 화 등에 특별한 풍모가
있어 사람들이 삼절三絶이라 하였고, 양주팔괴揚州八怪의 한 사람인데『정판교
전집』이 있다.

정해鄭獬 1022~1072
중국 북송 사람으로, 자는 의부毅夫 또는 의부義夫이다. 왕안석王安石의 변법變
法에 반대하여 신법으로 옥사를 다루지 않다가 왕안석의 미움을 샀다. 저서로
는『운계집鄖溪集』이 있다.

제백석齊白石 1864~1957
중국 현대 국화대사國畵大師, 시인인데 아명은 순지純芝, 27세에 제황齊璜이라
이름하였는데 자는 빈생瀕生, 호는 백석白石 등으로 호남성 상담湘潭사람이다.
어린 나이에 목공예를 배웠는데 후에 글자가 새겨진 그림을 팔아 생계를 삼았
다. 신 중국 성립 이후 중앙미술학원 명예교수가 되었고, 1953년 문화부 수여
'인민 예술가' 칭호를 받았다. 시, 서, 화, 인 등에서 묘경에 이르렀다는 평을 듣
는데 시풍은 소박하고 자연스럽다. 저서에『백석시초』,『제백석작품전집』등이
있다.

조길趙佶(1082~1135)

중국 북송北宋 제8대 황제인 휘종徽宗으로 재위 기간은 1100~1125년이다. 사치
가 심해 궁안에 원苑과 유囿를 짓고 세금을 낭비했다. 1125년 금나라 군대가 남
하하자 조환(흠종)에게 자리를 물려주고 자칭 태상황에 앉았으나 1127년 금나
라 군대에 붙잡혀 오국성五國城(흑룡강성 의란依蘭)에서 육체적 고통을 받고 죽
었다. 문예의 보호와 육성에 열성적이었으며 한림원의 서원, 화원제도를 정비
하고 화가의 처우를 개선하였다. 다재다능하여 자신도 시, 서, 화에 뛰어난 재
능을 보였고 음악을 애호하였다. 저서는 수금체瘦金體라 불리우는 독특한 서풍
을 창시하여 『신소옥청만수궁비神霄玉淸萬壽宮碑』 외 서화 등을 남겼다.

조박초趙朴初 1907~2000

현대 시인, 서법가書法家(서예가)인데 안휘성 태호현 사람이다. 중국민주촉진회
창시인의 한 사람으로 중국불교협회회장, 중국종교화평위원회주석, 저서에 『적
수집滴水集』, 『편석집片石集』 등이 있다.

조병문趙秉文 1159~1232

중국 금나라 자주磁州 부양滏陽 사람으로, 자는 주신周臣, 호는 한한노인閑閑老人
또는 부수滏水이다. 한림학사가 되고, 동수국사同修國史를 지냈다. 이정二程의
학문을 북방지역에 전파한 주요 인물이며, 시서화詩書畵에 모두 능했다. 저서로
는 『역총설易叢說』, 『중용설中庸說』, 『논어해論語解』, 『태현찬太玄贊』, 『부수집滏
水集』 등이 있다.

조보지晁補之 1053~1110

중국 송나라 제주濟州 거야巨野 사람으로, 자는 무구無咎, 자호는 귀래자歸來子,
호는 제북濟北이다. 서화와 시문, 산문에 두루 뛰어나 소문사학사蘇門四學士에
속한다. 저서로는 『관륵집鷄肋集』, 『금취외편琴趣外篇』 등이 있다.

조언단趙彦端 생몰년 미상

주곤전朱昆田 1652~1699

중국 청나라 사람으로, 자는 문앙文盎, 호는 서준西畯이다. 많은 책을 두루 섭렵
하였으며, 시사의 필치는 독자적인 풍격을 갖추었다. 저서로는 『적어소고笛漁小

稿』, 『삼체적운三體摭韻』 등이 있다.

주덕윤朱德潤 1294~1365
원 나라 시인이자 서법가인데 자는 택민澤民, 호는 수양산인睢陽山人으로 회양
(지금의 하남 상구商丘) 사람이다. 서법에 재주 있었는데 필치가 주건遒健했다.
산수화를 잘 그렸으며 맑고 먼 시내, 우뚝 솟은 산, 빼어난 봉우리 등을 그린
그림이 많았다. 시를 잘 썼는데 경치를 베끼고 물상을 본뜬 것들이라서 당시의
병폐와 관련이 된 것이 많았다. 저서에 『존복재집存復齋集』이 있다.

주숙진朱淑眞 1135~1169
중국 송나라 항주杭州 사람으로, 호는 유서거사幽棲居士이다. 당송시대에 가장
많은 작품을 남긴 여류 작가이다. 관리의 집에서 태어났고, 가정사로 인한 우울
증으로 생을 마감하였다. 시와 회화에 재능이 있다. 작품으로는 「自責」, 「秋夜」,
「단장사斷腸詞」 등이 있고, 저서로는 『단장집斷腸集』이 있다.

주요周繇 841~921
중국 당나라 시인으로, 자는 위헌爲憲이다. 함통 13년에 진사에 급제한 함통십
철鹹通十哲 중 한 사람이다. 집안이 가난하였으나 시에 뛰어나 시선詩禪이라고
불렸다. 『전당시全唐詩』에 그의 시가 수록되어 있으며, 저서로는 『당재자전唐才
子傳』가 있다.

주익朱翌 1097~1167
중국 송나라 서주舒州 회녕懷寧 사람으로, 자는 신중新仲이고, 호는 첨산거사潛山
居士 또는 생사노인省事老人이다. 시의 풍격은 자연스럽고, 필치가 참신하다. 저
서로는 『잠산집潛山集』, 『의각요잡기猗覺寮雜記』, 『잠산시여潛山詩餘』 등이 있다.

주한周閑 1820~1875
중국 근대 시인, 자는 존백存伯, 소원小園이며 호는 범호거사范湖居士인데 절강
수수秀水(지금의 가흥嘉興)사람이다. 벼슬을 하다가 그만두고 그림과 전각에 전
념했다. 성품이 오만하였으며 멀리 유람 다니기를 좋아했다. 저서에 『범호초당
시문고제화시范湖草堂詩文稿題畵詩』 등이 있다.

증공曾鞏 1019~1083
중국 송나라 강서성江西省 남풍南豊 사람으로, 자는 자고子固, 시호는 문정文定
이며, 흔히 남풍선생南豊先生으로 부른다. 구양수의 문하생으로 당송8대가의 한
사람으로 문장에 끈기 있는 의론을 담고 있으며, 객관적인 서술에 뛰어나『전
국책』,『설원說苑』,『열녀전列女傳』 등의 전적을 교정하고도 하였다. 저서로는
『금석록金石錄』 5백 권과 시문집『원풍유고元豊類稿』가 있다.

진기陳起 생몰년 미상
중국 송나라 항주杭州 사람이다. 서점을 운영하면서도 시를 잘 지어 자신을 포
함한 109명의 같은 시대 시인들의 시집을 간행하여『강호집江湖集』을 편찬하기
도 하였다. 그러나 이 총서 속에 불온한 글귀가 있다는 이유로 판목版木이 소각
되고, 유배를 가기도 하였다.

진도복陳道複 1483~1544
중국 명나라 시인으로, 자는 도복道複, 초명은 순淳, 호는 백양산인白陽山人이다.
작품은『백양집白陽集』이 있다.

진도옥秦韜玉 생몰년 미상
중국 당나라 서안西安 사람으로, 자는 중명中明 또는 중명仲明이다. 미천한 집안
출신으로 여러 차례 과거에 응시했지만 낙방하였다. 시를 잘 지어 '방림십철方
林十哲'의 한 사람으로 꼽힌다. 저서로는『투지소록投知小錄』 3권이 있는데 전하
지 않으며, 명나라 사람이 편집한『진도옥시집秦韜玉詩集』과『전당시全唐詩』에
시 1권이 수록되어 있다.

진복陳宓 1171~1226
중국 송나라 사람으로, 자는 사복師複이며, 주희朱熹의 문인이다. 저서로는『논
어주의문답論語注義問答』,『춘추삼전초春秋三傳鈔』 등이 있다.

진양陳襄 1017~1080
중국 송나라 복주福州 후관候官 사람으로, 자는 술고述古, 호는 고령선생古靈先生
이다. 진열陳烈, 주희맹周希孟, 정목鄭穆과 함께 '민중사선생閩中四先生'으로 불린
다. 평생 학교 교육을 진흥시키고 인재를 양성하는 데 힘썼으며, 소식과 사마광

등 30여 명의 학자를 조정에 천거하고도 하였다. 저서로는『중용의中庸義』,『역 의易義』,『고령집古靈集』이 있다.

진여의陳與義 1090~1138

중국 송나라 낙양洛陽 사람으로, 자는 거비去非, 호는 간재簡齋이다. 진희량陳希 亮의 증손이며, 황정견과 진사도를 배우다가 나중에 두보를 배웠다. 그의 작품 에는 국가의 환란을 당해 겪은 한이 담겨 있으며, 강서시파의 한 사람이다. 사 詞에도 능했으며, 저서로는『간재집簡齋集』,『무주사無住詞』등이 있다.

진표陳標 생몰년 미상

중국 당나라 시인으로, 자는 리裏이다. 작품으로는「장안추사長安秋思」,「공무 도하公無渡河」,「강남행江南行」등이『전당시全唐詩』에 수록 되어 있다.

채양蔡襄 1012~1067

중국 송나라 흥화군 선유仙遊 사람으로, 정치·서예가·문인으로, 자는 군모君 謨, 시호는 충혜忠惠이다. 안진경顏眞卿의 영향을 받리 행서와 초서에 뛰어났으 며, 우미한 골력이 있어 소식은 천하제일이라 평하기도 하였다. 작품으로는 『천주낙양교안泉州洛陽橋岸』의 비碑『만안교기萬安橋記』,『안진경자서고신발顔 眞卿自書告身跋』등이 있다.

최도융崔道融 생몰년 미상

중국 당말오대 강릉江陵 사람으로, 자호는 동구산인東甌散人이다. 관직으로는 영가현령永嘉縣令을 지냈다.『전당시全唐詩』에 시가 1권이 있다. 저서로는『신 강집申康集』3권과『동부집東浮集』9권이 있다 하나 현재 전하지 않고 있다.

추호鄒浩 1060~1111

중국 북송의 사람으로, 자는 지완志完, 호는 도향거사道鄕居士이다. 송학宋學을 종주로 삼았다. 저서로는『논어해의論語解義』,『도향집道鄕集』등이 있다.

풍기馮琦 1558~1604

중국 명나라 사람으로, 자는 용온用韞, 호는 구남胊南이다. 시문은 오언고시, 칠언 고시에 뛰어나며, 악부樂府를 좋아하였다. 저서로는『종악백宗樂伯』이 있다.

피일휴皮日休 생몰년 미상

중국 당나라 시인으로, 양양襄陽 사람이다. 자는 일소逸少, 습미襲美이며, 호는 취음선생醉吟先生, 간기포의間氣布衣이다. 일찍이 고향 근처의 녹문산鹿門山에 은거하여 시와 술을 벗 삼았다. 저서로는 『피자문수皮子文藪』, 『송릉집松陵集』 등이 있다.

하송夏竦 985~1051

중국 송나라 덕안德安 사람으로, 자는 자교子喬이다. 문장에 뛰어났으며, 관직 생활에도 치적治績이 있었다. 저서로는 『문장집文莊集』과 『고문사운성古文四韻聲』 등이 있다.

한기韓琦 1008~1075

중국 송나라 상주相州 안양安陽 사람으로, 자는 치규稚圭, 호는 공수贛叟, 시호는 충헌忠獻이다. 왕안석의 청묘법靑苗法 실시를 비난하고, 거란이 요구해온 영토 할양에도 반대하는 등 왕안석과 대립하다가 관직에서 물러났다. 저서로는 『안양집安陽集』이 있다.

한유韓愈 768~824

중국 당나라 회주懷州 수무修武 사람으로, 자는 퇴지退之, 시호는 문공文公이다. 산문의 대가이자 시인으로, 당송 8대가唐宋八大家에 속한다. 산문의 문체개혁과 시에 있어 지적인 흥미를 정련된 표현으로 나타낼 것을 시도하여 문학상의 공적을 세웠다. 저서로는 『한창려집韓昌黎集』, 『외집外集』, 『사설師說』 등이 있다.

한유韓維 1016~1098

중국 송나라 하남河南 기기杞 사람으로, 자는 지국持國이다. 작품으로는 「서강월西江月」, 「답사행踏莎行」, 「낭도사浪淘沙」 등이 있으며, 저서로는 『남양집南陽集』이 전한다.

한종韓琮 생몰년 미상

중국 당나라의 시인으로, 자는 성봉成封이다. 『전당시全唐詩』, 『전당시속습全唐詩續拾』에 그의 시가 수록되어 있다.

항안세項安世 ?~1208

중국 송나라 강릉江陵 사람으로, 자는 평부平父고, 호는 평암平庵이다. 영종寧宗이 즉위하자 양병養兵과 궁액宮掖에 드는 비용을 줄여야 한다고 건의했으며, 경원慶元 연간에는 주희朱熹를 유임하라고 했다가 탄핵을 받고 위당僞黨으로 몰려 파직되기도 하였다. 저서로는 『주역완사周易玩辭』, 『항씨가설項氏家說』, 『평암회고平庵悔稿』 등이 있다.

허급지許及之 생몰년 미상

중국 남송 절강성 원주溫州 사람으로, 자는 심보深甫, 호는 섭원涉園이다. 저서로는 『섭제과호涉齋課稿』, 『섭재집涉齋集』이 있다.

홍적洪適 생몰년 미상

황자운黃子雲 1691~1754

청나라 시인으로 자는 사룡士龍, 호는 야홍野鴻인데 강소성 곤산昆山 사람이다. 일찍이 서정재徐征齋를 따라 유구琉球에 가기도 했다. 어려서부터 뛰어난 재주가 있었으며 시에 특히 이름이 높았다. 오가기吳嘉綺, 서란徐蘭, 장석조張錫祚와 함께 4대 포의布衣라 불린다. 저서에 『사서질의四書質疑』, 『시경평감詩經評勘』, 『야홍시고野鴻詩稿』 등이 있다.

황정견黃庭堅 1405~1105

북송의 시인이자 학자로 자는 노직魯直, 자호는 산곡도인山谷道人, 예장황선생豫章黃先生 등으로 불렸는데 홍주 분령(지금의 강서 수삼) 사람이다. 사인詞人, 서법가 등으로 강서시파江西詩派의 개조開祖이다. 1067년에 진사가 되어 두루 벼슬을 하였다. 서예는 채양蔡襄, 미불米芾, 소식蘇軾과 함께 북송 4대가로 불리며 『예장황선생문집』 등이 있다.

휘종徽宗 1082~1135

중국 북송의 제8대 황제黃帝이다. 취미와 도교에 빠져 정치에 등한시하여 반란이 일어났으며, 금나라가 침입하자 퇴위되어 포로가 되었다. 그 후 만주의 오지에서 생을 마감하였다.